IL DUPLICE DUCA

LE SORELLE DI WILLOW POND
LIBRO DUE

GAYLE CALLEN

Traduzione di
ERNESTO PAVAN

A mio figlio Jim, che ora è partito per esplorare il mondo da solo. Possa ogni obiettivo che perseguirai darti la stessa felicità che tu hai dato a me.

CAPITOLO
UNO

RAMSGATE, INGHILTERRA, 1844

Meriel Shelby era in piedi sul bordo della scogliera, con il vento che faceva ondeggiare l'erba alta contro la sua gonna, e guardava il luccicante Mare del Nord. Mentre osservava il sole che scintillava sulle vette schiumose delle onde, riusciva a immaginare la curvatura nella costa più a nord, che nascondeva la foce del Tamigi. Si sentiva in pace, sola, lontano da Thanet Court e dagli sconosciuti per cui ora lavorava. Ma sapeva di non poter restare lontana a lungo, per cui si voltò e cominciò a percorrere nuovamente lo stretto sentiero ben battuto. Il piccolo Stephen, futuro duca di Thanet, era con la sua balia, ma era giunto il momento che riprendesse lo studio per il pomeriggio.

Meriel non avrebbe mai immaginato che un giorno sarebbe stata costretta a guadagnarsi da vivere come istitutrice. Era cresciuta negli agi: suo padre aveva raggiunto il successo come banchiere della nobiltà. Non esattamente un gentiluomo, certo, ma lei non aveva visto davvero la differenza. Era stata istruita ed educata come una lady, con l'intento di fare di lei la moglie di un uomo ricco... preferibilmente un pari, stando ai desideri di sua madre.

La pratica Meriel aveva compreso la necessità di un marito e non era contraria all'idea. Aveva sempre avuto in mente di scegliere secondo logica, optando per un uomo con cui avesse molto in comune. Se poi in seguito fosse nato anche l'amore, si sarebbe considerata fortunata.

Ma tutti quei piani si erano dissolti con la morte di suo padre e la rivelazione che l'uomo era morto indigente e che sua madre era a conoscenza dello stato precario delle loro finanze.

Le emozioni di Meriel oscillavano intensamente, dal dolore alla stretta di una rabbia che non si dissolveva mai e alla delusione dovuta alla sua stessa ignoranza. Perché non aveva riconosciuto i segni delle tribolazioni imminenti? Il tradimento dei suoi genitori era un'amarezza che ancora velava il suo giudizio e la lasciava con un pesante senso di colpa che non avrebbe dovuto spettare a lei portare.

La sua dimora d'infanzia era stata acquistata da un lontano cugino, che presto sarebbe venuto a prenderne possesso. Meriel e sua sorella Louisa avevano trovato posti di istitutrice e dama di compagnia, ma i guadagni non erano quelli sperati. Sua sorella Victoria era stata costretta a vendere dei cimeli di famiglia per sfamare la loro madre, che era talmente distrutta dalla sorte da lasciare la propria stanza solo se costretta.

Ma un barlume di speranza era giunto la settimana prima: Victoria stava per sposarsi. Era sconvolgente pensare che la timida sorella di Meriel avesse ricevuto una proposta da parte di un visconte! La loro madre avrebbe avuto un posto dove vivere. Ciò avrebbe alleviato il carico su Meriel, che negli ultimi mesi aveva inviato a casa quanto più possibile del suo magro stipendio. Prima di allora, il suo cammino era stato lungo e difficile.

Aveva perso il suo primo posto da istitutrice a causa della

gelosia di una moglie. Da allora, Meriel aveva imparato a nascondere i suoi riccioli d'oro con un'acconciatura severa, a mascherare gli occhi azzurri con degli occhiali e a vestirsi nella maniera più semplice possibile. Per fortuna, nella sua nuova posizione non c'era una duchessa che potesse tenerla d'occhio con aria critica. Era uno dei motivi per cui era stata lieta di accettare.

Fino a quel momento, il piccolo Stephen era stato solo, con l'eccezione della servitù. Suo padre, il duca di Thanet, trascorreva la maggior parte della giornata a Londra, al centro di ogni ritrovo, socializzando fino a tarda notte e dormendo fino a metà giornata. Forse era un bene che Stephen non fosse esposto tutto ciò, pensò Meriel con sarcasmo.

L'erba che frusciava attorno alle sue gonne cedette il posto a un prato ben curato che dava su Thanet Court, la quale sorgeva più in basso rispetto alle scogliere. La casa si estendeva ampia sul terreno, una cosa viva, alta tre piani, con un torrione che ospitava la scalinata grande e centinaia di ampie finestre che luccicavano al sole. Meriel era cresciuta nella ricchezza, ma Thanet Court era come un palazzo per lei. Durante la prima settimana di lavoro, si era persa quasi tutti i giorni.

Mentre cominciava a scendere dalla collina, le tornò in mente l'ingenuità di quando aveva appena cominciato il suo nuovo incarico. Aveva sempre ammirato la sua istitutrice, che aveva infuso in lei l'amore per lo studio. La matematica aveva dato al mondo un'impressione di logica e Meriel ne aveva apprezzato l'ordine. Voleva trasmettere tutto ciò al suo allievo.

Invece, aveva trovato un ragazzino di sei anni al quale era stato permesso di girovagare per la tenuta come un animale selvatico. Sua madre era morta di parto, lasciandolo con un padre assente e servitori di famiglia di vecchia data che lo viziavano con il loro affetto. Meriel si era aspettata della resistenza – soprattutto quando Stephen l'aveva informata, con una frase che suonava ripetuta, che il suo titolo era "marchese di Ramsgate" – ma il ragazzino era cortese e curioso, e Meriel aveva l'impressione di aver fatto progressi, nelle ultime settimane, nel conquistare la sua fiducia.

Poi avevano ricevuto notizia che il duca sarebbe tornato a Thanet Court per un soggiorno prolungato di convalescenza da una malattia recente. La servitù non parlava apertamente di cosa soffriva il duca, ma nei loro sussurri urgenti si ripeteva la parola "consunzione." Stephen era parso triste e preoccupato e Meriel aveva provato un istinto materno di proteggerlo come i suoi genitori non avevano protetto lei.

Era a metà strada nel discendere la collina, quasi ai giardini formali, quando vide in lontananza una persona che si avvicinava alla tenuta a cavallo. Schermandosi gli occhi con la mano, li strizzò, ma vide solo un uomo che cavalcava con silenziosa precisione. Il cavaliere evitò il portico che riparava il maestoso ingresso della villa, guidando invece il cavallo lungo il lato dell'edificio, nella direzione dell'ingresso di servizio. E tuttavia, costui non cavalcava come nessun servitore lei avesse mai visto ed era decisamente vestito in maniera troppo elegante.

Poi, l'uomo fermò il cavallo e lanciò un'occhiata all'edificio. Senza il cappello a schermargli il viso dal sole, Meriel lo riconobbe come il duca in persona, che lei aveva conosciuto al colloquio di lavoro, due mesi prima. All'epoca, lo aveva ritenuto un uomo arrogante, ozioso e attraente, poco interessato al figlio. Ma di sicuro un uomo conscio del proprio status elevato.

Non poteva aver cavalcato da solo fin da Londra: il viaggio sarebbe durato giorni, senza un cambio di cavalli. Dov'erano la carrozza, il cocchiere, il valletto e i battitori?

Il duca parve esitare e fece voltare nuovamente il cavallo verso l'ingresso principale, cavalcando sotto il portico. Prima ancora che potesse smontare, diversi servitori si riversarono fuori dalla porta come se lo stessero aspettando. Dopo che un lacché gli ebbe preso il cavallo, il maggiordomo lo accompagnò in casa. Meriel rimase a fissare la scena, perplessa dal comportamento del duca.

Messa da parte la curiosità, si affrettò ad attraversare i giardini fino all'ingresso di servizio, consapevole che la balia Weston avrebbe potuto aver bisogno del suo aiuto nel caso il padre di Stephen avesse voluto vedere il figlio. La nursery era posizionata sopra la suite padronale, con una scala privata che collegava i genitori ai figli. Per quanto ne sapeva lei, nessuno era mai salito per quella scala per andare a trovare Stephen. La nursery era composta da un bagno e da diverse camere da letto per la balia e i bambini. L'aula scolastica era in fondo a un breve corridoio all'interno della nursery e accanto a essa si trovava la stanza di Meriel. Non era una stanza grande e ariosa come quella di Londra, ma aveva una splendida vista sul parco e il frutteto, e sul mare blu in lontananza.

Meriel stava per andare alla ricerca di Stephen quando la balia bussò alla sua porta aperta.

"signorina Shelby?" disse la balia Weston, giungendo le mani paffute sotto il seno con un gesto esperto.

La donna parlava con quella formalità che Meriel conosceva fin troppo bene. Meriel non era considerata una servitrice, per cui il resto della servitù non sapeva esattamente come interagire con lei.

"Sì, balia Weston?"

"Sua Grazia vi sta aspettando."

"Sta aspettando *me?*" chiese stupita Meriel. Perché mai il duca di Thanet voleva vedere l'istitutrice di suo figlio subito dopo essere tornato a casa da una lunga assenza?

La balia tradì un pizzico di impazienza che sorprese Meriel.

"Il giovane signore si sta cambiando proprio in questo momento, signorina Shelby. Sua Grazia vorrebbe che voi accompagnaste suo figlio da lui."

"Davo per scontato che lo avreste fatto voi, balia."

Ecco di nuovo un barlume di impazienza. Meriel si sentì stupida.

"Il duca non vuole vedere *me*, signorina Shelby, non quando vi ha assunta personalmente. Siete molto gradevole agli occhi del duca, ma forse non molto sveglia in queste cose, eh?"

La riluttante compassione della balia fece contrarre lo stomaco di Meriel, che non riuscì a non pensare *Non di nuovo*. "Non capisco che importanza abbia il mio aspetto. Sono l'istitutrice del figlio del duca."

"Sua Grazia gradisce che la servitù femminile sia di aspetto piacente."

La donna cercò di nascondere un sorrisetto, ma non ci riuscì del tutto.

Meriel lanciò un'occhiata insospettita alla balia che si allontanava, rendendosi conto che quella donna era decisamente attraente nonostante la rotondità. Meriel non voleva di certo attirare l'attenzione del duca, per cui tenne il semplice abito marrone con l'orlo macchiato di erba. Si sedette al mobile da toeletta e, invece di sistemarsi capelli disordinati dal vento, liberò qualche altro ricciolo per buttarlo in disordine dietro un orecchio. Se proprio doveva andare in battaglia, aveva bisogno che la sua armatura fosse il più ammaccata e sgradevole possibile. Voleva conservare la sua posizione... ma non voleva le attenzioni di un duca.

Stephen le venne incontro nel corridoio della nursery, vestito con camicia e pantaloni puliti, trascinandosi alle spalle il frac. Il ragazzino aveva occhi e capelli scuri, con una ciocca che voleva sempre starsene dritta sulla sommità del capo. Meriel la lisciò con affetto e il ragazzino si scansò, incapace di trattenere l'entusiasmo. Era ancora abbastanza giovane da pensare che, questa volta, suo padre gli avrebbe dedicato più attenzioni. Meriel capiva benissimo: la sua infanzia era stata colma di simili momenti di delusione.

"signorina Shelby, è arrivato mio padre!" disse Stephen, il viso inclinato verso il suo, gli occhi lucidi.

Meriel sorrise e lo aiutò a indossare il frac. "Vi comporterete bene, vero, milord?"

"Certo!"

Ma Meriel conosceva Stephen. Come tutti i ragazzini, non riusciva a stare fermo a lungo. Ogni volta che lei gli voltava le spalle per un momento, lo trovava in ginocchio che esaminava un insetto o si stuzzicava una crosticina.

"Da quant'è che non vedete vostro padre?" chiese mentre percorrevano il lungo corridoio che portava alla scalinata grande.

"Non ricordo," disse il bambino, che praticamente saltellava accanto a lei e che poi passò un dito lungo un tavolo di passaggio.

"Tenete le mani a posto, milord." Meriel afferrò appena in tempo un vaso traballante.

Quando raggiunsero il pianterreno, Meriel esitò. "Perché non mi fate strada fino allo studio di vostro padre?"

Stephen si illuminò di un senso di importanza e Meriel fu lieta che fosse ancora troppo giovane per rendersi conto che lei non ricordava la strada. Era a Thanet Court da sole cinque settimane e lo studio del duca non era una stanza che visitava spesso.

Trattenne Stephen prima che potesse spalancare la porta chiusa. "Per favore, milord, mostrate rispetto bussando."

"Ma perché?" chiese Stephen. "La signora Theobald non mi fa bussare."

La governante e tutto il resto della servitù stavano involontariamente cercando di trasformare Stephen nel classico piccolo pari: arrogante, presuntuoso e quant'altro.

"La signora Theobald vi adora ed è sempre contenta quando andate a trovarla," disse Meriel, "ma gli adulti hanno degli impegni che i bambini non possono conoscere. Dovete bussare sempre."

"Va bene," brontolò il ragazzino. Busso velocemente e saltellò nei piccoli stivali mentre aspettava.

La voce di un uomo disse loro di entrare e Meriel avvertì un'ansia che non le era familiare. Il duca l'aveva assunta; era sicura di poter dimostrare di essere una dipendente di valore. Ma, e se l'uomo avesse voluto che lei soddisfacesse... altre necessità?

Stephen aprì la porta e, con soddisfazione di Meriel, entrò camminando invece che correndo. La stanza aveva una lunga fila di finestre alte che proiettavano luce in tutto l'ambiente. Le ci volle un momento per vedere la scrivania del duca in un angolo, circondata da scaffali e armadietti a vetri. L'ultima volta che aveva incontrato quell'uomo, questi le era sembrato piuttosto annoiato dalla necessità di tenere un colloquio a una semplice istitutrice. Si era dimostrato affabile, ma molto facile a distrarsi con qualunque cosa ci fosse sulla scrivania o con un oggetto insignificante che non aveva mai notato nella stanza in precedenza. Quello era l'unico uomo sul quale lei avesse mai avuto bisogno di fare colpo; i titoli non le avevano mai fatto un grande effetto Inoltre, il duca era stato male di recente. Meriel aveva avvisato Stephen di tenersi pronto.

Ma qualcosa era cambiato. Era palese che il duca si fosse ripreso. Anzi, era il ritratto della salute mentre se ne stava spaparanzato su un fianco nella poltrona ad ala in pelle. La sua testa era appoggiata allo schienale, la postura più rilassata di quanto lei ricordasse. Il duca aveva capelli neri tagliati corti, ma i lunghi favoriti e i baffi erano svaniti. Il suo volto aveva un aspetto stranamente nudo: zigomi virili sopra una bocca sottile e sensuale.

Sensuale? Da dove era saltato fuori quel pensiero?

Gli occhi scuri dell'uomo parvero studiare Stephen con un'intensità di cui lei non lo avrebbe mai creduto capace. Essa svanì un attimo dopo, spingendola a chiedersi se l'avesse vista davvero.

Perché Meriel si sentiva così... sbilanciata? Aveva già incontrato il duca; peli del viso a parte, non era cambiato nulla. Ma ora era nervosa e lo stava fissando troppo e voleva giocherellare con qualcosa. La stanza sembrava troppo calda.

"Stephen, è bello vederti," disse il duca, alzandosi in piedi.

Un tempo, Meriel aveva pensato che la grazia dell'uomo fosse un'arte vana, studiata; ma ora, essa sembrava decisamente parte di lui.

Che le era preso?

Il duca girò attorno alla scrivania e si mise di fronte a loro. Meriel fu costretta ad alzare gli occhi per guardarlo. Era bassa di statura, il che non rendeva il duca un uomo particolarmente alto, ma questi sembrava... più alto, possente, largo di spalle e robusto di petto. Era vestito in maniera immacolata come l'ultima volta, con i colori accesi e i motivi di Londra, un uomo che era palesemente orgoglioso dei vestiti che adornavano il suo corpo come le pennellate necessarie a realizzare un capolavoro.

Meriel avrebbe voluto gemere. Da quando era diventata in segreto una poetessa? Era una donna con il talento per i calcoli: la sua specialità era la matematica. Insegnava letteratura solo perché ci si aspettava che lo facesse. Le parole non erano qualcosa che facesse appello alla sua anima.

Ma si ritrovò vogliosa di... descrivere il duca. Per fortuna, l'attenzione dell'uomo era concentrata sul figlio.

Stephen fissò suo padre e Meriel si ritrovò a toccare la spalla del ragazzino. Fu allora che Stephen si ricordò di inchinarsi, ma continuò a guardare il duca con curiosità. Quanto tempo era realmente passato dall'ultima volta in cui i due si erano visti?

"Buongiorno, padre," disse Stephen, il cui nervosismo faceva suonare la sua voce ancora più alta rispetto al normale.

Meriel fu lieta di riportare tutta la sua concentrazione sul suo pupillo, dove avrebbe dovuto essere. Stephen avrebbe avuto bisogno che lei gli desse conforto una volta che suo padre lo avrebbe congedato. La signora Théobald l'aveva messa in guardia riguardo al modo in cui il duca trascurava suo figlio.

Sconvolgendo Meriel, il duca posò un ginocchio a terra per guardare il ragazzino in faccia.

"Stai bene, Stephen?"

"Certo, padre." Il bambino era teso e aveva smesso di giocherellare.

"Vedo che hai cominciato gli studi. Spero che tu ti comporti bene con la tua istitutrice."

"Sì, padre. Mi piace."

Parlavano di Meriel come se lei non fosse presente. Persino dopo tutti quei mesi, Meriel impiegò comunque un momento a ricordare che ora era quasi una servitrice.

"Le piacciono i numeri, proprio come a me," proseguì Stephen, parlando sempre più in fretta, come se temesse di essere interrotto. "Facciamo lunghe passeggiate e troviamo delle cose nei boschi, come nidi di uccelli e scarabei e fiori. La signorina Shelby sa *tutto*."

Un rossore si diffuse dal petto di Meriel al suo viso quando le lodi di Stephen spinsero il duca a sollevare lo sguardo su di lei. Osservata dall'uomo, Meriel cercò di ricordarsi della pessima reputazione di costui, della sua preferenza per la vista di servitrici attraenti. Ma i suoi occhi neri, contornati da più ciglia di quelle che un uomo aveva diritto ad avere, la intrappolarono nello sguardo del duca. Meriel non riusciva a distogliere lo sguardo, né a ricordare di sentirsi offesa da quell'osservazione.

"La signorina Shelby è un'insegnante capace," disse a bassa voce il duca.

L'uomo si alzò in piedi e si allontanò, e Meriel trasse un sospiro di sollievo. Il duca guardò fuori dalla finestra con un'irrequietezza che la fece sentire più a suo agio.

Stephen lo seguì e cominciò a parlare dei loro studi, delle sue letture e scritture e delle basi di storia con cui Meriel aveva cominciato a interessarlo. Il ragazzino aveva una buona testa e lei sapeva che avrebbe potuto insegnargli molto, se solo lui fosse riuscito a concentrarsi meglio. Stephen aveva trascorso così tanto della sua giovane vita all'aria aperta che Meriel cercava di tenere almeno una lezione di fuori tutti i giorni.

Ma sebbene il padre guardasse fuori dalla finestra come se il parco lo interessasse più del figlio, i due parlarono per diversi minuti, entrambi abituati a dominare la conversazione. Ciascuno di loro gesticolava abbondantemente. Meriel si ritrovò a indietreggiare per sedersi in un angolo della stanza, non volendo disturbare quel breve momento di Stephen con il padre.

Con suo sconcerto, una parte di lei si accorgeva di quando il duca la guardava. Mai aveva conosciuto un uomo in grado di catturare la sua attenzione, in grado di farle capire nel profondo di sé quanto era virile.

Meriel aveva pensato di aver cominciato a imparare a controllare le sue emozioni traditrici. Il cuore l'aveva tradita per quanto riguardava i suoi genitori: non aveva visto la verità prima che fosse troppo tardi. Aveva giurato che solo la pura logica avrebbe governato la sua vita. Ma la sua reazione al duca confermava le sue paure peggiori. Ancora una volta, stava lasciando che le emozioni prendessero il sopravvento sull'intelletto. Era una debolezza che non poteva permettersi. L'avrebbe sconfitta.

DUE

Fu difficile mantenere l'interesse di Stephen sulle addizioni e le sottrazioni quel pomeriggio, quando Thanet Court sembrava essersi animata per il ritorno del duca. La servitù correva da una parte all'altra come se si stesse preparando per una festa invece che per un sol uomo. Stephen era seduto al suo banco, con la testa rivolta verso il corridoio, in attesa dell'interruzione successiva, finché alla fine Meriel accettò di portarlo a fare una passeggiata per la casa, a patto che lui promettesse di comportarsi bene.

Il ragazzino la condusse nel suo luogo preferito, le cucine, dove gli fu permesso di assaggiare tutti i dolci della serata. I domestici si affaccendavano dalla dispensa alla toilette alle cantine, e tutti avevano una parola gentile per Stephen.

Meriel fermò la governante, la signora Theobald, mentre questa passava di fretta. Pur essendo costantemente occupata con quella casa immensa, la donna matura faceva sempre sentire chiunque importante quanto il padrone. Questo la rendeva amata dalla servitù e aveva messo Meriel a suo agio fin dal primo momento. La signora Theobald teneva in ordine i suoi capelli bianchi sotto un'ordinata cuffia di pizzo e l'immancabile grembiule che portava sopra la divisa nera era sempre immacolato, anche se lavorava sodo come tutti gli altri.

"Non ho molto tempo, signorina Shelby," la avvertì la governante in tono di scuse.

"Voglio solo sapere se devo preparare Stephen per la cena con suo padre."

"No, Sua Grazia non mangia mai con suo figlio. Non sarebbe opportuno."

"Ma il bambino ha sei anni. Dovrà pur imparare come ci si comporta in una situazione formale. Non può impararlo altrettanto bene mangiando con me nella nursery."

Ma la signora Theobald non poté far altro che scusarsi e passare all'incombenza successiva. Quando Meriel portò Stephen al piano di sopra per il pasto, decise che avrebbe dovuto parlare lei stessa con il duca.

Ancora una volta, parlare con il suo datore di lavoro le sembrò un compito temibile. Non voleva rimanere sola con lui. Molti membri dell'aristocrazia sembravano convinti di poter fare quello che volevano. Nel corso degli anni, Meriel aveva sentito storie di istitutrici maltrattate che non avevano potuto aprire bocca contro il loro datore di lavoro per timore di perdere la loro posizione.

E ora lei era una di loro.

Il giorno prima, era andata a piedi all'ufficio postale per spedire del denaro a casa... una somma misera, per di più. Aveva pensato di essere in grado di aiutare sua madre; non poteva permettersi di perdere un *secondo* lavoro.

~

Passarono due giorni e il duca rimase sfuggente. Meriel osservò Stephen farsi sempre più abbattuto. Continuava a ricordare al ragazzino che la guarigione del padre sarebbe stata lenta, ma dentro di lei stava maturando la rabbia necessaria per insistere per un incontro con il duca.

Quella sera, la cena fu solitaria come al solito. La balia Weston scese negli alloggi della servitù, ma Meriel non era mai invitata a unirsi ai pasti collettivi. Mangiava con Stephen e, sebbene il bambino fosse di buon cuore, le mancava la conversazione tra adulti. Le mancavano le conversazioni intelligenti; le mancavano le sue sorelle.

Il suo cuore ebbe un tuffo doloroso e lei posò la forchetta quando l'appetito svanì. Avevano passato tutta la vita insieme. Meriel aveva sempre pensato che, anche dopo essersi sposate, sarebbero state sempre insieme a Londra.

Ma Ramsgate sembrava la fine del mondo, situata all'estremità sudorientale dell'Inghilterra. Meriel si avvicinò alla finestra e guardò il mare. Casa era a molte miglia nella direzione opposta. Aveva già concordato con la signora Theobald alcuni giorni di vacanza per partecipare al matrimonio di sua sorella. Ma per il momento, doveva accontentarsi delle lettere. Le teneva nella sua scrivania, le trattava con delicatezza perché non si strappassero e le leggeva più volte fino a impararle a memoria.

Si voltò per recuperare le lettere dalla scrivania e vide che la sedia di Stephen era vuota, il cibo mezzo mangiato.

"Milord?" chiamò nella stanza vuota, chiedendosi se il ragazzino si fosse nascosto un'altra volta.

Cercò negli armadietti, poi scese nella sua stanza. "Stephen?" chiamò fuori dalla toilette.

Il bambino era sparito.

Meriel avrebbe dovuto sapere che Stephen non sarebbe

riuscito a contenere la sua curiosità, ora che il padre aveva mostrato un piccolo interesse per lui. Era un ragazzino pieno di domande sui suoi genitori, dal padre assente alla madre defunta. Meriel era in grado di rispondere a poche di esse, quindi avrebbe dovuto sapere che Stephen avrebbe colto la prima occasione. In cima della scala privata che conduceva alla suite padronale sottostante, pregò che Stephen non avesse osato usarla. Aveva sentito la balia Weston ricordargli più volte che era riservata al padre.

Meriel scese la scalinata fino alla sala da pranzo. Le grandi porte a doppio battente erano aperte e diversi lacchè stavano sparecchiando il capotavola. Il duca aveva mangiato da solo e, per fortuna, se n'era già andato.

I due lacchè, praticamente identici per altezza e corporatura, smisero di fare quello che stavano facendo per guardarla con sospetto.

"Robert," disse Meriel a quello di cui ricordava il nome, "hai visto lord Ramsgate?"

"No, signorina Shelby."

L'uomo era cortese, ma lei percepì un sospetto di fondo, come se l'uomo la stesse accusando tacitamente di aver perso il ragazzo.

Non sarebbe stata la prima volta. Meriel aveva passato gran parte della prima settimana a cercare Stephen dappertutto e credeva di conoscere tutti i suoi nascondigli. Grazie al cielo era notte, altrimenti avrebbe dovuto cercarlo vicino alle finte rovine di un castello in giardino, dove spesso il bambino fingeva di essere un fantasma.

Meriel uscì dalla sala da pranzo e cercò nel giardino d'inverno, in particolare sul retro, dove le alte felci le impedivano la visuale. Cercò nella sala della musica, sotto il pianoforte, e nella biblioteca, sotto entrambi i mappamondi. Riuscì a evitare la maggior parte della servitù, soprattutto la signora

Theobald, che avrebbe capito subito cosa stava facendo Meriel.

Come aveva potuto permettere al bambino di fuggire così presto dopo l'arrivo del duca?

Alla fine, non ebbe altra scelta che dirigersi verso i salotti. Dava per scontato che il duca non fosse ancora andato a letto, quindi probabilmente Stephen lo stava seguendo.

Sentì il mormorio delle voci mentre camminava con passo felpato lungo il corridoio con il pavimento di marmo, usando i tappeti quando possibile. Con la testa china, si sforzò di tendere l'orecchio, ma sentì solo il tintinnio di un bicchiere che veniva posato. Come poteva entrare e chiedere al duca se aveva visto il figlio?

Si bloccò quando un lacchè uscì dal salotto blu. L'uomo la vide subito e si fermò, ma lei si portò un dito alle labbra e gli rivolse un'occhiata implorante. Il lacchè le voltò le spalle e si incamminò lungo il corridoio. Meriel trasse un sospiro di sollievo.

"Signorina Shelby, siete voi?"

La voce profonda del duca la fece sobbalzare, come se lei stesse facendo qualcosa di sbagliato. Meriel sollevò il mento e si affacciò alla porta. L'uomo era appoggiato con una spalla al caminetto bianco intagliato, il focolare vuoto accanto a lui. Due levrieri irlandesi erano sdraiati ai suoi piedi. Il gilet del duca era a quadretti rossi e oro e spiccava in una stanza decorata per lo più in blu e bianco. Anche i quadri che ingombravano le pareti sembravano paesaggi dominati da variazioni di cielo blu.

"Buonasera, Vostra Grazia," disse Meriel.

Il duca si raddrizzò e sollevò il bicchiere dal caminetto. "State cercando Stephen?" Lanciò uno sguardo verso le finestre. "Stephen, forse dovresti mostrarti, ora."

Meriel trattenne il fiato per un interminabile istante, ma il piccolo marchese non ci mise molto a uscire da dietro i tendaggi vicino alle alte finestre. Il ragazzino era spettinato e aveva uno strappo nella giacca, ma fece del suo meglio per sembrare contrito.

"Perdonatemi, Vostra Grazia," disse Meriel. "Riporterò lord Ramsgate alla nursery."

Il duca rise. "Quando si è dato tanto da fare? Stephen, non posso certo essere abbastanza interessante da volermi spiare."

La testa di Stephen si sollevò leggermente. "Non... non avevo mai visto i vostri cani prestarvi tanta attenzione."

Meriel aggrottò le sopracciglia, chiedendosi cosa intendesse il ragazzo.

Il duca sorrise guardando i suoi animali, che lo osservavano adoranti, la testa inclinata e le orecchie tese. "Credo di essergli mancato. A te sono mancato, Stephen?"

Il bambino fissò il padre, con le sopracciglia scure abbassate in un'espressione perplessa. "Padre, non ricordo quanti mesi sono passati dall'ultima volta che vi ho visto, quindi non posso sentire davvero la vostra mancanza."

Lo stomaco di Meriel si ribaltò per il terrore. Palesemente, non era riuscita a insegnare al ragazzo la giusta cortesia.

Ma il duca si limitò a ridere di nuovo e a bere un sorso della sua bevanda. "Allora dovremo imparare a conoscerci di nuovo. Signorina Shelby, entrate e mettetevi comoda."

Meriel cercò di ritirarsi al suo solito posto alla finestra, ma il duca non ne volle sapere. Le disse di sedersi sul divano accanto a Stephen e prese una sedia di fronte a loro. I cani si sistemarono ai lati del duca, poi abbassarono di nuovo la testa. Solo i loro occhi continuarono a fissarlo, come se non potessero perdere di vista il loro padrone.

Stephen fece oscillare i piedi l'uno contro l'altro con un ritmo incalzante. "Non sembrate malato, padre."

Meriel concordò in silenzio, rimproverandosi un'altra volta per aver notato troppe altre cose dell'aspetto del duca.

"Sto migliorando, ragazzo mio, ma mi ritrovo ancora stanco, anche se il mio lungo viaggio risale a diversi giorni fa. Se fossi davvero guarito, nemmeno la stanchezza mi impedirebbe di trovare una festa a cui partecipare stasera."

"Siete con la signorina Shelby e me."

Il duca sorrise e il suo sguardo catturò Meriel, che notò il bianco dei suoi denti e l'oscurità dei suoi occhi. La prima volta che lo aveva incontrato, lui le aveva fatto pesare il suo posto di inferiore. Ma ora sembrava che tra loro non ci fosse alcuna distanza, se non la larghezza di un tavolino. Meriel si sentiva a disagio, vulnerabile.

"Ma voi non intendete persone come noi," continuò il ragazzo. "Volete stare con le signore."

Le dita dei piedi del duca tamburellarono sul pavimento e Meriel capì da chi Stephen aveva ereditato la sua irrequietezza.

Il duca rise di nuovo. "Le signore rendono divertente una festa," convenne, "ma finché non sono solo, mi piace avere compagnia."

"La signorina Shelby è una signora," disse Stephen.

Meriel avrebbe voluto chiudere gli occhi e gemere. Entrambi la guardavano ora, Stephen con innocenza, il duca con consapevole divertimento. Avrebbe voluto dire all'uomo di non guardarla in quel modo, che era alle sue dipendenze. Stava oltrepassando il limite di un pericoloso civettare, o almeno così le sembrava.

Ma per un uomo appassionato delle donne, forse il solo guardare una di loro sembrava una cosa da poco. Meriel lo avrebbe tollerato il più possibile, per il bene della sua famiglia.

"Sono d'accordo che la signorina Shelby sia una signora," disse il duca. "Le signore sono cresciute per essere piene di talenti."

Meriel si irrigidì con diffidenza.

"Signorina Shelby, di certo potrete intrattenerci al pianoforte per alleviare la nostra noia."

Quella era una cosa che Meriel poteva fare. Raggiunse quasi di cosa il pianoforte a coda che occupava un angolo della stanza. Si lasciò alle spalle il suono di Stephen che chiacchierava delle lezioni di musica che lei gli stava dando. Si limitò a posare le dita sui tasti, chiuse gli occhi e cercò di lasciarsi trascinare dalla musica. Era sua sorella Victoria la vera musicista della famiglia. Victoria si era concentrata sui suoi studi musicali con lo stesso fascino che Meriel aveva per la matematica. Ma una signora doveva imparare la musica, e Meriel aveva sempre imparato tutto ciò che doveva imparare.

Quando udì una terza voce, smise di suonare e aprì gli occhi.

La balia Weston era sulla soglia. "Vostra Grazia, devo accompagnare Stephen a letto? Si sta facendo tardi."

Meriel si alzò in piedi con sollievo.

"Certo," disse il duca. "Ma, signorina Shelby, continuate a suonare. Lo trovo piuttosto rilassante."

La balia Weston le lanciò uno sguardo preoccupato che era come un grido di *"Ve l'avevo detto."*

Meriel sprofondò di nuovo sullo sgabello.

"Buonanotte, signorina Shelby!" esclamò Stephen, salutandola dalla soglia.

"Dormite bene, milord." Meriel era un po' seccata con lui: dopo tutto, era colpa sua se era intrappolata a "intrattenere" suo padre.

"Domani andremo ancora in riva al mare?" chiese Stephen.

"Certo," rispose Meriel. "Ho in programma diverse lezioni speciali per il pomeriggio."

Quando il suono della voce di Stephen si affievolì lungo il corridoio, la stanza divenne molto silenziosa. Meriel non guardò il duca, ma si limitò a ricominciare a suonare. Era molto concentrata e non si accorse che il duca si era mosso finché questi non parlò proprio al suo fianco.

"Tecnica eccellente," disse.

Meriel sobbalzò e suonò la nota sbagliata.

"Perdonatemi se vi ho spaventato." L'uomo si appoggiò con i gomiti al pianoforte, il bicchiere in mano, un sorriso nella voce, ma non sul viso. "Siete in grado di suonare e conversare allo stesso tempo?"

"Può darsi."

Il duca era troppo vicino perché lei potesse sentirsi a suo agio. Non era giusto stare da sola con lui in quel modo... ma Meriel era solo una donna alle dipendenze del duca, non qualcuno che lui doveva temere di compromettere.

"Quindi porterete Stephen sulla costa," disse il duca.

"Vostro figlio ama la biologia e la geologia, Vostra Grazia."

"Non c'è bisogno che vi giustifichiate, signorina Shelby. So che non trascurereste mai i suoi studi." L'uomo guardò verso la finestra, ora chiusa dai tendaggi per la notte, come se potesse vedere il mare al di là. "La mia istitutrice pensava che imparare dai libri fosse sufficiente."

"È un peccato, Vostra Grazia." Meriel tenne lo sguardo sullo spartito, non volendo che il duca vedesse la fitta di compassione nei suoi occhi. Avrebbe pensato che l'infanzia di un erede ducale fosse perfetta.

"Da dove venite, signorina Shelby?"

Meriel non era sorpresa che l'uomo se ne fosse dimenticato, anche se lei lo aveva informato in sede di colloqui. "Da Londra, Vostra Grazia."

"Avete sempre voluto fare l'istitutrice?"

Meriel non riuscì a trattenere un sorriso ironico, ma non osò guardare il duca per vedere se questi lo avesse notato. "No.

Dopo la morte di mio padre, siamo andate incontro a difficoltà economiche."

"Costretta a una vita di servitù, quindi," disse lui.

Meriel si irrigidì. "Mi considero un'insegnante, Vostra Grazia. Poiché mi hanno insegnato bene, mi piace poter condividere l'amore per l'apprendimento con il mio allievo: vostro figlio."

"Ma cosa avreste voluto per voi?"

La voce del duca era morbida, con un'intimità che la metteva a disagio. L'uomo si frapponeva tra lei e la porta. Si rendeva conto di quello che stava facendo? O era solo un uomo annoiato che si teneva occupato con chiunque avesse a portata di mano?

Meriel smise di suonare e rivolse al duca uno sguardo freddo. "Avete bisogno di conoscere in maniera tanto intima ogni donna alle vostre dipendenze, Vostra Grazia?"

Il duca la fissò per un attimo e dietro quello sguardo giocoso lei percepì... cosa? Gli occhi dell'uomo erano neri e potevano nascondere molti segreti. Ma all'improvviso, il duca si raddrizzò e si allontanò dal pianoforte.

"Perdonatemi, signorina Shelby. Ho partecipato a così tanti eventi sociali che per un attimo ho dimenticato di non trovarmi a uno di essi."

"Non abbiamo certo frequentato gli stessi ambienti, Vostra Grazia. Non mi avreste mai incontrato."

Il duca annuì e di nuovo il suo sguardo divenne distante e distratto, come se stesse pensando ad altro.

O si stesse costringendo a farlo.

"Vostra Grazia, posso ritirarmi per la notte? Vostro figlio e io cominciamo le lezioni alle otto."

Il duca sorrise. "Esistono persone che si svegliano a un'ora così invereconda?"

"I bambini," disse lei, quasi tentata di ricambiare il sorriso.

"Allora non vi tratterrò oltre. Buonanotte, signorina Shelby."

Meriel camminò a passo lento verso il corridoio, senza sapere se lui la stesse guardando, ma con la sensazione che lo stesse facendo. Solo quando fu fuori dalla vista del duca allungò il passo.

Si sarebbe assicurata che Stephen non incontrasse mai più suo padre da solo.

TRE

Dopo che l'istitutrice se ne fu andata, Richard O'Neill crollò su una poltrona, appoggiò la testa all'indietro e chiuse gli occhi. Erano passati solo tre giorni dall'inizio di quella ridicola mascherata da duca e già gli sembrava di aver commesso mille errori. Era fortunato che i servitori di lunga data del duca si aspettassero da lui un comportamento eccentrico. Era difficile padroneggiare la personalità del duca, quando lui si era sempre considerato così radicalmente diverso da Cecil Irving, il duca di Thanet. Mantenere una parlantina vivace era più difficile di quanto avesse immaginato.

E il civettare! Dio, come odiava sottoporre la povera istitutrice a uno dei peggiori tratti di Cecil. Ma se Richard voleva essere convincente nei panni del duca, doveva notare tutto ciò che era in gonnella.

Non che fosse difficile notare la signorina Meriel Shelby. Richard era affascinato dagli evidenti sforzi che lei faceva per camuffarsi. Sebbene cercasse di nascondere la sua bellezza dietro a colori spenti e acconciature scialbe – e a quegli occhiali da zitella! – il suo splendore faceva comunque capolino come il sole da dietro le nuvole di pioggia. Aveva il profilo di un cammeo: il naso elegante, la bocca delicata e il mento che si sforzava di non sollevarsi in un atteggiamento ribelle. I suoi capelli, legati strettamente sulla testa, volevano essere liberi di ricadere in riccioli sulle spalle come i raggi del sole. Di statura minuta, mostrava le curve ben arrotondate di una donna.

E i suoi occhi lo avevano guardato con una tale schiettezza che lui era riuscito a vedere il loro colore blu profondo dietro gli occhiali. Gli avevano ricordato le profondità di uno stagno nella foresta, l'acqua calma che nascondeva ciò che si trovava sotto la superficie.

Era quasi facile adottare l'atteggiamento distratto del duca, dato che Richard sembrava capace di pensare solo alla signorina Shelby. Una bellezza così rara si vedeva normalmente al centro di un salotto, circondata da uomini adoranti.

Ben lontano da dove Richard era solito trovarsi alle feste. Lui era sempre quello che parlava d'affari in un angolo. Forse era per quello che non aveva avuto grande fortuna con le donne. Era sempre stato troppo impegnato per dedicare loro l'attenzione che meritavano.

Ma ora impersonava il duca di Thanet e nessuna donna poteva essere al sicuro da lui.

Nemmeno la povera istitutrice.

Il trucco sarebbe stato civettare... senza fare altro. Perché, ovviamente, Richard avrebbe visto spesso l'istitutrice. Quella sarebbe stata la parte più difficile della messinscena. Cecil aveva sempre ignorato suo figlio. Oh, aveva trattato bene Stephen, dandogli il meglio di tutto... tranne la sua attenzione. Com'era normale per il *ton*.

Richard sapeva fin troppo bene com'era essere un figlio ignorato.

In qualche modo, avrebbe dovuto convincere il personale

che i suoi sentimenti nei confronti di Stephen erano cambiati. Chissà, forse la malattia aveva fatto sì che il duca capisse l'importanza di suo figlio. Ma il ragazzino che era entrato nello studio con fare solenne era sembrato tanto... speranzoso. Richard non ricordava come fosse aspettarsi il bene dagli altri con una fiducia tanto infantile, come faceva quel ragazzo. Richard non lo avrebbe respinto.

Stephen era importante: era l'erede. E nessuno a Thanet Court sapeva del pericolo sempre più grande che lo minacciava.

Richard era sempre stato orgoglioso del proprio concentrarsi sul lavoro. Aveva già fatto svolgere indagini sul personale... persino sulla nuova istitutrice.

Perché ora doveva considerare Stephen il suo lavoro.

Come d'abitudine, Richard si svegliò all'alba. Fece per mettersi seduto, poi ricadde sui gomiti mentre ricordava dov'era... chi era.

La stanza era ancora ingrigita dalle ombre, ma l'opulenza era inconfondibile, dal baldacchino di velluto appeso sopra di lui ai mobili dagli intagli complessi vecchi di secoli. Il soffitto era dipinto e affrescato, e la mensola del caminetto era sostenuta da statue raffiguranti donne nude.

Richard si chiese quanto le varie duchesse avessero apprezzato *quel* dettaglio.

La sua mente fremeva per tutto ciò che voleva fare in giornata, in particolare pubblicare un annuncio sui giornali londinesi per assumere un nuovo valletto. Aveva spiegato l'assenza del valletto di Cecil alla signora Theobald sostenendo che il giovanotto si era innamorato e aveva rassegnato le dimissioni per seguire la sua bella al Nord.

Richard non poteva cominciare la giornata prima di mezzogiorno, l'ora a cui Cecil era solito alzarsi. Doveva essere più esausto di quanto pensasse, perché finì per addormentarsi di nuovo. Al suo risveglio successivo, il sole penetrava abbondante dalle alte finestre di vetro piombato.

L'orologio indicava le dieci. Nel silenzio, Richard udì un leggerissimo battere di piedi sopra la sua testa. Sebbene fosse mancato da Thanet Court per anni, ricordava cosa si trovava sopra la suite padronale: la nursery.

La signorina Shelby stava insegnando già da diverse ore. Richard si chiese se Stephen fosse un pessimo studente quanto suo padre. Non che il duca non fosse intelligente: semplicemente, non aveva mai prestato attenzione al mondo al di là del suo piccolo regno, e nemmeno a come governare quest'ultimo in maniera appropriata.

Richard gettò le coperte lontano da sé. Il duca avrebbe dovuto svegliarsi presto, quel giorno.

Consumò una colazione solitaria con la compagnia di due lacchè. Poi fece una visita a sorpresa all'amministratore nell'ufficio di quest'ultimo. Jasper Tearle era palesemente poco abituato a ricevere domande da parte del duca, ma Richard non era capace di ignorare ciò che era sotto la sua responsabilità, per quanto in via temporanea. Trascorse il resto della mattinata fingendo noia mentre passava in rassegna i libri contabili. Fece domande come se fosse ignorante e non avesse davvero la possibilità di studiare tutto come avrebbe voluto. Con una tenuta di quelle dimensioni – e tutte le altre proprietà – non c'era motivo per cui Cecil dovesse trovarsi a corto di denaro.

Durante il suo pranzo solitario, Richard stava meditando su come intromettersi nella lezione pomeridiana di Stephen senza dar l'impressione di seguire il bambino – cioè quello che stava facendo – quando il maggiordomo annunciò un visitatore.

"Chi è, Hargraves?" chiese Richard. Resistette all'impulso di alzarsi in piedi. Invece, si spaparanzò sulla sedia e attese, ostentando un'indolenza che era ben lungi dal provare.

Una donna entrò come una brezza e disse: "La vicina che ignori da tempo."

Richard sorrise, anche se dentro di sé maledisse la sfortuna. La signorina Renee Barome. I capelli castani della donna le ricadevano in disordine lungo la schiena a causa del vento e il suo completo da equitazione era spiegazzato e polveroso. Non avrebbe potuto sposarsi e tanti saluti? Un tempo, Renee conosceva tanto Richard O'Neill quanto il duca di Thanet.

"Buon pomeriggio, signorina Barome," disse Richard, rivolgendole un'occhiata lasciva degna di Cecil.

La donna si lasciò cadere sulla sedia al suo fianco. "Per carità, Cecil: sembri tuo fratello."

Dentro di sé, Richard si irrigidì, ma all'esterno si limitò a ridere e a gettare volgarmente una gamba oltre il bracciolo della sedia.

La signorina Barome prese un cucchiaio e si servì di un assaggio del suo budino.

"Sei così turbata dal fatto che non sono venuto subito a farti visita da dovermi insultare, bella Renee?" chiese Richard.

"Da quando è un insulto paragonarti a tuo fratello?" La donna gli lanciò un'occhiata di sbieco. "Che io sappia, è un uomo di grande successo."

"Ah, ma senza il titolo, quanto felice può essere?" chiese sorridendo Richard.

Renee rise. "Immagino che crei da solo la propria felicità, proprio come fai tu. È trascorso parecchio tempo dall'ultima volta che si è materializzato in questa zona d'Inghilterra. Quando lo hai visto l'ultima volta?"

"Mesi, almeno. Forse anni. C'è da perdere il senso del tempo."

"Non tu, Cecil. Non hai mai ceduto alla pressione di perdere di vista tuo fratello."

Richard gesticolò. "Ero giovane, allora. Ora, mio fratello è troppo inamidato per me. Ma dobbiamo proprio parlare di lui? Deve pur esserci qualche pettegolezzo da raccontare. Ci divertivamo sempre a prendere in giro gli altri."

Renee sospirò e la sua espressione piacevole si tramutò in ansia. "Non sei cambiato, Cecil. Nemmeno la malattia ha potuto fare di te un uomo serio."

"Sono ancora troppo giovane per quello."

"Ma ti senti meglio?" chiese preoccupata la donna.

Renee aveva sempre avuto una cotta senza speranza per Cecil e Richard si intristiva al pensiero che gli fosse ancora un po' troppo affezionata. Per quanto fosse una gentildonna, Renee non era abbastanza raffinata per i gusti di Cecil; non aveva ricchezza o lignaggio sufficienti. Ma sposarla sarebbe stata un'ottima scelta per Cecil.

"Dunque, la notizia della mia malattia si è diffusa persino in questo remoto avamposto?" chiese Richard.

"Certo. I vicini erano molto preoccupati."

"Vuoi dire che tu eri preoccupata. Non sono certo che ai vicini importasse davvero qualcosa... a meno che la malattia non interferisse con l'annuale ballo in maschera di Thanet."

Renee finì il budino di Richard e raddrizzò la schiena. "Dovresti essere moribondo per sfuggire a quello. Hai stabilito una data?"

Richard si alzò in piedi. "Ci sto ancora pensando. Ti va di fare una cavalcata con me, Renee?"

Quando la donna si illuminò in viso, Richard si sentì in colpa. Renee era l'unica persona con cui lui non avrebbe civettato. Avrebbe voluto chiederle se avesse trovato qualcuno che la amasse come meritava, ma dal suo comportamento, sospettava che così non fosse.

D'altra parte, aveva bisogno di una scusa per vedere Stephen e Renee serviva allo scopo.

Renee lanciò un'occhiata ai cani. "Loro verranno con noi?"

"No, anche se hanno sviluppato un nuovo affetto per me. Deve essere perché ho rischiato la morte."

"Cecil!"

Richard nascose l'ansia e sperò che la rinnovata benevolenza dei cani non sarebbe stata la sua fine.

I CAVALLI ben addestrati si lasciarono condurre docilmente lungo lo stretto sentiero che correva sul fianco della scogliera. Richard apriva la fila, tenendo le redini di entrambi gli animali. Renee lo seguiva. La giornata era nuvolosa quanto bastava per offrire sollievo dal sole caldo. Sotto Richard, la spiaggia rocciosa si estendeva verso il Mare del Nord e la gente passeggiava a gruppetti di due o tre persone, prendendo il sole. Fu piuttosto facile individuare Stephen e la sua istitutrice. Erano a capo chino mentre esaminavano qualcosa sul terreno.

Sollevato, Richard finse di non cercare nessuno e attese che Renee lo raggiungesse. La donna sorrise e trasse un profondo respiro d'aria di mare. Quando lui la prese per mano e si offrì di aiutarla a montare in sella, lei gli rivolse un'occhiata stupita, ma accettò, scuotendo la testa. Probabilmente, quella era un'altra cosa che Cecil non avrebbe fatto. Era probabile che il fratello di Richard avrebbe portato uno stalliere a cui affidare compiti come quello.

Renee cavalcava all'amazzone e Richard si chiese quando si fosse finalmente decisa a farlo. Poi montò a cavallo e lei lo sfidò subito a una gara. Galopparono lungo la spiaggia, nella direzione opposta rispetto all'obiettivo di Richard; ma ora che sapeva che Stephen era al sicuro, Richard decise di fare con calma.

Renee lo batté fino alla sporgenza rocciosa designata come traguardo – Cecil era sempre stato un cavaliere peggiore di Richard – per cui Richard imbrogliò e cominciò il percorso opposto prima di lei. Lasciò che l'ebbrezza del sole e della sabbia, e la sensazione del cavallo che galoppava sotto di lui, si portassero via le sue preoccupazioni costanti. Lui e Renee stavano entrambi ridendo, testa a testa, quando Richard arrestò la corsa un po' troppo vicino all'istitutrice. La signorina Shelby afferrò Stephen per le spalle e lo strinse a sé, assumendo l'aria guardinga di una leonessa. Richard apprezzava la dedizione della donna. Se non avesse perso il cappello nella risacca, se lo sarebbe tolto. La giovane indossava l'ennesimo abito scialbo, ma il vento le agitava la gonna, permettendogli di intravedere le sottogonne di pizzo bianco.

Dunque... gli indumenti intimi della donna non erano disadorni come quelli esterni. Richard avvertì un brivido di sfida che non avrebbe dovuto provare. Un duca normale non doveva prestare troppa attenzione alla servitù.

Ma Cecil non era un duca normale... e Richard non era il duca.

"Buon pomeriggio, signorina Shelby," disse Richard.

La donna gli rivolse una breve riverenza, in cui lui percepì parecchia riluttanza.

"Vostra Grazia," mormorò lei.

Stephen gli sorrise e si allontanò dall'istitutrice. "Padre! Cavalcate molto in fretta. Avete preso lezioni come me?"

Richard aveva commesso un grave errore cavalcando con perizia, ma avrebbe potuto correggerlo facilmente. Ammiccò con fare complice al ragazzo e disse: "Non potevo lasciare che la signorina Barome continuasse a battermi, vero?"

Renee stava faticando a domare i propri capelli, l'ultimo

ricciolo dei quali aveva perso la propria ancora nel vento salmastro. Lo afferrò con una mano e rivolse all'istitutrice uno sguardo franco e amichevole prima di abbassare lo sguardo su Stephen dall'alto del suo cavallo. "Lord Ramsgate, ho trascorso l'intera vita sconfiggendo vostro padre in sella. E dato che ho molta più pazienza di lui durante le mie lezioni, presto sarò di nuovo la più veloce."

"Anch'io so cavalcare veloce," disse Stephen. "Bill il garzone dice che mia madre cavalcava come il vento. Non è buffo? La signorina Shelby dice che corro troppi rischi."

Il ragazzo parlava come Cecil, pensò Richard. "Sono di una maleducazione spaventosa," disse. "Signorina Renee Barome, vi presento la mia nuova istitutrice, la signorina Shelby." Vide la signorina Shelby sussultare per l'uso di quel linguaggio possessivo e avvertì una soddisfazione molto maschile. Non aveva mai pensato che stuzzicare una donna alla maniera di Cecil potesse essere divertente, ma cominciava a impararlo. E tuttavia, l'esperienza personale gli insegnava fin troppo che non era il caso di andare oltre. "Signorina Shelby, la signorina Barome è una dei nostri vicini."

Le donne si scambiarono un saluto mentre Stephen si allungava per accarezzare il naso del cavallo.

"P-posso cavalcare con voi, padre?"

Nella voce del ragazzino c'era un'esitazione che ricordò a Richard l'incertezza della propria infanzia. Si disse che Cecil non avrebbe prestato attenzione alla richiesta del figlio, non quando c'erano delle donne da affascinare. Ma Stephen era l'intero motivo della presenza di Richard.

Sorridendo, Richard si allungò. "Prendi la mia mano con entrambe le tue. Oh issa."

Sollevò il ragazzino di fronte a sé e si incamminò lungo la spiaggia. Con suo stupore, Renee non li seguì.

Meriel si schermò gli occhi dal riflesso del sole e guardò il duca allontanarsi a cavallo con il figlio, ignorando una strana ondata di piacere. Nel galoppare dell'uomo c'era un'imprudenza che sapeva di... libertà. Com'era essere in cima al mondo, poter fare quello che si voleva? Un tempo, Meriel aveva pensato che di fronte a lei si estendessero giorni di piacere infinito. Purché scegliesse il marito giusto, avrebbe potuto vivere come desiderava. Ma tutti quei sogni erano svaniti. Meriel aveva una mente troppo logica per soffermarsi a lungo sulla tristezza di quel pensiero, perché il passato non si poteva cambiare.

La signorina Barome smontò e si mise al suo fianco. Anche lei guardò il duca e Stephen allontanarsi al galoppo.

"È bello vederlo interessarsi a suo figlio dopo tutti questi anni," disse la signorina Barome.

Meriel si stupì nell'udire la donna parlare con tanta franchezza. "È il padre del ragazzo," disse titubante, non sapendo bene come rapportarsi con una sconosciuta.

"Forse se ne sta finalmente rendendo conto," disse la signorina Barome. Lanciò un'occhiata a Meriel. "Non avrei mai pensato che sarebbe accaduto. Questo mi fa sperare per Cecil."

Meriel reagì inarcando le sopracciglia a sentirla parlare del duca con tanta familiarità.

La signorina Barome rise. "Perdonate la mia insolenza. Conosco il duca da quando eravamo bambini. Non lo chiamavo 'Vostra Grazia' allora; non posso certo cominciare adesso."

"Non intendevo dare a intendere che la cosa mi riguardi," disse con prudenza Meriel.

"Certo che no, ma se vogliamo diventare amiche, dovreste saperlo."

Stupita, Meriel rimase silenziosa e guardinga.

La signorina Barome si ravviò i capelli lontano dal viso e le rivolse un altro sorriso schietto.

"Scoprirete che faccio amicizia con facilità, signorina Shelby. Soprattutto, sono brava a giudicare le persone. Voi siete nuova qui, per cui di sicuro non conoscete molte persone. E siete un'istitutrice, la qual cosa implica una certa solitudine in una grande casa come Thanet Court. Ho ragione?"

Lentamente, Meriel sorrise. "Avete ragione su tutto, signorina Barome. E io accetto con gioia la vostra offerta di amicizia. Sono state settimane solitarie."

La signorina Barome prese Meriel a braccetto, tenendo le redini del cavallo nell'altra mano, ed entrambe si misero a camminare nella direzione presa dal duca e da suo figlio.

"Dovete venire a trovarmi per il tè questa domenica," disse la signorina Barome. "Immagino che non insegniate nel giorno del Signore?"

"Ancora una volta, avete ragione. E sarebbe una gioia per me."

Il duca e suo figlio tornarono presto da loro e, insospettendo Meriel, il duca aprì la sacca da sella e riversò una serie di cibi su una coperta distesa sulla sabbia. Il primo pensiero di Meriel fu che l'uomo avesse progettato un incontro clandestino con la signorina Barome. Ma c'era davvero troppo cibo per due sole persone.

"Viaggio sempre preparato", si vantò l'uomo, buttandosi a terra e sdraiandosi su un fianco sulla coperta, mentre le signore si affaccendavano a servirlo.

"Da quando?" insistette la signorina Barome, mentre afferrava le crostatine alle ciliegie.

L'uomo si strinse nelle spalle e rise. "Da quando la signora Theobald ha insistito."

Meriel non riusciva a smettere di fissarlo: era incuriosita dalla sua reazione — l'amica di vecchia data del duca sospettava del suo movente — ma anche affascinata da come un duca potesse rilassarsi con tanta facilità sulla sabbia, lungo la spiaggia. L'uomo si appoggiò su un gomito, con la testa in mano, mentre il vento gli scompigliava i capelli da ogni parte.

Victoria continuava a ripetersi che si trattava soltanto del suo eccentrico datore di lavoro, ma il duca aveva una presenza rara, tale da renderlo difficile da ignorare, e la cosa la turbava. Non aveva il cuore di allontanare Stephen per le elezioni quando il suo *straordinario* padre era presente.

Continuava ad aspettare che il duca si concentrasse sulla signorina Barome, ma lo sguardo dell'uomo si soffermava a turno su ciascuna di loro. Solo un'occhiata fugace, ma ogni volta che quello sguardo la toccava, Meriel percepiva quella sensazione come una forza fisica. Anche se non ne aveva l'intenzione — anche se non lo voleva — incrociò lo sguardo del duca per un istante, e fu come se tra loro scoccasse una scarica elettrica. Meriel si affrettò ad abbassare lo sguardo sulla bottiglia di vino che aveva in mano e rischiò quasi di farla cadere.

La situazione si stava trasformando in una lezione di biologia che non aveva mai sperimentato prima?

Stephen aveva finalmente mangiato a sufficienza e si incamminò verso il bagnasciuga. Si rivolse a lei, anziché al padre, per chiedere il permesso di togliersi le scarpe, ma il duca non se ne accorse. Stava guardando lungo la spiaggia, prestando ben poca attenzione alla signorina Barome, che parlava degli ultimi arrivi a Ramsgate. La signorina Barome se ne stava appoggiata all'indietro sulle mani, il volto rivolto al sole, le lentiggini che si scurivano sotto gli occhi di Meriel.

Meriel, invece, era inginocchiata composta, la cuffia ancora ben ferma sul capo, e non osava rilassarsi. Mantenne l'attenzione su Stephen, che rincorreva i gabbiani, sollevava spruzzi lungo il bagnasciuga e raccoglieva conchiglie da portarle. Più il ragazzino si allontanava, più il duca sembrava tenerlo d'occhio.

Quell'uomo non credeva che Meriel fosse in grado di prendersi cura di suo figlio? Eppure, Meriel trascorreva con Stephen la maggior parte della giornata.

Mentre ancora cercava di decidere se offendersi o meno, Meriel vide lo sguardo del duca posarsi su un uomo solitario che camminava lungo la spiaggia, diretto verso di loro. Lo sconosciuto si muoveva con decisione, anziché con l'andatura lenta di un'escursionista.

Meriel non l'avrebbe nemmeno notato, se non fosse stato per il cambiamento improvviso nella postura del duca, che da rilassata divenne... rigida. Non guardava più né la signorina Barome né lei. Il sorriso che aveva sulle labbra si era fatto teso.

Si raddrizzò lentamente, l'avambraccio appoggiato su un ginocchio piegato.

La signorina Barome aveva gli occhi chiusi, intenta a godersi il calore del sole sul volto, e non si accorse di nulla.

Ma Meriel spostava lo sguardo tra il duca, Stephen e lo sconosciuto. La tensione del duca si era trasmessa a lei, che all'improvviso ebbe paura, come se una nube scura si fosse frapposta fra lei e il sole.

Che le era preso? Molte persone passeggiavano lungo la spiaggia.

A bassa voce, chiese: "Vado a prendere vostro figlio, Vostra Grazia?"

Il duca scosse la testa senza guardarla. "Vado io."

L'uomo si alzò in piedi con un movimento fluido e si incamminò verso Stephen. Meriel avvertì l'impulso irrazionale a seguirlo, come se il duca non fosse in grado di proteggere il suo stesso figlio.

Proteggerlo da cosa?

Il duca raggiunse Stephen prima dello sconosciuto e si accovacciò accanto al ragazzo. Stephen gesticolò a indicare qualcosa sulla sabbia, ma non notò che suo padre stava guardando invece l'uomo.

Lo stomaco di Meriel si strinse mentre lo sconosciuto si avvicinava ancora di più. Il duca mise un braccio attorno alle spalle di Stephen e lo fece voltare verso il mare, come a indicare la nave ferma all'orizzonte

Ma quello che stava facendo realmente era frapporre il proprio corpo fra Stephen e lo sconosciuto.

Il viso di Meriel si coprì di sudore. Si strinse le gonne con dita umide. Cosa stava succedendo?

Lo sconosciuto era ora a pochi metri di distanza. Meriel si sollevò senza rendersene conto.

E poi, l'uomo rivolse un amichevole cenno del capo al duca e proseguì per la sua strada.

Il duca si alzò in piedi, lanciò un'occhiata allo sconosciuto e poi si chinò per rispondere a un'affermazione di Stephen. Meriel tornò ad accovacciarsi.

Quando l'uomo raggiunse Meriel e la signorina Barome, esclamò: "Buon pomeriggio, signorina Barome."

La donna si schermò gli occhi e sorrise. "Buon pomeriggio a voi, signor Sherlock." Presentò Meriel all'uomo e disse: "Stavo appunto dicendo al duca che siete il nuovo droghiere di Ramsgate."

"Come siete gentile, signorina," disse l'uomo, inchinandosi e sorridendo con aria estremamente innocua. "Non sapevo che il duca fosse a casa."

"Si fermerà per un periodo indefinito, signor Sherlock. Sono certa che lo vedrete in paese."

Quando il duca non accennò a lasciare Stephen, il commerciante si allontanò senza essere stato presentato.

La signorina Barome guardò accigliata il duca e scosse la testa. "Cecil avrebbe almeno potuto venire qui a conoscere quell'uomo. Ma d'altra parte, non pensa mai a questo genere di cose. Il nostro Cecil è molto concentrato su se stesso... come sono certa constaterete di persona, signorina Shelby."

Meriel annuì, ma i suoi occhi erano rivolti al duca, che non sembrava prestare attenzione mentre il signor Sherlock si allontanava. Avrebbe quasi potuto convincersi di essersi immaginata tutto.

Ma non era così. E lei meritava di capire cosa stava passando per la testa del duca, se doveva trascorrere tanto tempo con il figlio di quell'uomo. Avrebbe preso appuntamento per un colloquio. Avrebbero potuto parlare degli studi di Stephen e avrebbe potuto chiedere se il ragazzino potesse cenare con il padre la sera.

E perché il duca avesse percepito un pericolo su una spiaggia soleggiata.

CAPITOLO
QUATTRO

Richard si sentiva un imbecille. Palesemente, le paure espresse da Cecil lo avevano spinto a reagire in modo eccessivo a un semplice sconosciuto che passeggiava lungo la spiaggia. Grazie a Dio, Renee non aveva notato nulla di inusuale nel suo comportamento.

Ma la signorina Shelby sì. Richard aveva avvertito un'affinità fra di loro dal momento in cui si erano conosciuti, ed essa non aveva fatto altro che intensificarsi. Quella donna sapeva benissimo che lui aveva pensato che Stephen fosse in pericolo. Richard aveva continuato ad aspettare che lei lo interrogasse in materia, mettendo Renee sull'attenti.

Ma la donna non aveva detto nulla. Era impallidita, come se avesse capito che Stephen era in pericolo.

Cosa che non poteva sapere.

Ma aveva ricevuto quell'impressione da lui. Come convincerla del contrario? Richard non poteva permettersi che l'istitutrice stesse in guardia, o presto avrebbe cominciato a sospettare di lui.

Richard e Renee condussero di nuovo i cavalli lungo il sentiero della scogliera, seguendo Stephen e la signorina Shelby. Quando raggiunsero la sommità, Richard si ritrovò a voler mettere in sella Stephen con lui, ma sarebbe stato volgare da parte sua andare a cavallo quando la signorina Shelby era appiedata.

Dunque, invece, si rivolse a Renee. "Lascia che accompagni Stephen e la signorina Shelby a casa e poi cavalcherò fino a Ramsgate con te."

"Vuoi *accompagnarmi?*" disse la donna, ridendo con palese incredulità.

Per poco Richard non gemette per la propria stupidità. Come se a Cecil sarebbe mai venuto in mente di fare una cosa del genere.

E poi notò che l'attenzione della signorina Shelby era di nuovo su di lui. Accidenti.

Sorrise e diede una pacca sul collo del cavallo di Renee mentre questi lo toccava con il muso. "Ah, Renee. Tu spingi gli uomini a volerti proteggere."

La donna rise allegramente, e ciò tranquillizzò Richard.

"Cecil, aiutami a montare in sella e basta. Non sono certo lontana da casa."

Renee stava ancora ridendo e scuotendo la testa quando voltò il cavallo nella direzione opposta. "Ricordatevi di venire da me domenica a prendere il tè, signorina Shelby!"

"Lo farò!" esclamò l'istitutrice.

Per un momento, la signorina Shelby non si nascose dietro all'espressione severa di un'istitutrice. Richard guardò il sorriso che le scaldava il viso e che rendeva lo sguardo della donna spensierato come un giorno estivo senza nuvole. Era più giovane di quanto lui avesse immaginato; Richard se ne accorse subito.

Ed era così bella che lo faceva soffrire.

Richard doveva piantarla con quelle sciocchezze romantiche. Aveva una missione da svolgere e nient'altro. Dopodiché, sarebbe tornato alla sua vita a Manchester.

Sollevò Stephen in sella e condusse il cavallo lungo l'erba alta, camminando al fianco della signorina Shelby. Tacquero per diversi minuti e, a un certo punto, Richard si guardò alle spalle e vide che la testa del ragazzo ciondolava sul petto e che i suoi occhi sbattevano pesantemente le palpebre.

Con l'unico intento di informare la signorina Shelby del comportamento di Stephen, Richard le toccò il braccio.

E lei sobbalzò come se lui fosse saltato fuori da un nascondiglio per spaventarla.

Richard avrebbe voluto chiedere scusa, ma fu costretto a ricorrere invece all'ampio sorriso di Cecil.

La donna arrossì violentemente. "Sì, Vostra Grazia?"

Richard accennò con il capo a Stephen, la cui testa ondeggiava al ritmo del cavallo.

L'espressione dell'istitutrice si intenerì. "Ha avuto una giornata faticosa. Pensate che potrebbe cadere?"

Richard avrebbe voluto dire che avrebbe protetto Stephen... ma poi si ricordò chi si supponeva lui fosse. "Volevo solo che lo teneste d'occhio."

Il calore negli occhi della donna si raffreddò. "Certo, Vostra Grazia."

Richard detestava sentirsi un mascalzone... ma Cecil era così. E lui aveva la sensazione che fosse meglio frapporre Cecil come barriera fra sé e l'istitutrice.

"Vostra Grazia," disse la signorina Shelby, "ci sono diverse cose che vorrei discutere con voi riguardo a Stephen. Potrei prendere appuntamento per un colloquio con voi?"

"Parlatene con il mio segretario," disse Richard con indifferenza forzata. "Sono certo che vi sia un'ora da qualche parte nella mia agenda."

La donna sapeva dannatamente bene che lui aveva il tempo e che la stava allontanando come se non gli importasse nulla di suo figlio.

Non suo figlio; il figlio di Cecil.

IL MATTINO DOPO, Stephen e la sua balia andarono a giocare a volano, lasciando a Meriel un'ora libera per l'incontro previsto con il duca. Scese nello studio dell'uomo, ma naturalmente lui non era lì. Il duca arrivò con un ritardo di quasi quindici minuti e persino allora parve sorpreso di trovarla in attesa. Ci fu un attimo di sospensione fra di loro, durante il quale Meriel si rese conto che le piaceva semplicemente guardare quell'uomo, nonostante i suoi difetti. Era profondamente delusa da se stessa.

Il duca la fissò e i suoi due levrieri, uno per lato, alti quanto la vita del padrone, fecero lo stesso. Meriel non percepì un senso di minaccia da parte dei cani, ma le due bestie erano grandi come puledri e di conseguenza intimidivano.

"Ah, signorina Shelby," disse l'uomo.

Fece per girare attorno alla scrivania, poi parve avere un ripensamento e si sedette su una più comoda poltrona vicino al caminetto. I cani gli rivolsero un'occhiata perplessa.

"Victoria, Albert, giù."

I cani si limitarono a scodinzolare nell'udire i propri nomi, ma non obbedirono.

Meriel si coprì la bocca e finse di tossire, o sarebbe scoppiata a ridere. Prima dell'arrivo del duca, i cani erano perlopiù rimasti nel canile e lei non li aveva mai sentiti chiamare per nome.

"Avete dato ai vostri cani i nomi della regina e di suo marito?"

Il duca si strinse nelle spalle e gesticolò con fare indolente. "Apprezzavo l'ironia. E come potete vedere, loro mi ascoltano come farebbe la regina."

L'uomo ripeté il comando, indicando il pavimento, ed entrambi i grandi cani si stesero con riluttanza. Quindi, il duca fece dondolare la testa sulla poltrona e la guardò.

Meriel non aveva mai conosciuto un uomo così... rilassato. La postura stessa del duca emetteva decadenza. Ma d'altra parte, i suoi incontri con gli uomini si erano svolti perlopiù in occasione di feste formali, all'opera o in un museo. Luoghi sicuri.

Meriel non si sentiva mai sicura nei pressi del duca.

Tranne che il giorno prima, sulla spiaggia. Per qualche strana ragione, non aveva dubitato che l'uomo avrebbe cercato di proteggerli tutti... e che ci sarebbe riuscito.

Ebbe qualche minuto in più per ricomporsi quando una cameriera – Beatrice, pensò Meriel – portò un vassoio con caffè e biscotti. La ragazza era bionda e carina. Meriel ricordò il commento della balia Weston, secondo cui il duca ingaggiava la servitù sulla base dell'aspetto fisico.

Sebbene Meriel avesse la certezza che Beatrice fosse passata davanti allo studio pochi minuti prima e l'avesse vista, sul vassoio c'era una sola tazza.

Il duca non notò l'assenza di una seconda tazza se non dopo che la cameriera si fu allontanata, mentre si portava la sua alle labbra.

Inarcò un sopracciglio. "Non avete ricevuto del caffè, signorina Shelby?"

Meriel scosse la testa. "Non è importante, Vostra Grazia. Sono venuta a parlare di vostro figlio."

Avrebbe potuto giurare che le spalle del duca si fossero tese in maniera impercettibile. Era preoccupato per qualcosa?

Meriel doveva smetterla di vedere significati nascosti in ogni singola azione dell'uomo.

"Vostra Grazia, so che la madre di lord Thanet è morta di parto, ma poco altro. Cosa mi è permesso dirgli di lei?"

"Qualunque cosa vogliate, signorina Shelby. Eravamo giovani quando ci siamo sposati: avevamo entrambi solo diciannove anni. È stato piuttosto liberatorio fare scelte del genere da solo."

Meriel si acciglìo. "Se posso chiedere, il vostro non è stato dunque un matrimonio combinato, ma d'amore? Sono certa che Stephen vorrebbe saperlo," si affrettò ad aggiungere.

Il duca sorrise in una maniera tanto maliziosa da farla arrossire violentemente.

"Di sicuro mi sentivo innamorato," disse.

Ma in seguito si era reso conto di non esserlo? si chiese Meriel.

"Marguerite era un'anima gentile, lietissima dell'opportunità di avere un figlio," proseguì l'uomo. "Mi intristisce sapere che Stephen non conoscerà mai la devozione di una madre."

Ora suonava come un uomo deciso a non risposarsi mai più. Dannazione alla curiosità insaziabile di Meriel.

"Vi ringrazio per avermi dato il permesso di parlare della madre di lord Thanet con lui," disse Meriel. "Vostro figlio sta crescendo ed è pronto alle lezioni che può insegnargli la vita. Ha sei anni, Vostra Grazia. È ora che impari come comportarsi fra persone più mature. In quanto futuro duca, sarà oggetto di grandi aspettative."

Il duca inclinò la testa, un sorriso divertito che gli arricciava le labbra, e Meriel ricordò che stava parlando con un uomo cresciuto per essere duca. Arrossì e continuò a parlare.

"Lord Thanet consuma i pasti con me nella nursery ed è

difficile fargli mantenere l'attenzione sulle buone maniere. Chiedo che gli sia permesso di cenare con voi la sera." Il duca aprì la bocca, ma Meriel si affrettò a proseguire, per quanto ciò fosse scortese. "Naturalmente, qualora aveste ospiti, lui rimarrebbe nella nursery."

"Non è un problema, signorina Shelby. Avreste potuto chiedermelo in qualunque momento, senza prendere appuntamento."

"Ma non potevo rischiare che lord Thanet udisse, nell'eventualità di un vostro rifiuto."

Il duca sorseggiò il caffè. "Capisco."

Meriel non aveva anticipato quell'assenso così facile e perse il filo del discorso che si era preparata.

"Signorina Shelby, naturalmente vi rendete conto che vi unirete a noi."

Meriel si irrigidì. "Non è necessario, Vostra Grazia. Sono certa che voi e vostro figlio starete benissimo senza di me."

"Ma chi guiderà mio figlio nel giusto comportamento? Non potete contare su di me. Io mangio come desidero e nessuno mi ha mai corretto, perché sono il duca."

"E non desiderate che lo stesso valga per vostro figlio?" Meriel parlò con titubanza, non volendo offendere l'uomo.

Questi inclinò la testa. "Esatto. Ci sono occasioni in cui una persona desidera... mescolarsi meglio."

Meriel non seppe come rispondere, se non: "Capisco, Vostra Grazia. Certo che accompagnerò lord Thanet a cena."

Il duca accarezzò i cani e bevve il caffè, ma riuscì comunque a guardarla molto più di quanto lei ritenesse opportuno. E ogni singola occhiata la rendeva nervosa e rossa in viso. Ma Meriel non poteva certo rimproverare il proprio datore di lavoro come se fosse uno studente.

Perché il duca la faceva sentire così nervosa?

"Avete domande riguardo agli studi di vostro figlio?" chiese con imbarazzo.

"No."

Quella risposta fu come una battuta d'arresto. Meriel giunse le mani e annuì.

"Sta facendo buoni progressi, Vostra Grazia, e si sta adattando bene alla sua prima routine."

"Era piuttosto selvatico l'ultima volta che sono stato a casa."

"È un bambino molto curioso e attivo," gli assicurò Meriel.

"Ed è compito vostro domarlo?"

L'uomo stava ridendo di lei, ora.

Freddamente, Meriel disse: "No, Vostra Grazia, ma posso insegnargli a incanalare il suo entusiasmo. Avete visto come si è comportato ieri in spiaggia. Un tempo, sarebbe corso via senza badare a noi. Sta imparando a chiedere il permesso."

L'argomento del loro picnic sulla spiaggia fece svanire leggermente il sorriso del duca e Meriel capì che era ora di rischiare.

"Vostra Grazia, ieri non ho potuto non notare la vostra tensione."

"Non ero teso, signorina Shelby," disse il duca in tono mite.

Ma come se avesse reagito alla presenza di qualcosa, Victoria il levriero sollevò la testa e guardò il suo padrone.

Meriel avvertì un desiderio infantile di osservare che persino il cane se n'era accorto.

"Vostra Grazia, quando il signor Sherlock ci ha avvicinati, voi eravate visibilmente preoccupato."

Il duca posò il caffè e si alzò. Meriel si chiese se stesse cercando di intimidirla, perché le si avvicinò e la fissò dall'alto in basso.

"Signorina Shelby, voi siete mai stata membro di una famiglia nobile?"

"No, Vostra Grazia."

Parve che l'uomo fosse sul punto di dire qualcosa di natura seria... e poi, fu come se una luce si fosse spenta nei suoi occhi, nascondendo quello che lei voleva vedere. Il sorriso irriverente era tornato, assieme al modo lascivo di guardarla.

"Allora avete per caso studiato il modo di comportarsi di un nobile?"

Meriel arrossì di nuovo; negli ultimi tempi, accadeva fin troppo spesso. "No, Vostra Grazia."

"Dunque non potete sapere quello che stavo pensando, giusto?"

"No, Vostra Grazia." Meriel sollevò il mento; cominciava ad alterarsi, perché il duca la stava prendendo in giro e lei non poteva rispondere a tono.

"Dunque, vi rendete conto che io non devo giustificarmi con voi, l'istitutrice di mio figlio."

"Certo, Vostra Grazia," disse rigidamente Meriel.

Il duca sorrise e lei si rese conto sconvolta che non la stava più fissando negli occhi, ma sulla bocca. Meriel si era lasciata baciare diverse volte e sapeva che significato aveva quello sguardo da parte di un uomo.

Tempo prima, quando era ancora il centro dell'attenzione tra i membri della sua classe a Londra, aveva reagito con pregustazione... per pura curiosità, naturalmente. Era stata baciata e l'esperienza, per quanto piacevole, l'aveva lasciata delusa.

Ora, mentre guardava il duca, tutto ciò che riuscì a fare fu sentirsi stordita dal puro senso di pregustazione che la travolse, che la attraversò, anche se le prese in giro dell'uomo le bruciavano ancora. Inorridita, si rese conto che voleva sentire il sapore del duca.

Si ritrasse immediatamente. Non avrebbe permesso che ciò

accadesse. Un uomo come il duca si sarebbe approfittato di lei e poi l'avrebbe congedata.

"Stephen vi raggiungerà per pranzo, Vostra Grazia?" Meriel fu orgogliosa del suono normale della sua voce.

"Ho un impegno altrove," disse l'uomo.

Il suo sorriso pigro era svanito e Meriel non poteva permettersi di continuare a essere fissata anche solo per un istante in più.

"In tal caso, vi auguro buon pomeriggio," disse, per poi darsi alla fuga.

PER TUTTO IL POMERIGGIO, Meriel fu combattuta fra l'orgoglio per aver difeso Stephen e la rabbia contro se stessa per non essersi resa conto di cosa avrebbe significato per lei cenare tutte le sere con il duca. Aveva dovuto subire le attenzioni dell'uomo e trovare dei modi per distogliere senza mettere a rischio il proprio impiego.

Vestirsi per la cena fu un esercizio di futilità: che cosa avrebbe dovuto indossare? I suoi vestiti migliori erano troppo belli per un'istitutrice, soprattutto una che stava cercando di non farsi notare. Di certo non poteva permettere al duca di pensare che stesse cercando di attirare deliberatamente la sua attenzione.

Alla fine, optò per un abito di seta nera che aveva indossato al funerale di suo padre e aggiunse un semplice cammeo alla gola. Da quel momento in poi, quello sarebbe stato il suo unico abito da sera. I pochi bei vestiti da cui non aveva voluto separarsi erano nascosti in fondo al suo guardaroba. Acconciò i capelli nello stile semplice e severo che ora preferiva, lontano dal viso, senza un singolo ricciolo in vista.

La cameriera Beatrice era passata prima per dirle a che ora

il duca l'attendeva per la cena. La servitrice si era mostrata fredda e Meriel non si era curata di chiedere il perché. Come poteva la servitù essere contrariata dal fatto che Stephen aveva bisogno di cenare con il proprio padre?

Quando finalmente Meriel andò a prendere Stephen – adorabile, con il frac e i pantaloni in miniatura – e scese in sala da pranzo per la cena, il duca stava venendo servito dai suoi lacché, i quali stavano già sparecchiando la prima portata. Ogni singolo tintinnio dell'argenteria riecheggiava nella stanza cavernosa che avrebbe potuto ospitare con facilità cinquanta persone. La cameriera Beatrice era china vicino al duca, intenta a pulire briciole della tovaglia. La ragazza non incrociò lo sguardo di Meriel.

Il duca smise di masticare e osservò divertito Meriel. "Dunque, la puntualità non fa parte delle lezioni di Stephen?"

Stephen li fissò senza capire.

Meriel si sentì arrossire. "Vostra Grazia, siamo in anticipo di cinque minuti."

"Siete in ritardo di quasi mezz'ora, signorina Shelby."

Il duca non sembrava arrabbiato, il che era ancora più frustrante, perché Meriel era arrabbiata: arrabbiata con se stessa per aver creduto all'aria innocente di Beatrice, il cui bel viso era arrossato dall'entusiasmo mentre gravitava nei pressi del duca.

Meriel si morse il labbro. E così, ora era coinvolta in una sorta di gara con una cameriera per le attenzioni del duca? A Beatrice non avrebbe dovuto importare che era Stephen colui al quale stava recando più danno?

Stephen accentuò la presa sulla mano di Meriel, l'espressione felice che crollava lentamente nell'ansia. "Padre, ho fatto qualcosa di male?"

"Certo che no, Stephen," disse il duca. "Lo ha fatto la signorina Shelby."

Meriel ebbe un sussulto.

"Ma vi siete persi solo la prima portata. Venite a mangiare con me."

Per la prima volta, Meriel avrebbe voluto fuggire da una stanza a causa dell'imbarazzo. Era sempre stata orgogliosa della sua puntualità e del suo essere pronta a qualunque situazione. Si rifiutava di permettere a una cameriera gelosa di controllare le sue azioni.

CINQUE

Con Stephen seduto accanto a lui e la signorina Shelby sul fianco opposto del ragazzo, Richard guardò la costernazione dell'istitutrice sfumare in una tranquilla risolutezza. Aveva visto la donna lanciare un'occhiata alla cameriera e si rendeva conto che le sue istruzioni riguardo alla cena dovevano essere state deliberatamente alterate. Avrebbe voluto lasciar perdere l'intera faccenda... ma ora era Cecil.

Si costrinse a sorridere. "Beatrice, ti sei comportata male oggi?"

La ragazza arrossì e soffocò una risatina dietro la mano. Il suo sguardo trionfante si posò in maniera aperta sulla signorina Shelby. L'istitutrice la ignorò, rivolgendo un cenno del capo al lacchè Robert, che le aveva messo un piatto di fronte. La signorina Shelby si voltò poi verso Stephen, ricordandogli quali erano gli utensili giusti e aiutandolo a sistemare il tovagliolo.

Era un tipo freddo, la signorina Shelby. E di un'intelligenza talmente palese che per un attimo, quel pomeriggio, mentre guardava tanto da vicino in quei profondi occhi azzurri, Richard aveva preso in considerazione di dirle che l'erede di un duca era potenzialmente sempre in pericolo... da parte di chi lo seguiva nella linea di successione. Ma per il momento, quel segreto era suo; suo e di Cecil. Non poteva permettere che un'istitutrice curiosa e preoccupata ficcasse il naso dove non avrebbe dovuto.

E poi, durante il loro colloquio privato nello studio, Richard aveva proprio perso la testa. Aveva sentito il desiderio di baciarla. Le labbra della signorina Shelby erano diventate l'unica cosa a cui riusciva a pensare. E lei se n'era accorta; Richard lo sapeva. E ciò poteva essere un bene. Era giusto che quella donna stesse in guardia da lui. Richard voleva stuzzicarla, occasionalmente umiliarla, ma non voleva affezionarsi a lei. La posta in gioco era troppo alta.

"Allora, che cosa ti ha insegnato oggi la signorina Shelby?" chiese Richard a Stephen.

Dapprima, il ragazzino cominciò a parlare con la bocca piena; ma con una singola occhiata, l'istitutrice gli ricordò le buone maniere.

"Ho imparato dell'India, padre," disse Stephen dopo aver deglutito. "La signorina Shelby ha persino una sciarpa che viene da là!"

Richard lanciò un'occhiata alla signorina Shelby.

La donna continuava a guardare con affetto il suo allievo. "Mio padre viaggiava spesso quando ero giovane," spiegò. "Quello è uno dei doni che mi ha portato."

"Anche voi avete viaggiato molto, signorina Shelby?"

"Londra è una città molto grande, Vostra Grazia. Per quanto io esplorassi, rimaneva sempre molto da vedere."

"Dunque non avete viaggiato molto," disse Richard, sottolineando il concetto in un modo che gli fece venire voglia di sussultare.

Un vago rossore colorò le guance della donna. "No, Vostra Grazia."

"Ma, tirando a indovinare, direi che avete sempre avuto intenzione di farlo."

La donna lo guardò direttamente, con quello sguardo limpido.

"Prima delle vostre sfortunate difficoltà finanziarie," proseguì Richard, odiando se stesso per il male che le stava facendo.

"Certo, Vostra Grazia," disse la signorina Shelby. "Ogni donna ha dei progetti per la sua vita."

Richard sorrise. "Con suo marito, naturalmente."

Stephen spostò uno sguardo incerto fra i due. "Siete sposata, signorina Shelby? Allora perché siete signorina?"

La donna rivolse al suo allievo un sorriso affettuoso. "No, milord, non sono sposata. Il duca mi stava solo prendendo in giro per passare il tempo. Una conversazione arguta può rendere una semplice cena molto più interessante."

A Richard, il tono della donna fece capire che le sue doti di conversazione erano carenti. L'ardire dell'istitutrice lo divertì e fece colpo su di lui. Uno scambio di battute con l'adorabile signorina Shelby avrebbe potuto essere fin troppo distraente.

Hargraves il maggiordomo aprì le doppie porte che davano sul corridoio ed entrò. "Vostra Grazia, avete ospiti inattesi."

Il tono rassegnato della sua voce fece capire a Richard che ciò non era inusuale.

"I visitatori sono lord Yardley e sua sorella, lady Parthenope Dean, assieme a lady Lawton. Devo farli aspettare nel salotto blu fino a quando non avrete finito di cenare?"

Richard avrebbe voluto dire a tutti di tornarsene a casa. Aveva un vago ricordo di Yardley e del fatto che questi aveva una sorella, ma lady Lawton gli era sconosciuta. Aveva sperato che la convalescenza di Cecil avrebbe tenuto lontana la gente per un po'. Ma d'altra parte, gli amici di Cecil non erano il tipo di persona che rispettava le regole... non scritte o meno che fossero.

Richard mosse una mano in un gesto languido. "Dite loro che arriverò dopo aver finito la cena, Hargraves. Non soffriranno l'attesa. Fate servire loro qualunque rinfresco gradiscano."

Ma mentre stavano finendo la portata principale, voci rumorose rimbombarono nel corridoio e le porte furono spalancate da un uomo rosso in viso che rideva sguaiatamente. Erano trascorsi almeno cinque anni da quando Richard aveva visto Yardley ed era palese che una vita di vizi non aveva recato beneficio all'uomo, come dimostrato dal gilet troppo stretto e dagli occhi iniettati di sangue.

"Thanet!" esclamò Yardley, per poi vacillare e aggrapparsi alla maniglia della porta per reggersi.

Hargraves lo oltrepassò a forza. "Vostra Grazia, perdonate l'interruzione. Lord Yardley non intendeva attendere oltre."

"Ho aspettato troppo," disse Yardley, biascicando. "Il brandy è buono, ma la mia povera sorella ha bisogno di qualcuno che la distragga."

Da dietro le spalle dell'uomo, le due donne ridacchiarono e Richard si costrinse a sorridere come se fosse contento dell'interruzione.

Yardley buttò il braccio attorno al collo di una donna paffuta. "Questa è lady Lawton, Thanet."

"Vostra Grazia." La donna riuscì a esibirsi in una riverenza accettabile.

"Abbiamo trascorso un po' di tempo insieme," disse Yardley. "Il marito della poveretta ci ha lasciati l'anno scorso."

Richard osservò disgustato Yardley che agitava le sopracciglia in modo esagerato, come se la signorina Shelby non potesse capire i suoi vaghi riferimenti sessuali. L'istitutrice stava parlando a bassa voce a Stephen, che aveva un'aria sconvolta, ma rassegnata.

Come se fosse normale che suo padre lo abbandonasse.

Come Richard sarebbe stato costretto a fare.

Yardley afferrò il braccio della sorella e la trascinò in avanti. La donna era palesemente imbarazzata, alticcia e speranzosa, tutto assieme.

"Thanet, vi ricordate di mia sorella Parthenope? Ha finalmente concluso gli studi."

Richard si sentì stranamente vecchio nel guardare la giovane. Ma naturalmente, aveva cinque anni più di Cecil. Sospirò dentro di sé mentre fuori sorrideva.

I lacché erano in attesa con il dessert. Richard fece loro cenno di farsi avanti e, mentre i servitori cominciavano a servire, disse: "Signorina Shelby, voi e Stephen godetevi la crema." Guardò il ragazzo. "Prometto che domani la nostra cena durerà di più."

Stephen si strinse nelle spalle e attaccò il dessert. La signorina Shelby lasciò intatto il suo, mantenendo lo sguardo basso e il volto privo di espressione.

"Perché non portate la vostra bella amica?" disse Yardley, adocchiando la signorina Shelby con fare lascivo.

Le altre due donne si imbronciarono.

Lo sguardo formidabile della signorina Shelby squadrò York e, prima che Richard potesse aprir bocca, la donna disse: "Sono l'istitutrice di lord Ramsay, milord."

"Ma davvero?" disse Yardley. "Mi sa che allora avete bisogno di una serata libera."

La signorina Shelby trasse un respiro profondo, ma non aggiunse altro.

Richard le sorrise. "La balia Weston potrebbe accompagnare Stephen a letto, signorina Shelby. È raro che voi abbiate la possibilità di conversare con degli adulti. Saremmo lieti se vi uniste a noi."

Meriel si chiese se la sua pelle fosse rosso fuoco come immaginava, tanto per la rabbia quanto per l'umiliazione. Non riusciva a credere che il duca le avesse chiesto di *socializzare* con lui... di fronte a suo figlio, per di più! Un conto era essere invitata a un evento in famiglia, dato che anche lei viveva in quella casa. Ma lì si stava esagerando. Per fortuna, Stephen era troppo giovane per rendersi conto della viziosità di lord York e delle sue amiche.

Ma nel profondo di lei, una parte irrequieta e oscura della sua anima immaginò di seguire il duca nelle vesti di quella che era un tempo: una giovane donna con del potenziale, della ricchezza, che gli uomini avevano desiderato come moglie... non come conquista. "Siete gentile a invitarmi, vostra Grazia," rispose, "ma mi vedo costretta a rifiutare. Ho già promesso a lord Ramsgate una visita alla galleria dei ritratti."

"Non sarà troppo buio per vederci?"

Stephen sorrise. "La signorina Shelby mi ha promesso una lezione sul mio re... re..."

"Retaggio," lo aiutò Meriel.

"Retaggio," ripeté diligente il ragazzino. "Ma io voglio cercare i fantasmi."

I tre ospiti non invitati scoppiarono a ridere, ma Meriel notò che il duca si limitò a sorridere.

"Fammi sapere se ne troverai," disse l'uomo al figlio.

Il duca riportò lo sguardo su Meriel e le rivolse un breve inchino, che fornì ulteriore divertimento ai suoi amici.

"Buona serata, signorina Shelby," disse l'uomo.

"Grazie, vostra Grazia."

MERIEL SI ERA INFORMATA PRIMA di provare a parlare con Stephen dei suoi avi. Nella biblioteca, aveva studiato diversi libri di storia sull'argomento del ducato secolare di Thanet e persino interrogato la signora Theobald riguardo al duca più recente, il nonno di Stephen, morto prima che il bambino nascesse. Il tutto aveva dimostrato a Meriel che tutto quel potere e quella ricchezza potevano corrompere facilmente. Spettava a lei aiutare Stephen a diventare un uomo migliore.

Non che lei pensasse che il duca attuale fosse esattamente corrotto, si rese conto mentre accompagnava Stephen attraverso l'immensa casa e fino alla galleria dei ritratti. Il duca trattava la servitù – soprattutto le donne, pensò con sarcasmo – piuttosto bene, e lei non aveva ancora udito nessuno lamentarsi di lui. L'uomo era di rado a casa per più di qualche giorno alla volta, per cui di solito la servitù viveva indisturbata le sue giornate. Ma Meriel percepiva, collegato alle visite del duca, un entusiasmo che non riusciva del tutto a capire, soprattutto tra le cameriere, a giudicare dall'esempio di Beatrice.

Cercò di esaminare i propri sentimenti. Lei sarebbe stata ansiosa di rivedere quell'uomo dopo la sua inevitabile partenza? Il duca portava con sé incertezza e arroganza... e a volte divertimento, ammise con riluttanza Meriel. Quella sera, lei lo immaginava assieme a quegli individui maleducati e ubriachi che la disgustavano.

Ma *lui* non la disgustava. Meriel stava forse cominciando a vederlo come al di sopra dei peccati quotidiani che commetteva? Era possibile che ciò non la rendesse migliore dell'infatuata Beatrice. Un uomo era la somma delle proprie azioni... Non che Meriel sperasse che il duca potesse essere altrimenti. Non sapeva perché volesse che il duca fosse un uomo migliore... tranne che per il bene di Stephen, naturalmente.

Raggiunsero la galleria dei ritratti, che si estendeva per tutta la lunghezza del primo piano della casa. C'erano finestre su ambo i lati, finestre che si affacciavano sul viale e su un cortile interno. Ma le finestre erano ora buie, tranne che sul lato del cortile, dove luccicavano le luci dell'ala opposta della casa. La signora Theobald aveva fatto accendere le candele, ma Meriel aveva anche portato con sé una lampada a olio da avvicinare a ciascun ritratto.

Tra le finestre c'erano diverse dozzine di ritratti, alcuni alti più di tre metri (perlopiù i duchi). Altri erano di dimensioni più modeste, tra il metro e il metro e venti: duchesse e bambini, con l'occasionale levriero. Purtroppo, la madre di Stephen era morta giovane, prima di avere la possibilità di posare. Meriel avrebbe dovuto chiedere se la famiglia potesse fornire a Stephen un suo ritratto.

Seguì il consiglio della signora Theobald e cominciò a due terzi della galleria, con il bisnonno di Stephen, che aveva comandato un battaglione nelle colonie. Man mano che Stephen fosse cresciuto, Meriel sarebbe tornata indietro fino agli avi più antichi. Era un buon modo per studiare la storia.

E, naturalmente, cercare fantasmi. Stephen era ancora speranzoso ed era difficile farlo rimanere concentrato sulla voce di Meriel quando continuava a guardare dietro ciascuna tenda o statua.

Meriel aveva cominciato a parlare del nonno di Stephen quando il duca apparve dalle ombre vicino alla loro estremità della galleria. Meriel ebbe un piccolo sussulto e, dentro di lei, il suo cuore trovò quel nuovo ritmo che solo quell'uomo sembrava ispirare. Perché era così attratta da lui, un uomo per il quale non avrebbe dovuto provare il minimo rispetto?

Stephen sorrise e corse dal padre. Poi si fermò goffamente per inchinarsi. Ma Meriel sapeva che il bambino avrebbe voluto gettarsi tra le braccia paterne. Dopo solo pochi giorni e un briciolo di attenzioni, il ragazzo pensava che il duca potesse essere qualcosa di più per lui.

Meriel lanciò un'occhiata alle spalle del duca, ma non c'era traccia degli ospiti.

"Salve, padre."

"Salve, Stephen," disse il duca, per poi ravviare i capelli ribelli del figlio. "Stai prestando attenzione alla signorina Shelby?"

"Sì! Ho imparato di soldati e battaglie. Sapevate che mio nonno ha combattuto contro i francesi? E il mio bisnonno contro gli americani?"

Il duca sorrise a Meriel. "Avete scelto decisamente la storia giusta per mantenere l'attenzione di un giovane ragazzo. Nessuna discussione sulla febbre che ha spazzato via metà della servitù duecento anni fa? O sul figlio minore che è fuggito nelle colonie ed è diventato americano?"

"Ho pensato di cominciare con poco, vostra Grazia," mormorò Meriel.

"Hai visto dei fantasmi?" chiese il duca a suo figlio.

Le spalle di Stephen si curvarono. "No. Pensavo che il buio avrebbe aiutato, ma non è così. Voi avete mai visto un fantasma qui, padre?"

Meriel guardò il duca sollevare la testa e passare lo sguardo lungo la galleria. C'era un che di distante nei suoi occhi.

"Quando avevo la tua età, mi chiedevo se ci fossero dei fantasmi a Thanet Court," disse a bassa voce l'uomo, la voce profonda che conteneva un rimbombo inaspettato. "Continuavo a pensare di averne visto uno con la coda dell'occhio, ma non è mai accaduto davvero."

Vi fu un silenzio imbarazzato e Meriel si rese conto che il duca non stava nemmeno guardando i ritratti. D'altra parte, aveva trascorso la vita a guardarli.

"I vostri ospiti se ne sono andati, vostra Grazia?" si ritrovò a chiedere Meriel, anche se la cosa non la riguardava.

Il duca parve sollevato dal cambio di argomento. "Sì. Non

sapevano della mia recente malattia, per cui ho dovuto spiegare loro che mi stanco facilmente.”

Non che il duca sembrasse stanco, pensò Meriel, chiedendosi perché un uomo tanto popolare avesse mandato via i suoi ospiti. Il duca era colmo di vitalità e di forza. I suoi capelli e i suoi occhi scuri si mescolavano con le ombre, conquistandole. Se anche ci fossero stati dei fantasmi, la sola presenza di quell'uomo li avrebbe costretti a ritirarsi in preda all'invidia.

La poetessa dentro di lei stava di nuovo cercando di riemergere, pensò disgustata Meriel.

“Padre, stavamo per parlare di voi!” disse Stephen.

“In tal caso, sono arrivato al momento giusto. Avrete bisogno di commenti di prima mano sulla mia vita e le mie imprese.”

Ma non c'era alcun ritratto alto tre metri del duca attuale: solo uno più piccolo, nelle vesti di un ragazzino grossomodo dell'età di Stephen. Era seduto su una panchina in giardino, circondato dal fogliame, con un sorriso malizioso che tradiva pensieri esuberanti.

“Non ci sono cani nel vostro ritratto, padre.”

“No, i cani di mio padre non mi amavano. Forse li stuzzicavo troppo.”

Stephen annuì. “Ai vostri cani sembrate piacere parecchio, a differenza dell'ultima volta che siete stato a casa.”

Meriel si accigliò, ma prima che potesse venirle in mente una domanda diplomatica, il duca cominciò a parlare.

“Dovrei posare per il mio nuovo ritratto, ma non riesco proprio a trovare il tempo.” Lanciò un'occhiata a quello sulla parete con un'espressione pensierosa. “Questo sarà sufficiente, per il momento. Tu ti sei fatto ritrarre?”

Stephen scosse la testa. “La balia dice che non riesco a stare fermo abbastanza a lungo. Potrei far fare il mio assieme al vostro!”

"Potrebbe essere un'idea," fu l'unica risposta del duca.

In quel momento, una nuova luce apparve in fondo alla galleria.

"Non è un fantasma, signorina Shelby," disse Stephen. "È la balia Weston."

Solo quando la donna si avvicinò, Meriel poté constatare che Stephen aveva ragione.

"E voi come facevate a sapere che sarebbe venuta qui?" chiese insospettita.

"Sapevo che mio padre ci avrebbe raggiunti. Gli piacciono le vostre lezioni. E le persone che sono arrivate durante la cena non sembravano per nulla divertenti."

Meriel non riuscì nemmeno a guardare il duca, di cui stavano parlando come se non fosse presente. Ma l'uomo non disse nulla; si limitò a guardare divertito la scena.

"Buonanotte, signorina Shelby!" disse il ragazzino mentre correva dalla sua balia. "Buonanotte, padre!"

Meriel notò l'espressione di disapprovazione che la balia cercò di nascondere.

"Aspettate, balia Weston," esclamò Meriel. "Vi seguo." Non voleva certo che il resto della servitù pensasse che lei fosse alla ricerca di scuse per restare da sola con il duca.

Si voltò per augurare la buonanotte al duca, ma l'uomo disse: "Non ho ancora finito la nostra conversazione, signorina Shelby. Altrimenti, come farete a scoprire ulteriori dettagli riguardo alla storia della mia famiglia da insegnare a mio figlio?"

Meriel guardò la balia Weston e Stephen allontanarsi per il lungo corridoio e si sentì molto sola. Quando i due furono finalmente fuori vista, lei si voltò lentamente e sollevò lo sguardo sul duca. C'era qualcosa di molto intimo nel trovarsi in un luogo buio, di notte, con un uomo. Forse perché era abituata ad avere uno chaperon, Meriel non aveva idea di quanto al sicuro quell'altra persona la facesse sentire.

Era molto consapevole del modo in cui l'uomo la stava guardando. La connessione fra di loro sembrava pulsare e fremere di vita propria, attirandola in avanti contro il suo volere.

"Vostra Grazia, tutto ciò è molto inappropriato," disse con fermezza Meriel. Forse rischiava il posto, ma non poteva continuare a permettere al duca di prendersi certe libertà con lei.

L'uomo inarcò un sopracciglio nero. "È inappropriato assicurarmi che voi insegnate a mio figlio in maniera corretta?"

"È inappropriato che voi continuiate a trovare modi per rimanere da solo con me. E non avreste mai dovuto chiedermi di unirmi ai vostri ospiti."

"Ma voi non fate parte della servitù, signorina Shelby. Ho dato per scontato che voleste essere trattata come una di famiglia."

Meriel si allontanò di un passo. "Siete gentile, vostra Grazia, ma i vostri metodi sono... particolari."

"Allora eviterò di essere particolare."

Ma l'uomo non accennava ad andarsene e lei non sapeva come insistere per congedarsi. Dunque, invece, guardò il dipinto che lo raffigurava.

"C'è qualcosa che dovrei sapere sul vostro ritratto, vostra Grazia?"

SEI

Richard osservò il modo in cui le ombre sottolineavano le belle curve del volto di Meriel mentre la lampada brillava sulla sua pelle pallida. L'abito scuro faceva risaltare il colore vivace dei capelli della donna, come oro nascosto in una grotta. Era così facile guardarla e basta, dimenticare le preoccupazioni e crogiolarsi nel piacere di lei.

Ma la signorina Shelby era palesemente a disagio a trovarsi da sola con lui. Richard sapeva che, se avesse continuato a fissarla, lei sarebbe fuggita. E non voleva che lei se ne andasse. Solo quando era con lei la solitudine ispirata da quella vecchia casa si allontanava. Richard non sapeva cosa volesse dire per lui che una giovane sconosciuta, sospettosa nei suoi confronti, riuscisse in qualche modo a dargli un momento di pace.

Si costrinse a guardare il ritratto di suo fratello Cecil, dipinto diciott'anni prima. Cosa poteva dirle di esso, tranne che, da bambino, lui aveva assistito in disparte alla sua creazione, giorno dopo giorno?

"Lo studio era stato allestito nel giardino d'inverno," esordì lentamente.

La signorina Shelby guardò con stupore il ritratto. "Non lo avrei mai immaginato, vostra Grazia."

"L'artista ha catturato bene la luce del sole, ma all'epoca io non ero molto collaborativo. Avevo sette anni e, quando avevano cercato di ritrarmi all'aperto, continuavo a fuggire. Per cui, mi è toccata la serra."

La donna esitò, lo sguardo fisso sull'immagine del fratello di Richard. "Avevate un sorriso diabolico, vostra Grazia."

"Sono certo che stessi pensando a qualche marachella tremenda. Era quello che mi riusciva meglio."

Richard abbassò lo sguardo su di lei mentre la donna teneva la lampada sollevata. Era abbastanza vicino da poterla toccare e, in quel momento, l'autocontrollo che era il suo vanto quasi lo abbandonò. Non aveva mai avvertito la presenza di una donna in maniera tanto travolgente. Non c'era da stupirsi che avesse lasciato che il lavoro governasse la sua vita: non aveva mai trovato nessuno che lo attirasse come faceva Meriel Shelby.

"Le marachelle mi piacciono ancora," disse a bassa voce.

La reazione della donna fu rapida: dopo un sussulto, fece un passo indietro e abbassò la lampada.

"Sono certa che abbiate messo a dura prova la vostra istitutrice," disse la signorina Shelby.

"Proprio così. È incredibile che sia riuscito a imparare qualcosa."

La donna si affrettò a riportare lo sguardo sul ritratto e parve studiarlo a lungo. "Vostra Grazia, ho già raccontato a vostro figlio delle imprese militari di vostro padre e di vostro nonno. Voi avete mai pensato di servire nelle forze armate?"

Da giovane, Richard non aveva il denaro per acquistare una commissione; anni dopo, quando la sua eredità aveva cominciato a rendere, il governo aveva più bisogno di lui e delle sue doti imprenditoriali.

Ma ricordando che doveva interpretare il ruolo di Cecil, disse: "Non ci sono state guerre che avessero bisogno di me."

La signorina Shelby si schiarì la voce. "Vostra Grazia, l'esercito britannico in India combatte nei paesi limitrofi da diversi anni."

"Ah, quelle. Ma non sono vere guerre *dichiarate*, giusto?"

"Beh–"

"Sono diventato duca così giovane – a diciassette anni – che in seguito sarebbe stato impensabile per me abbandonare la conduzione di tutte le mie proprietà. Dopotutto, chi penserebbe a fare tutte quelle spese di cui tante persone hanno bisogno per conservare il proprio impiego? Noi duchi abbiamo un ruolo molto importante nell'economia del Paese."

Victoria lo fissò come se stesse cercando di decifrare le sue parole e Richard trasse un silenzioso sospiro di sollievo.

Da un qualche punto nelle vicinanze, una voce di donna chiamò: "Vostra Grazia?"

Richard fu lieto che Stephen non fosse presente: di sicuro, il ragazzino avrebbe pensato che quello fosse un fantasma invece di Clover, una delle cameriere di sopra. La donna era una rossa, statuaria e robusta, attraente come tutte le altre cameriere che a Cecil evidentemente piaceva guardare. La ragazza si incamminò verso di loro e Richard la vide lanciare un'occhiata alla signorina Shelby. La domestica non era particolarmente abile nell'atteggiare la propria espressione e un lampo di disgusto e rabbia segnava la sua bellezza.

La signorina Shelby sollevò il mento come se non avesse nulla di cui vergognarsi. E non l'aveva... ma l'impressione doveva essere diversa e la colpa era di Richard.

"Sì, Clover?" chiese, sapendo che il suo tono suonava brusco.

"Vi ho preparato il letto, Vostra Grazia."

"Sto cercando un nuovo valletto," spiegò Richard alla signorina Shelby.

La donna annuì con freddezza, ma non rispose.

"C'è altro che posso fare per voi, Vostra Grazia?" chiese la cameriera.

Dentro di sé, Richard fece una smorfia, sapendo a cosa dovevano alludere quelle parole. "Nulla, Clover. E domani, ti prego di inviare un servitore maschio a preparare la mia stanza."

La domestica sussultò, fece una riverenza e si diede alla fuga. Richard si rendeva conto che quella sera ne stava combinando una peggio dell'altra.

Finalmente, la signorina Shelby prese la parola. "Se non c'è altro, Vostra Grazia, vi auguro la buonanotte."

Richard avrebbe voluto che la donna restasse; c'erano dei fantasmi che infestavano quel corridoio, ma erano tutti dentro di lui.

"Dormite bene, signorina Shelby," disse, guardando la donna che si ritirava lungo la galleria.

Una volta rimasto solo, riportò lo sguardo sul ritratto di Cecil e si lasciò trasportare dai vecchi ricordi.

Nel giardino d'inverno, era stato molto facile per Richard nascondersi tra le felci e guardare mentre Cecil, il futuro duca, veniva ritratto. Cecil aveva fatto i capricci, esigendo che anche Richard posasse con lui, ma la duchessa aveva rifiutato con freddezza. Per i primi giorni, la donna si era recata alle sedute di posa, per cui Richard aveva avuto tutte le ragioni per non farsi vedere. Ma in seguito si era annoiata e aveva smesso di partecipare. Cecil aveva usato le sue buffonate per convincere Richard a uscire dal suo nascondiglio. Presto, il ragazzino si era rifiutato di posare a meno che suo fratello non fosse presente per farlo ridere.

Non c'erano ritratti di Richard O'Neill: non ce n'erano mai, nei casi come il suo. Era un bastardo, figlio primogenito del duca e di una cameriera irlandese. All'epoca, Cecil era giovane e ancora ignaro di come il posto che occupava nel mondo lo avrebbe cambiato. In seguito, in privato, il fratellino di Richard aveva sostenuto che avrebbero condiviso il ritratto, dato che i due fratelli erano tanto simili nell'aspetto.

Era quel ragazzino che Richard voleva aiutare, non l'uomo vizioso e arrogante che Cecil era diventato. Era stata la forza di quei ricordi d'infanzia a convincere Richard ad accettare finalmente quel piano folle.

Richard era a Thanet Court per proteggere Stephen mentre Cecil si riprendeva dalla consunzione. Cecil aveva rischiato di morire e il medico a Londra aveva sottolineato la necessità di silenzio e di pace perché si riprendesse. Ma Cecil aveva insistito di non poter riposare senza la certezza che Stephen fosse al sicuro dalle macchinazioni del loro cugino Charles.

Cecil aveva ammesso di aver accettato alcuni prestiti da Charles, che seguiva Stephen nella linea di successione al titolo. Di conseguenza, Charles aveva cominciato a insistere sempre di più per farsi nominare ufficialmente tutore legale del piccolo Stephen, nel caso fosse accaduto qualcosa a Cecil. Cecil era certo che, se lui fosse parso troppo indebolito dalla malattia, Charles avrebbe rincarato la dose, facendo leva sulle sue condizioni di salute per restare vicino a Stephen. Richard avrebbe voluto che Cecil si rivolgesse alla polizia, ma Charles era stato attento a non formulare minacce esplicite.

Era stato il pensiero di Stephen a convincere Richard a sposare la causa di Cecil. Non aveva mai conosciuto il ragazzo prima di quella settimana, ma sapeva come doveva sentirsi Stephen, senza un genitore a prendersi cura di lui: esattamente come si era sentito spesso Richard a quell'età.

Cosa sarebbe potuto accadere se Charles si fosse convinto di poter controllare Stephen? Richard ricordava bene che gli stessi servitori di Charles lo temevano. Si diceva persino, anche se non c'erano mai state conferme, che da giovane Charles avesse tormentato un bambino o due della tenuta.

E tuttavia, anche i motivi per cui Richard aveva accettato il piano di suo fratello erano egoisti. Una parte di Richard era ancora quel ragazzino nascosto tra le felci, che spiava la vita che non avrebbe mai avuto, la vita che pensava di non volere più.

IL POMERIGGIO DOPO, Meriel trovò il suo bucato che la aspettava... spiegazzato. Ora persino le lavandaie erano in collera con lei? Davvero tutte quelle donne pensavano che il duca avrebbe notato qualcuna che non apparteneva alla nobiltà?

Forse non erano interessate al matrimonio; forse, l'attenzione di quell'uomo era sufficiente.

Non per Meriel. Ormai, lei non si faceva più illusioni sul genere di marito che avrebbe potuto attrarre. E non era il tipo di donna che accettava le briciole dell'attenzione di un uomo.

Anche se l'uomo in questione era un duca dal fascino oscuro che generava in lei pensieri peccaminosi. Il genere di peccati che un uomo e una donna commettevano assieme.

Meriel scese le scale che portavano alle lavanderie, portando con sé tre dei suoi vestiti. Di rado si muoveva liberamente tra la servitù, e a un certo punto si era resa conto che nessuno la notava mai. Tutte le giovani donne erano attraenti, alcune persino belle. Denti dritti, capelli fluenti e fisici incredibili, al punto che Meriel si sentiva una delle donne più scialbe della casa.

Per prima cosa si recò alla suite della governante e trovò la signora Theobald alla sua scrivania, assorbita dai conti di casa.

La donna matura le rivolse un sorriso amichevole mentre lanciava un'occhiata al fardello che Meriel trasportava. "Posso aiutarvi, signorina Shelby?"

"Mi dispiace disturbarvi, signora Theobald, ma gli abiti che ho mandato a lavare sono tornati..."

Meriel fece una pausa per stendere gli indumenti su una sedia e la signora Theobald concluse la frase per lei.

"Spaventosamente spiegazzati," disse la donna, accigliandosi. "Cosa è preso alle lavandaie?"

"Dunque, altri si sono lamentati?" chiese Meriel.

"No, signorina Shelby, solo voi." La governante aveva un'aria imbarazzata e persino vagamente colpevole.

"Sapete il perché, signora Theobald?"

"Potrei aver sentito qualcosa per caso," disse la governante senza il minimo segno di imbarazzo.

Meriel attese.

Alla fine, la signora Theobald sospirò. "Voi siete una minaccia per le domestiche, signora Shelby; ma d'altra parte, ogni nuova arrivata in casa lo è."

Meriel si lasciò cadere su una sedia di legno dallo schienale rigido. "Come posso essere una minaccia? Sono solo l'istitutrice."

"Siete un bel viso nuovo per distrarre il duca."

Meriel aprì la bocca per obiettare, ma la governante si affrettò a proseguire.

"Non è colpa vostra se al duca piace guardare donne belle. Non è colpa di nessuno." La signora Theobald lanciò un'occhiata al vestiario semplice di Meriel. "Potete cercare di mascherarvi, ma quelle donne non si lasciano raggirare facilmente. Le ragazze hanno deciso che, dato che siete costantemente con il figlio del duca, avete un vantaggio scorretto nei loro confronti."

"Un vantaggio scorretto? E come sfrutterei una cosa del genere?"

Per la prima volta, la signora Theobald parve imbarazzata e distolse lo sguardo. "Mi rendo conto che ha poco senso, ma le ragazze piacenti raggruppate insieme hanno sempre la sensazione di essere in gara le une con le altre."

Meriel ebbe la netta sensazione che la governante non le stesse dicendo tutto, ma come avrebbe potuto accusarla di mentire?

"Avete dei suggerimenti?" chiese Meriel. "Non posso vivere le mie giornate chiedendomi se un giorno qualcuno mi avvelenerà."

La signora Theobald la guardò inorridita. "Oh, non temete! Le ragazze sono perlopiù brave persone i cui bei lineamenti hanno portato a sviluppare idee che non avrebbero dovuto farsi. Ma non vi faranno del *male*."

Meriel decise di tenere in sospeso il giudizio al riguardo.

"Lasciate a me i vestiti," disse la signora Theobald. "Parlerò con le lavandaie."

"Grazie, signora Theobald."

Di pessimo umore, Meriel andò a finire la lezione di matematica di Stephen.

DOPO AVER trascorso il pomeriggio con il signor Tearle, fingendo che Cecil fosse finalmente interessato allo stato traballante delle proprie finanze, Richard decise di coinvolgere Stephen nell'addestramento dei due levrieri. Se il ragazzo avesse acquisito familiarità con i cani e i loro comandi, gli animali avrebbero potuto essere utilizzati per proteggere Stephen in assenza di Richard. Stando a quanto aveva capito Richard, i cani non amavano Cecil, per cui suo fratello non se n'era preso cura. Ma gli animali sembravano apprezzare Richard e tutti a Thanet Court se n'erano accorti. Era ora di farli addestrare, in modo che, se non altro, la loro devozione a Richard potesse essere controllata.

Richard trovò il ragazzo e la sua istitutrice che gattonavano in un angolo remoto del giardino, i volti chini vicino al suolo, le teste accostate mentre parlavano. Per una volta, Victoria e Albert rimasero alle spalle di Richard, inclinando incuriositi la testa. Richard si accovacciò accanto alla signorina Shelby e a Stephen.

"Cosa c'è di tanto interessante?" chiese.

I due sussultarono, sbatterono le teste e caddero sul sedere. Richard intravide ancora una volta delle sottogonne di pizzo prima che la signorina Shelby si mettesse in ginocchio, abbassandosi le gonne attorno alle cosce. Erano faccia a faccia e Richard vide subito che i capelli immacolati della donna avevano cominciato a ricadere in disordine. Una ciocca arricciata le penzolava davanti agli occhi e la signorina Shelby soffiò inutilmente per spostarla. Gli occhi della donna, azzurrissimi, erano nudi di fronte a Richard, non più nascosti dietro gli occhiali. L'istitutrice aveva ciglia lunghe e delicate e persino la curva delle sopracciglia parlava di grazia.

"Dove sono i vostri occhiali, signorina Shelby?" chiese Richard a bassa voce.

Intervenne Stephen. "Non ne ha bisogno per vedere le formiche, padre. Hanno fatto il nido proprio lì: sembra una collina. Volete vedere?"

Richard rimpiangeva di non poter più vedere il mondo dal punto di vista innocente di un bambino. Ma stava già tirando la corda di quelli che erano i limiti di Cecil.

"Un'altra volta, magari," disse, riportando lentamente lo sguardo sulla signorina Shelby.

La donna si rimise gli occhiali sul naso e si alzò in piedi con fare regale. Dal basso, Richard ebbe una visione perfetta dei suoi seni, stretti in maniera inamovibile dal corsetto sotto il vestito blu scuro.

La donna gli lanciò un'occhiata torva, per cui Richard si alzò a sua volta.

"Avevamo un appuntamento a me ignoto, Vostra Grazia?"

"No."

Victoria e Albert lo oltrepassarono trotterellando e misero i nasi annusanti vicino a quello di Stephen. Il ragazzino rise e avvolse le braccia attorno ai colli dei cani.

"Ma ho deciso che Victoria e Albert hanno bisogno di più addestramento di quello che io posso fornire loro," proseguì Richard. "Ho pensato che Stephen dovrebbe venire con me per parlare con il cacciatore. Naturalmente, potete venire anche voi."

Richard vide l'indecisione che la donna non si curò di nascondere.

"Accompagnerò Stephen, Vostra Grazia. Potremo concludere in seguito i nostri studi."

"Accompagnerete anche me?" chiese Richard, godendosi la giocosità che un tempo aveva pensato non gli venisse naturale.

"Se proprio devo."

"Ah, la vostra riluttanza mi ferisce, signorina Shelby."

La donna lo guardò da sopra gli occhiali. "Sono certa che abbiate altre signore in abbondanza che non vi farebbero mai del male. Mi viene in mente una certa lady Partenope."

"La sorella di lord York?" Richard le sorrise. "Siete naturalmente civettuola, signorina Shelby."

La donna abbassò lo sguardo su Stephen, che grattava le orecchie dei cani e guardava suo padre e l'istitutrice.

"Io non civetto."

"Allora definiamola un'abilità naturale di eccellere nelle

conversazioni da salotto. Di certo lo facevate spesso prima di quelle... circostanze sfortunate."

"Conversare nei salotti?"

"Conversare con uomini – e donne – nei salotti."

La signorina Shelby si strinse nelle spalle e si chinò per pulirsi le gonne dal terriccio e dalle foglie. "Ho partecipato a un discreto numero di cene e di feste."

"Vi mancano?" chiese Richard, sapendo che si stava spingendo oltre lo scherzo.

La donna avrebbe potuto rispondere in modo sarcastico, ma ci pensò su. "Mi manca il senso di compagnia che deriva da una vita sociale impegnata. Ma è tutto qui. Sento più la mancanza delle mie sorelle."

Non lo guardò; si limitò a tenere d'occhio Stephen, che si stava rotolando assieme ai cani.

"Quante sorelle avete?"

"Me lo avete già chiesto al primo colloquio," disse piccata la signorina Shelby.

Richard apprezzava che quella donna non avesse timore di dire ciò che pensava a un duca.

"Non potete aspettarvi che mi ricordi un simile dettaglio risalente a mesi fa, quando eravate una sconosciuta per me."

"Una sconosciuta da assumere come insegnante di vostro figlio!"

"Beh, sì. Fatemi la cortesia di rispondere nuovamente."

"Ho due sorelle."

Quando la donna non aggiunse altro, Richard chiese: "E i loro nomi? Le loro età?"

La signorina Shelby sospirò. "A ventiquattro anni, Louisa ha due anni più di me."

Dunque, la signorina Shelby era giovane: più giovane di lui di otto anni. Richard si sentiva più vecchio a ogni minuto.

"È partita per fare da dama di compagnia a un'anziana

signora. Victoria ha quattro anni più di me e alcune settimane fa ho avuto notizia che si sposerà con il visconte Thurlow."

"Non conosco quell'uomo," rifletté Richard, "ma l'ho sentito parlare alla Camera dei Comuni. È un politico di spicco."

All'improvviso, la donna incrociò il suo sguardo e nei suoi occhi, Richard vide ansia.

"Parlate con onestà o con sarcasmo?" chiese la signorina Shelby.

"Con onestà. Perché?"

"Mia sorella lo ha appena conosciuto." La voce della signorina Shelby si abbassò e rallentò, come se qualcuno gliela stesse estraendo a forza. "Temo che abbia accettato di sposarlo solo per salvare nostra madre della povertà."

"In tal caso, è una brava figlia. Voi non state forse facendo la stessa cosa?"

La signorina Shelby chiuse gli occhi per un momento. "Forse avete ragione. Immagino che scoprirò che razza di uomo è lord Thurlow quando parteciperò al matrimonio."

Fu il turno di Richard di accigliarsi. "Non sapevo che aveste chiesto delle ferie."

"Ne ho parlato con la signora Theobald. Pensavo che una cosa del genere fosse al di sotto della vostra attenzione."

"Mio figlio non è al di sotto della mia attenzione. Quando si terrà il matrimonio e quanto tempo rimarrete via?"

"Partirò fra quattro giorni e ne trascorrerò quattro lontana. Vi assicuro che Stephen potrebbe essere lieto di avere delle ferie da *me*."

La donna stava cercando di alleggerire l'umore di Richard, ma lui vedeva che era in ansia. Un uomo nella sua posizione avrebbe potuto egoisticamente rifiutarle il permesso.

E Richard era tentato.

E se la signorina Shelby non fosse tornata? Sua sorella

stava per diventare una donna ricca. Di certo, il visconte Thurlow avrebbe provveduto ad assistere una cognata. La signorina Shelby avrebbe potuto avere di nuovo tutta Londra ai suoi piedi.

"Sono certo che la balia Weston saprà tenere Stephen occupato in vostra assenza," disse infine Richard.

La donna non si curò di nascondere il sollievo. "Vi ringrazio, Vostra Grazia."

"Ma fino ad allora, sarete a mia disposizione."

La donna si allontanò di un passo, di nuovo sospettosa.

"Stephen e io siamo stati invitati a un raduno a Ramsgate."

La signorina Shelby guardò dubbiosa il ragazzino, che nel frattempo aveva trovato una nuova pozzanghera fangosa in cui giocare. "Lord Ramsgate, siamo in presenza di vostro padre. Comportatevi bene."

Il ragazzo si accovacciò con aria colpevole, ma continuò a guardare il fango con bramosia.

"Sì, Stephen parteciperà," proseguì Richard. "Ci sarà una festa separata per i bambini e ho bisogno che voi lo teniate d'occhio. Se non avete nulla di adeguato da indossare, sono certo che la signora Theobald–"

"Posso rimediare qualcosa, Vostra Grazia. Non vi metterò in imbarazzo."

La signorina Shelby strinse le labbra con aria compita e Richard capì che si era offesa.

"Non mi mettereste in imbarazzo se partecipasse vestita così come siete."

La donna gli lanciò un'occhiata incredula, poi disse: "Ma certo. Sono l'istitutrice."

"Ancora una volta, voi mi fraintendete di proposito, signorina Shelby. Volevo solo dire che il vostro fascino rende passabile qualunque abito."

Come complimento non era granché, ma un leggerissimo

rossore risalì il collo della donna e prese possesso delle sue guance.

Quella era la reazione da lui voluta.

"Ora che è tutto sistemato," disse Richard, "andiamo a far visita al cacciatore."

Stephen balzò in piedi. "Il cacciatore? Andrete a caccia della volpe oggi, padre? Potrei venire con voi. Non sono più un cavaliere così pessimo."

"E chi è che sostiene che tu sia un pessimo cavaliere?" chiese Richard.

"Ma voi, padre."

Stephen gli avrebbe fatto meno male prendendolo a calci. Che razza di imbecille era Cecil? La signorina Shelby spostò vistosamente lo sguardo su un angolo remoto del giardino, come per lasciare Richard ad affondare o nuotare da solo.

"Allora non sono stato chiaro, Stephen," disse lui, cercando di non suonare troppo gentile. "Volevo dire che, in quell'occasione specifica, hai avuto una pessima giornata. Capita a tutti."

"Oh," disse Stephen, rallegrato.

"Ma oggi non andremo a cavallo. Victoria e Albert sono piuttosto ingovernabili di questi tempi ed è necessario addestrarli. Ti piacerebbe lavorare con il cacciatore per farlo?"

La risposta di Stephen fu palese: chiamò i cani coi loro nomi e cominciò a correre verso il canile, che si trovava dietro le scuderie.

"Ci accompagnerete comunque, signorina Shelby?" chiese Richard.

"Se non vi dispiace, Vostra Grazia, ho cambiato idea. Dovrei scrivere delle lettere."

"Alle vostre sorelle?" chiese lui, domandandosi cosa avesse fatto per allontanarla.

"E a mia madre."

"Allora andate pure."

La donna lo lasciò solo in giardino e Richard guardò il suo ancheggiare e la postura disciplinata delle spalle prima che svanisse oltre la fontana. Aveva avuto un portamento diverso quando era libera dalle preoccupazioni finanziarie? E com'è possibile che una donna così adorabile non avesse dozzine di uomini che sgomitavano per sposarla, anche senza una dote? Richard era tentato di assumere qualcuno per indagare, ma poi si rimproverò. Non era lì per correre dietro a un'istitutrice: era lì per assicurarsi dell'incolumità di suo nipote. Rimesse in ordine le sue priorità, seguì Stephen verso il canile.

E tuttavia, la sua mente lo tradì immaginando la signorina Shelby all'Assemblea. Anche se la donna sarebbe stata occupata con Stephen, ci sarebbero stati degli uomini che avrebbero voluto ballare con lei.

Ma *lui* non avrebbe potuto farlo.

CAPITOLO
SETTE

Due giorni più tardi, Meriel usò il suo tempo libero del pomeriggio per stendere i vestiti da sera per l'evento di quella sera. Il sobrio abito viola profondo, con una scollatura rispettabile, si era sgualcito durante il trasloco, e lei non si era presa la briga di farlo stirare.

Per evitare ulteriori screzi, Meriel stava cercando di passare sotto silenzio la propria partecipazione all'evento, e quindi non poteva certo chiedere a Beatrice o a Clover di portare l'abito in lavanderia. Avrebbe dovuto rivolgersi direttamente alla responsabile. Di certo, quella donna non le avrebbe detto di no.

Ci volle qualche minuto per raggiungere l'ala della servitù, dove i corridoi erano più stretti e bui. Meriel incrociò un paio di lacché e qualche sguattera, ma nessuno mise in discussione la sua presenza. Dovette passare proprio davanti all'ingresso della mensa della servitù e trattenne il fiato, sperando che il pranzo fosse finito da un pezzo.

Una voce di donna chiamò: "Signorina Shelby?"

Meriel chiuse gli occhi e si fermò. Quella non era la signora Theobald. Si voltò e guardò nella mensa.

C'erano diversi lunghi tavoli con panche su entrambi i lati. Il soffitto era alto, e a entrambe le estremità c'erano giganteschi caminetti che non avrebbero sfigurato nel salotto di suo padre. Beatrice, Clover e altre due donne che Meriel non riconobbe si stavano appena alzando da tavola con i piatti in mano.

"Qualcuno vuole parlare con me?" chiese genericamente Meriel, non sapendo chi avesse rivolto la domanda.

Beatrice guardò con freddezza l'abito tra le sue braccia. "Di nuovo in lavanderia?"

Clover coprì una risatina con la mano.

Meriel si limitò ad annuire.

"A che vi serve un vestito così bello?" domandò Beatrice.

Ecco la domanda che Meriel aveva tanto temuto. "Devo accompagnare il giovane lord Ramsgate."

Beatrice arrossì di rabbia, Clover rimase a bocca aperta, e le altre due donne cominciarono a bisbigliare.

"Voi parteciperete al raduno?" domandò Clover.

"Nella stanza accanto si terrà un ricevimento per i bambini. Supervisionerò lord Ramsgate laggiù."

"Ma parteciperete al raduno," ripeté Clover.

"Per lavoro," osservò Meriel.

Beatrice si fece avanti, abbandonando i piatti sul tavolo. "Ma sarete accompagnata da Sua Grazia."

"È il mio datore di lavoro, proprio come lo è per voi," rispose con pazienza Meriel.

"Ma sarete accompagnata da Sua Grazia!" gridò praticamente Beatrice, come se la stesse accusando.

"Non è giusto!" disse Clover alle altre due.

"Non partecipo perché lo desideri," disse Meriel, chiedendosi se fosse opportuno voltarsi e andarsene.

"Non può aver scelto lei!" protestò Beatrice. "È stato a Londra così a lungo che non sceglie una di noi da secoli!"

Meriel era sbalordita: quella donna era quasi in lacrime. "Mi ha scelta solo come istitutrice per suo figlio."

"Ed è anche stupida!" esclamò Clover, indignata. "È tutto sbagliato. Lui non ha mai aspettato così tanto prima di scegliere una di noi!"

Meriel fissò le altre donne senza capire nulla, e fu sollevata quando la voce della ragione, impersonata dalla signora Theobald, parlò dalla soglia.

"Ragazze, cosa sta succedendo?"

"Sua Grazia ha scelto lei, signora Theobald?" domandò Beatrice per conto di tutte.

Le labbra della governante si strinsero mentre lanciava a Meriel uno sguardo in cui si intravide, sorprendentemente, un'ombra di colpevolezza. "Non ha scelto nessuna, ragazze. Io sono sempre la prima a saperlo."

Quelle parole sembrarono calmare le altre donne, le quali, con il naso all'insù, marciarono via senza aggiungere altro.

Meriel fissò la governante nel silenzio che seguì, aspettando una spiegazione. Quando non ne ricevette alcuna, disse: "Signora Theobald, per cosa temono che io sia stata scelta?"

La donna sospirò. "Venite a prendere un tè nel mio ufficio, signorina Shelby."

Meriel non desiderava affatto del tè. Ma voleva delle risposte, così seguì la governante nel suo salottino, dall'altra parte del corridoio. La signora Theobald chiuse la porta e versò loro due tazze da un vassoio sulla scrivania. I registri contabili del suo ruolo erano disposti con ordine sugli scaffali alle sue spalle. Un tavolo e alcune sedie erano raggruppati all'estremità opposta della stanza, dove Meriel sapeva che la governante ospitava spesso i servitori di rango più alto per un dolce. Meriel non era mai stata invitata.

Oh, sapeva che la signora Theobald non le avrebbe mai mancato volutamente di rispetto. Era solo che la donna considerava Meriel, in quanto istitutrice, al di sopra del resto della servitù. Ma a Meriel sarebbe piaciuto, ogni tanto, avere una conversazione che non ruotasse attorno a Stephen.

La signora Theobald si sedette su una poltrona imbottita accanto a Meriel ed esalò un lungo sospiro. "Signorina Shelby, Sua Grazia ha certe... peculiarità, che vengono tollerate in virtù del suo rango ducale."

Meriel annuì, mentre l'ansia cominciava a stringerle il petto.

"Avete notato quanto è attraente il personale femminile?"

"Come avrei potuto non notarlo?" replicò Meriel con sarcasmo. "La balia Weston sostiene che sia stata assunta per lo stesso motivo, anche se lo trovo difficile da credere. Sono molto qualificata come istitutrice—"

La signora Theobald la interruppe. "Non lo metto in dubbio, signorina Shelby. Ma è vero che Sua Grazia preferisce circondarsi di bellezza. Naturalmente, c'è uno scopo... moralmente discutibile. Ma il duca è talmente generoso che a nessuna dispiace. Anzi, le ragazze sono quasi... in competizione."

"In competizione per cosa?" domandò Meriel, ormai spazientita.

"Circa una volta al mese, il duca sceglie una nuova amante fra il personale, qui o in una delle altre dimore."

Meriel si irrigidì e fissò la governante, che ricambiò lo sguardo con attenzione.

"State dicendo che... Sua Grazia sceglie deliberatamente una dipendente e pretende che quella persona... soddisfi i suoi bisogni?" Le venne la nausea al pensiero di non aver sospettato quell'uomo di una simile depravazione. Mentre lei lottava per non fantasticare su di lui, lui forse la stava già valutando come una potenziale conquista.

"Sua Grazia non *pretende* nulla," disse la signora Theobald.

"Le cameriere sono perfettamente consapevoli delle implicazioni. Quando il duca sceglie una donna, lei viene trattata come una regina per quel mese, colmata di regali e infine ricompensata con una somma che non riuscirebbe a guadagnare nel corso di una vita intera. Naturalmente, poi viene rilasciata dal servizio, ma nessuna ne ha mai sofferto."

"State dicendo che questo è accettabile perché Sua Grazia paga quelle donne come se fossero delle prostitute?" chiese Meriel, gelata.

La donna matura nascose per un momento il volto tra le mani. "Suo padre, il vecchio duca, era identico. Mi duole dare per scontata una faccenda del genere, ma non c'è nulla che io possa fare per cambiare lo stato delle cose. Se Sua Grazia trattasse le ragazze con crudeltà, mi opporrei; ma non è così. Loro ricevono da lui più gentilezza di quanta ne vedano dalla maggior parte delle persone. Sapete come reagirebbero se cercassi di porre fine a questa pratica? Avete visto come Beatrice e Clover hanno reagito a voi."

Meriel si appoggiò allo schienale, cercando di esaminare con lucidità la propria delusione. I padroni che seducevano le servitrici non erano una novità; ma che quelle donne desiderassero essere sedotte le sembrava inimmaginabile. Sapeva di essere stata scelta anche per il proprio aspetto, ma la cosa ora le appariva più grave, se davvero il duca aveva agito spinto dagli istinti più bassi.

Solo in quel momento si rese conto di aver sempre pensato che un simile comportamento fosse al di sotto di lui. Si era forse aspettata che Sua Grazia possedesse un animo nobile, benché non ne avesse mai dato prova? Perché Meriel voleva che il duca fosse diverso dagli altri uomini peccaminosi?

Perché era attratta da lui. Perché i sentimenti che non riusciva a dominare le dicevano che quell'uomo meritava la sua ammirazione.

E così aveva mentito a se stessa, lasciando che le emozioni le ottenebrassero il giudizio. Il duca le aveva mostrato più volte che tipo d'uomo fosse: dimentico del proprio figlio, manovriero nel cercare occasioni per restare solo con lei, affabile per disarmarla, come se fossero pari.

Cercava una donna facile da sedurre. E con il modo in cui lei si era comportata, quell'uomo avrebbe potuto baciarla e indurla a credere di essere speciale per lui. Che sciocca era stata.

"Signorina Shelby?" La signora Theobald le rivolse uno sguardo preoccupato. "Vi sentite bene?"

"Sì." Meriel aveva di nuovo il pieno controllo della voce e si impose di ottenere lo stesso sulle emozioni. "Grazie per avermi spiegato tutto."

"Avete intenzione di lasciare la vostra posizione qui?"

Meriel pensò a Stephen, che sembrava sbocciare sotto la sua guida. Come poteva abbandonarlo a suo padre, un uomo che avrebbe potuto scegliere la prossima istitutrice in base al *seno* e non all'intelletto?

Poi le tornò alla mente il comportamento inquieto del duca in spiaggia, quando era sembrato convinto che Stephen fosse in pericolo. E se il ragazzino lo fosse stato davvero? Meriel non poteva lasciarlo solo.

"Signora Theobald, se Sua Grazia... scegliesse me, mi sarebbe possibile rifiutare?"

"È già accaduto, signorina Shelby, e il duca ha accettato il rifiuto con compostezza. Dopotutto, ci sono molte giovani entusiaste fra cui scegliere," aggiunse la governante con una nota malinconica.

"Quella donna ha perso il lavoro?"

"No. Anche se, nel giro di un anno, ha accettato un impiego in un'altra grande casa, di sua spontanea volontà."

"Molto bene. Non lascerò Thanet Court... tranne che per il matrimonio di mia sorella, naturalmente."

La signora Theobald lanciò un'occhiata all'abito steso sulla sedia. "Vi assicuro che ho parlato con la responsabile della lavanderia–"

"Questo è un vestito che non ho ancora indossato," la interruppe Meriel. "Mi chiedevo se la responsabile potesse stirarlo per questa sera."

"Ma certo," rispose la governante con un sorriso. "Permettetemi di portarglielo."

"Grazie." Meriel esitò, ma sentiva il bisogno di aggiungere qualcosa. "Signora Theobald, se per caso Sua Grazia dovesse parlare di me... in certi termini–"

"Noi non parliamo di simili argomenti, signorina Shelby."

"Ma nel caso, assicuratevi che comprenda che non sarò mai una delle sue conquiste."

"Un'istitutrice è una signora, al di sopra della servitù. Può darsi che il duca non prenderebbe nemmeno in considerazione una simile relazione."

Ma Meriel vedeva come la guardava il duca con lo sguardo di un uomo... interessato. Lei non avrebbe ricambiato quell'interesse, anche se il suo corpo traditore la pensava diversamente.

RICHARD ATTENDEVA DA SOLO ALL'INGRESSO, camminando avanti e indietro sotto le volte, muovendosi fra le colonne di marmo. Pregustava il momento in cui Meriel Shelby sarebbe scesa dalla scalinata per raggiungerlo. Si chiese cosa avrebbe indossato: di certo non un semplice abito da giorno.

Con il passare dei minuti, Richard continuò a camminare

irrequieto, mentre i due lacché facevano finta di non notarlo. Finalmente, Hargraves comparve e si fermò bruscamente.

"Vostra Grazia, la carrozza è pronta da venti minuti."

"Sto aspettando la signorina Shelby e mio figlio."

Hargraves esitò. "Mi risulta che la signorina Shelby e lord Ramsgate siano già saliti a bordo."

Richard aggrottò la fronte. "Non sono passati da qui."

"La carrozza li ha prelevati dall'ingresso di servizio, Vostra Grazia."

Richard si sentì ridicolo, come un corteggiatore che aspettava invano la propria dama. Ma si limitò a sorridere. "Questo spiega tutto. E io che cercavo di essere puntuale."

La carrozza lo attendeva nel grande viale circolare, sotto il portico. Richard salì e trovò la signorina Shelby e Stephen già seduti, con le spalle rivolte al fronte del veicolo: avevano lasciato a lui il posto migliore. Che fastidio.

Stephen quasi saltellava sul sedile. "Padre, la signorina Shelby dice che saremmo dovuti partire da un pezzo."

Richard rivolse un'occhiata divertita alla donna, che chiuse gli occhi un istante.

"Vostra Grazia, non intendevo insinuare che foste in ritardo," esordì Meriel.

Stephen intervenne: "Le ho detto che il duca è sempre puntuale. Vero, padre?"

Richard si rilassò mentre la carrozza partiva. Era compiaciuto in maniera puerile che l'imbarazzo fosse ricaduto sulla signorina Shelby. Non avrebbe nemmeno accennato di averla aspettata.

"Esatto, Stephen. Un orologio non ha valore per un duca."

Meriel guardò fuori dal finestrino e Richard notò che i muscoli della sua mascella si erano contratti. Forse aveva percepito il tono scherzoso, ma non sembrava in vena.

"Stephen, credo che la signorina Shelby non abbia colto la

mia battuta," disse Richard. "In realtà, un duca deve tenere conto del tempo. Gli impegni sono molti, e non potrei fare affari se lasciassi sempre gli altri ad aspettarmi."

Era Richard a parlare, non Cecil, ma la signorina Shelby rimase in silenzio e lo ignorò. Lui ne approfittò per osservarla. Indossava un mantello scuro che la copriva da capo a piedi. Peccato che avesse raccolto i capelli come sempre, in uno chignon austero, ma non poteva certo ordinarle di acconciarli in modo diverso. Naturalmente, Cecil l'avrebbe fatto...

"Signorina Shelby," disse, "nessuna acconciatura elaborata per la serata?"

Lei gli rivolse un'occhiata fredda. "Gli invitati solleveranno obiezioni sul mio aspetto?"

"No, ma potrei farlo io."

Il tono di Meriel si fece ancora più tagliente. "Vostra Grazia, se intendete dettare la mia acconciatura d'ora in poi, converrà fissare un appuntamento per discutere la mia risposta."

Durante il quale lei gli avrebbe indicato un angolo d'inferno in cui risiedere, pensò Richard, non riuscendo a trattenere un sorriso.

Ci volle meno di mezz'ora per arrivare in paese e, tranne che per rispondere alle domande di Stephen sui pescherecci e sul porto reale, la signorina Shelby non disse una parola. Richard aveva l'impressione sempre più netta che la donna fosse arrabbiata con lui, ma non riusciva a capire il motivo preciso. Le possibilità erano molte, tutte riconducibili al suo comportamento. Si ritrovò a desiderare di poter essere se stesso con lei... ma ciò avrebbe significato dirle la verità, e lui non poteva fidarsi di nessuno. Di certo non di una donna che conosceva da pochi giorni.

L'assemblea si teneva nelle sale pubbliche sopra la taverna del Toro e dell'Orso. Dal finestrino si vedeva il porto e Richard osservò i pescherecci, con gli alberi che ondeggiavano lentamente nella luce del tramonto. Di solito risiedeva a Manchester, che non era bagnata dal mare, e da quando era tornato a casa aveva scoperto di apprezzare il profumo salmastro. Magari avrebbe potuto restare lì fuori ed evitare la folla, dove tutti conoscevano Cecil. Oppure fingere una ricaduta della malattia, anche se la verità era che il nervosismo lo spingeva a dubitare che sarebbe riuscito a ingannare tanta gente.

Ma quelli erano per lo più abitanti del posto, non i londinesi con cui Cecil preferiva intrattenersi. Richard si disse che, se nemmeno i servitori di suo fratello avevano notato la differenza, perché mai avrebbero dovuto farlo dei conoscenti occasionali?

Così accompagnò la signorina Shelby e Stephen attraverso la sala pubblica della taverna, ricambiando con cenni del capo i vari saluti lanciati dagli uomini al bancone. Cecil era benvoluto anche tra i locali. Richard cominciò a rilassarsi.

Salirono le scale e in cima furono accolti da una fila di quattro matriarche, donne austere che presiedevano alla vita sociale del paese. Richard non ricordava i loro nomi, ma gli pareva che un tempo lo intimorissero, quando venivano a far visita a suo padre.

Ora, erano più anziane e più curve di quanto le ricordasse, ma continuavano a scrutarlo da sopra ventagli e attraverso monocoli. Si ritrovò ad attendere con una certa apprensione l'inevitabile grido: "Siete un impostore!"

"Direi che vi trovo in salute, Vostra Grazia," disse una di loro, con abbastanza piume nei capelli da poter spiccare il volo.

Richard sorrise. "È sufficiente trovarsi in vostra compagnia per sentirsi invincibili, milady."

Aveva sperato di strapparle una risata, ma le quattro donne lo fissarono tutte con sguardi gelidi.

"Chi si nasconde dietro di voi?" domandò un'altra, vestita di nero come una vedova perpetua.

Richard si scostò e la signorina Shelby si trovò improvvisamente al centro dell'attenzione. Stephen le stringeva la mano. A suo merito, la giovane si esibì in una riverenza impeccabile.

"Questa è l'istitutrice di mio figlio, la signorina Shelby," annunciò Richard. "Signorina Shelby, vi presento le gran dame che governano la vita sociale di Ramsgate."

Le donne la ignorarono e rivolsero la loro attenzione a Stephen, che le osservava con un sorriso entusiasta.

"Non avevate mai portato vostro figlio con voi," disse la dama piumata.

"Non lo ritenevo abbastanza grande."

"Beh, il raduno dei bambini è dietro quelle porte."

La signorina Shelby posò una mano sulla spalla di Stephen per condurlo via. Richard avrebbe voluto seguirli, ma che impressione avrebbe dato se Cecil si fosse interessato a una festa per bambini, avendo portato un'istitutrice apposta per occuparsene? Così entrò nella sala da ballo, illuminata da migliaia di candele nei lampadari, e si ritrovò circondato da giovani donne in età da marito e dalle loro madri. Poiché tutte erano già state presentate a Cecil, si sentivano in diritto di rivolgersi a lui. Per fortuna, si premurarono di rinnovare le presentazioni. Grazie al cielo, tutti sapevano della pessima memoria del duca.

Richard ballò con ciascuna di loro, a turno, ma non riusciva a non confrontarle con la signorina Shelby. Le trovava insipide e banali, prive di interesse. Nessuna parlava di altro che del tempo o di pettegolezzi sugli altri ospiti. Più volte si ritrovò a lanciare uno sguardo verso la sala dei bambini, oltre le porte aperte. C'erano fiori, festoni e il suono felice delle risate infantili. A un certo punto, scorse la signorina Shelby e rischiò di pestare i piedi alla sua partner, che fece volteggiare prontamente per liberarsi la linea di vista sulla porta.

Meriel indossava un abito color viola profondo, come il

cielo prima dell'alba. Non apparteneva a quella sala. A suo merito, si dedicava a Stephen con un sorriso, mentre molte altre istitutrici allungavano il collo per sbirciare l'evento principale.

Quando si fu convinto di aver fatto il proprio dovere da cavaliere, Richard scoprì che in una terza sala si stava giocando a carte. Proprio mentre stava per entrare, un uomo lo intercettò.

Sir Lambert Metcalfe, un proprietario terriero di Broadstairs, gli rivolse un sorriso amichevole. "Thanet, è un piacere vedervi. Com'è la vita da queste parti?"

Con stupore di Richard, Metcalfe gli prese il braccio e cercò di farlo deviare. Richard lo guardò senza mostrare sospetto. "Mi sento dell'umore giusto per una partita. Giocate ancora, vero, Metcalfe?"

La fronte dell'uomo si imperlò di sudore sotto lo sguardo del duca. Sembrava sforzarsi di non guardare verso la sala.

"Troppa gente, Thanet. Perché non beviamo qualcosa?"

Richard si costrinse a sorridere. "No, ho voglia di carte. Perché non volete che entri, Metcalfe? Temete che vincerei troppo?"

L'uomo arrossì e, con un sospiro riluttante, lo attirò in un angolo della sala, parzialmente celati da una colonna.

Metcalfe si tamponò la testa calva con un fazzoletto. "Non volevo essere io a dirvelo; santi numi, non ci *credo* nemmeno."

Richard si appoggiò con la schiena alla parete, cercando di simulare il languore di Cecil, anche se ogni nervo del suo corpo sembrava infiammato dalla tensione. "Ditelo e basta, Metcalfe. Di qualunque cosa si tratti, è probabile che non me ne importi."

"Oh, invece sì che ve ne importa, ragazzo mi–ehm, volevo dire, Vostra Grazia. Thanet."

Metcalfe si sporse quanto bastava perché Richard potesse sentire l'odore del brandy nel suo alito.

"Thanet, circolano brutte voci che sostengono che voi bariate a carte."

Richard non lasciò morire il suo sorriso amichevole. Anzi, cominciò a ridere, attirando l'attenzione di più di una testa che si voltò per sbirciare attorno alla colonna. Ma non provò alcun senso di divertimento mentre si chiedeva se quello fosse un tentativo deliberato di screditare Cecil.

"Accidenti, Metcalfe, vi sembrano affermazioni credibili? Perché dovrei barare a carte quando sono già così bravo?"

Un attimo dopo, Richard si rese conto che l'ansia lo aveva spinto a commettere un errore gravissimo: Cecil *non* era bravo a carte. Non aveva la pazienza né la disciplina per il gioco. Ma *Richard* le aveva.

Metcalfe lo osservò come se temesse che Richard avesse appena confermato i sospetti. "Forse è meglio non farlo vedere agli altri, Thanet."

Richard avrebbe voluto minimizzare, ma non poteva. L'accusa di barare avrebbe potuto arrecare un grave danno al duca: nessuno si sarebbe più fidato di Cecil. Persino il giovane Stephen avrebbe portato quella macchia sul suo onore.

"Dunque, un uomo non può esercitarsi per migliorare le proprie capacità?" chiese Richard con tono leggero.

"Non ho mai pensato che voi voleste migliorare," disse Metcalfe. "Dicevate sempre che il denaro non era divertente se non lo si regalava in giro."

Che imbecille doveva essere Cecil, pensò Richard con stanchezza. Ancora una volta, toccava a lui sistemare i guai del fratello.

"Metcalfe, non posso permettere che il mio onore – quel poco che è – venga messo in discussione. Andiamo."

"Ma, Thanet–"

Richard entrò con passo deciso nella sala delle carte e notò che Metcalfe era rimasto indietro. Dunque, l'altro poteva metterlo in guardia, ma non associarsi a lui in maniera troppo evidente. La situazione era davvero grave. Cecil non era un uomo odiato: non aveva abbastanza principi per attirarsi antipatie. Di conseguenza, era chiaro che qualcuno stava deliberatamente gettando sospetti su di lui.

Forse il cugino Charles pensava che quello potesse aiutarlo a ottenere la tutela di Stephen? Era la salva iniziale di una guerra?

Una cosa per volta. I tavoli ospitavano diversi giochi di carte. Richard si impose un piano d'attacco.

"Signori, posso avere la vostra attenzione?" esclamò, sovrastando le voci. Il suo sorriso era cordiale, la postura rilassata.

Diversi uomini gli rivolsero subito la loro attenzione; era pur sempre un duca. Che un barone locale non si degnasse nemmeno di alzare lo sguardo lo infastidì parecchio.

Richard si avvicinò al tavolo del barone e inciampò "per sbaglio" nella sua sedia. Il barone sollevò lo sguardo e la sua smorfia svanì quando vide il duca di Thanet incombere su di lui.

"Ho l'attenzione di tutti, adesso?" chiese Richard.

Finalmente, il brusio cessò. Alcune espressioni erano amichevoli, altre caute, alcune furbe, più d'una delusa.

"Signori, apprendo con sgomento che qualcuno ha deciso di diffondere la voce secondo cui il sottoscritto barerebbe a carte."

Ci furono sguardi di stupore, persino di approvazione. Diverse teste si avvicinarono mentre un mormorio si diffondeva nella stanza.

Richard spalancò le braccia, il bicchiere in una mano. "Sono venuto a dichiarare la mia innocenza. Sono pronto a giocare con chiunque desideri sbugiardarmi. Potrete tenermi d'occhio per cogliere ogni minimo segno di imbrogli. Sono soltanto un uomo che ha deciso di migliorare a carte, perché un duca dovrebbe essere in grado di battere il proprio figlio di sei anni."

Diversi uomini risero. Uno esclamò: "Dunque, le signore non vi distraggono più come un tempo, Thanet?"

Richard sorrise. "Non ho detto questo. Ma non vedo signore da queste parti, o sbaglio?"

Un giocatore di whist lo invitò a fare coppia e Richard cominciò a darsi da fare. Vinse a whist, pareggiò a vingt-et-un e in Commerce le sue scelte si rivelarono spesso vincenti. L'atmosfera si fece più distesa e Richard colse l'occhiata soddisfatta di Metcalfe, che si asciugò la fronte e annuì. Pericolo scampato.

Metcalfe lo affiancò mentre usciva dalla sala, proprio mentre la notizia del trionfo di Richard si stava spargendo. Richard si sentiva piuttosto spavaldo, forse anche troppo sicuro di sé, per cui non provò alcun turbamento nel vedere la signorina Shelby nei pressi della festa dei bambini, ma non al suo interno, con aria composta. La donna era troppo bassa per vedere qualcosa; sembrava in punta di piedi, e Richard capì che stava cercando lui.

Per quanto avesse immaginato di prenderla tra le braccia per un valzer, non riusciva a pensare a una buona ragione per cui si fosse spinta fin lì.

Richard si avviò verso di lei.

"Chi è quella?" chiese Metcalfe.

Richard non si era accorto che l'uomo fosse ancora con lui. Metcalfe stava osservando la signorina Shelby come se fosse carne fresca in un giorno di mercato.

"La mia istitutrice."

Metcalfe lo strattonò per il gomito, costringendolo a fermarsi. "Dunque, è lei quella che avete scelto? Capisco il perché."

Richard avrebbe voluto fingere confusione. Scelto per cosa? Invece, sfoderò il consueto sorriso disarmante di Cecil e sperò in bene. "L'ho scelta come istitutrice di mio figlio, sì."

Metcalfe gli diede di gomito. "Sapete cosa intendo. Dunque, non l'avete scelta? Allora cosa ci fa qui?"

"Mio figlio è qui." Richard ricambiò la gomitata. "Ma non mi pare che sia con lei. Torno subito."

Metcalfe lanciò un'occhiata lasciva nella direzione della signorina Shelby. "Fate pure con calma."

Mentre Richard attraversava la sala affollata, vide con chiarezza l'effetto della presenza della donna: era come se qualcuno avesse lanciato un sasso in uno stagno e le onde si stessero propagando in cerchi concentrici. Gli uomini la guardavano con interesse, mentre l'ostilità delle donne era palpabile. Richard avvertì un senso di possesso che non aveva alcun diritto di provare e fu sollevato quando Renee Barome si avvicinò alla signorina Shelby e cominciò a parlarle.

Quando Richard raggiunse le due donne, Renee si stava guardando attorno, cercando di mascherare un'espressione corrucciata. Il buonumore di Richard svanì.

OTTO

Meriel trasse un sospiro di sollievo quando la signorina Barome si frappose fra lei e il resto degli invitati. Si sentiva decisamente vistosa e sapeva che l'intrusione di un'istitutrice al ritrovo era causa di orrore per tutti.

"Signorina Shelby," disse la signorina Barome, "non sapevo che foste qui questa sera."

"A dire il vero, sarei alla festa dei bambini, signorina Barome, ma confesso di avere un problema." Meriel si sentì arrossire, da tanto era delusa dalla propria creduloneria. "Stephen mi ha chiesto un bicchiere di punch e io mi sono voltata solo per un momento–"

La signorina Barome sorrise. "E lui è sparito. È un ragazzo intelligente. Vi aiuto a cercarlo?"

"Non voglio mettervi in una posizione tanto imbarazzante," disse Meriel. "Il ragazzo è una mia responsabilità."

All'improvviso, il duca incombette sopra di loro e Meriel sobbalzò, perché era stata così distratta da non averlo visto avvicinarsi. Forse non sarebbe stata lei a decidere se il suo incarico di istitutrice sarebbe proseguito.

"Signore," esordì l'uomo con la sua voce profonda e turbante, "qualcosa non va?"

Meriel mise da parte la rabbia per la condotta passata del duca e cercò di vederlo come un padre preoccupato, come aveva di recente mostrato di essere. In verità, l'uomo la stava guardando con un'espressione tanto seria da farle avvertire un certo disagio allo stomaco. "Vostra Grazia, confesso che Stephen ha preso un'altra volta congedo dalla sottoscritta."

Con un sorriso fasullo, il duca prese a braccetto la signorina Barome, come se stessero avendo una semplice conversazione leggera. Con un tono di voce troppo alto, disse: "Signorina Shelby, hanno esaurito il punch al ricevimento dei bambini? Signorina Barome, mostrate alla signorina Shelby dove sono i nostri rinfreschi. Io raggiungerò tra un momento."

Meriel lo fissò con gli occhi sbarrati. Il duca aveva intenzione di sperare che Stephen tornasse da solo? La signorina Barome la attirò verso la scodella del punch e Meriel continuò a guardare di sottecchi il duca. C'era una tensione in quell'uomo, una rigidità nel suo modo di tenere le spalle che sembrava non essere da lui. Le ricordava quel pomeriggio sulla spiaggia la settimana prima, quando il duca era parso preoccupato nel momento in cui uno sconosciuto si era avvicinato a Stephen. No, "preoccupato" era la parola sbagliata: l'uomo era visibilmente in ansia. Cosa pensava potesse accadere a Stephen nel corso di un evento pubblico?

Il duca si stava muovendo da un gruppo all'altro, chiacchierando, sorridendo... e cercando. Spazzò con il piede sotto i tavoli mentre continuava a chiacchierare e, al terzo tentativo, il suo piede urtò qualcosa. L'uomo sfilò suo figlio da sotto il tavolo e lo sollevò in aria di fronte a sé. Le mani di Stephen erano piene di dolcetti e il suo viso era coperto di marmellata.

Per un attimo, sul volto del duca Meriel intravide un sollievo che sembrava troppo grande.

"Eccoti qui, ragazzo mio," disse il duca a voce troppo alta. "La tua istitutrice sarà molto arrabbiata che io ti abbia perso quando avrei dovuto tenerti d'occhio."

Diverse donne si radunarono attorno a lui e ridacchiarono, assicurandogli che era un padre *meraviglioso*.

La signorina Barome inarcò un sopracciglio e scosse la testa. Meriel non sapeva cosa pensare. Il duca l'aveva salvata, quando avrebbe potuto decisamente abbandonarla all'imbarazzo. Le portò il suo appiccicoso figlio e lei fu lieta di attirare il ragazzino vicino a sé.

"Ora, signorina Shelby," esordì il duca.

Meriel si preparò mentalmente.

"Mi perdonerete per averlo perso di nuovo, vero?" chiese l'uomo con una luce negli occhi.

"Sapete che non c'è nulla da perdonare, Vostra Grazia," mormorò lei, confusa. Ancora una volta, la tensione del duca si era dissolta in maniera così completa da spingerla a mettere in discussione i propri sensi.

"Nessuno mi ha perso," brontolò Stephen. "Avevo fame!"

Meriel si chinò per parlare vicino all'orecchio del bambino. "La prossima volta, milord, vi prego di dirmelo, in modo che possa accompagnarvi al rinfresco dei bambini."

Mentre si incamminavano verso l'altra stanza, Stephen tirò la mano di Meriel, che si chinò.

"Mio padre non mi ha perso," disse a bassa voce il bambino. "Voleva aiutarci?"

Meriel si guardò alle spalle, verso il duca, che stava conversando con la signorina Barome. "Sì."

Strinse la mano del ragazzino, che rispose con un sorriso.

Alla fine dell'evento, Meriel riportò Stephen al padre e notò che la folla si era assottigliata mentre le persone si salutavano.

La signorina Barome li raggiunse e sorrise a Meriel. "Il duca mi ha offerto un passaggio a casa, per cui mi unirò a voi."

"Apprezziamo la compagnia," rispose Meriel, sincera. Più adulti ci sarebbero stati fra lei e il duca, meglio sarebbe stato.

All'esterno, il duca chiamò il suo cocchiere e, mentre aspettavano, Meriel non riuscì a non sentire la conversazione fra l'uomo e la signorina Barome.

"Cecil," disse a bassa voce la signorina Barome, "mi sento in dovere di informarti di una diceria che potrebbe danneggiare la tua reputazione."

"Fammi indovinare," disse affabile il duca, appoggiandosi allo stipite della porta. "Dicono che io bari a carte."

Meriel si irrigidì e distrasse Stephen interrogandolo sulle stelle.

La signorina Barome si mise le mani sul bacino. "Lo sapevi?"

"Metcalfe me lo ha raccontato questa sera. Ho subito detto a tutti che era falso, giocato con chiunque volesse sfidarmi e vinto a sufficienza da convincere gli altri delle mie capacità."

"Ma Cecil, tu sei terribile alle carte."

"Mi sono esercitato. Forse è da quello che derivano le accuse. O forse no."

"Cosa intendi?" chiese la signorina Barome a voce più bassa.

Meriel si chinò con disinvoltura, ascoltando con un orecchio solo mentre Stephen chiacchierava dell'utilizzo della stella polare come punto di riferimento. Se quei due avevano scelto di parlare di fronte a lei, non era colpa sua se poteva sentirli.

"Da chi hai sentito la voce?" Il duca parlava con un tono che suonava troppo serio per lui.

"Sir Dudley," disse la signorina Barome. "Ma non posso

certo attribuirgli l'intelligenza necessaria a danneggiare deliberatamente la tua posizione."

"Concordo. Non si muoveva nelle cerchie di Rexford?"

"Sì."

"Allora può darsi che il pettegolezzo venga da lui."

"Ma perché?" chiese la signorina Barome.

In quel momento, la carrozza li raggiunse e il duca attese che Stephen salisse prima di dare una mano a Meriel.

L'uomo si voltò poi per aiutare la signorina Barome e Meriel gli sentì dire: "Non saprei, vecchia mia. Non mi ha recato alcun danno, per cui che importanza ha uno scherzo innocuo?"

Ma Meriel non credeva che all'uomo importasse così poco di una sfida all'onore.

Perché non riusciva a credere al peggio su di lui? Dopo che ebbero lasciato a casa la signorina Barome, il duca abbassò la lampada in modo che Stephen potesse continuare a guardare le stelle. Meriel rispose alle domande del ragazzo, ma per lo più rimase seduta al buio sul sedile di fronte al duca, da dove un occasionale barlume negli occhi dell'uomo le ricordò che questi la stava guardando.

Non che Meriel avesse bisogno di vederlo per saperlo. Nonostante ciò che aveva appreso su di lui quel giorno, la sola vicinanza dell'uomo suscitava in lei desideri bizzarri. Si disse che il duca era stato gentile con lei quella sera perché voleva darle un'impressione favorevole di sé. Per quanto riguardava l'impressione fisica che Meriel aveva avuto dell'uomo, questi non aveva nulla da temere. Gli abiti da sera bianchi e neri gli davano un'aria affascinante, elegante e attraente, e guardarlo ballare con altre donne le aveva fatto sentire il peso della sua nuova e umile posizione più di qualunque altra cosa. In passato, era lei quella con cui tutti gli uomini volevano ballare.

Perché non riusciva a tenere a mente che quello era un

uomo che seduceva le servitrici? Perché il duca era anche un uomo che si preoccupava per il proprio figlio e che risparmiava alla sua istitutrice l'umiliazione pubblica. Meriel si disse che stava solo cercando di ammorbidire la sua resistenza.

Quando arrivarono a casa, Meriel consegnò Stephen alla balia, poi colse l'occasione per tornare indietro a cercare il duca. Lo trovò in biblioteca, rilassato su una poltrona comoda, i piedi sollevati mentre fronteggiava la porta... come se la stesse aspettando.

Come se sapesse che lei sarebbe venuta.

Meriel si fermò sulla soglia e giunse le mani, cercando di apparire rilassata, nonostante il nervosismo. "Posso entrare, Vostra Grazia?"

"Certo, signorina Shelby."

Il duca non aggiunse altro; si limitò a guardarla, lasciando a lei la mossa successiva. Il fazzoletto e il colletto erano allentati, lasciando scoperta più pelle.

Oh, perché Meriel doveva notare cose del genere?

"Volevo scusarmi per la mia condotta di questa sera con vostro figlio," disse.

L'uomo inclinò la testa all'indietro. "Vi ho sentita spiegargli le stelle in modo perfettamente adatto a un bambino di sei anni."

"Ma l'ho perso di vista un'altra volta, Vostra Grazia."

"Sembrerebbe che Stephen sia bravo a fuggire. Sono piuttosto orgoglioso del modo in cui funziona la sua mente."

Meriel rimase in silenzio... confusa, arrabbiata, grata. Quei sentimenti si agitavano dentro di lei, provocandole un grande disagio. Avrebbe dovuto lasciare le dipendenze del duca, ma si sarebbe limitata a partecipare al matrimonio di sua sorella. Forse, un po' di distanza le avrebbe fatto bene.

"Partirò fra due giorni, Vostra Grazia."

Il duca si alzò in piedi così in fretta che Meriel fece un passo indietro.

"Cosa?" disse, avvicinandosi con decisione. La sua consueta espressione affabile era scomparsa.

Alla luce delle candele, a mezzanotte, il duca aveva un aspetto... scuro, esotico, proibito. E le viscere di Meriel si agitarono in reazione a lui.

"Non ho terminato la vostra posizione qui."

Meriel si umettò le labbra e sollevò il mento per guardarlo. Era troppo vicino. "Parteciperò al matrimonio di mia sorella. Ne abbiamo parlato giorni fa."

L'uomo si dondolò sui talloni, le mani sui fianchi; per il momento, il pericolo sembrava scampato. Ma Meriel sapeva che la tensione era ancora lì.

"Me n'ero dimenticato."

Il duca fece una pausa sgradevolmente lunga e Meriel era quasi pronta a fuggire quando riprese a parlare.

"Vostra sorella, quella che sposerà il visconte... ora potrà prendersi cura di vostra madre, vero?"

Meriel annuì, senza cercare di nascondere la propria confusione.

A voce più bassa, il duca disse: "Si prenderebbe cura anche di voi, se lo voleste."

Meriel smise di respirare, fissandolo in silenzio.

"Ma voi non resterete con lei, vero? Stephen ha bisogno di voi."

Un lampo di rabbia attraversò Meriel. "Vostra Grazia, trovo offensiva la vostra presunzione che abbandonerei così facilmente vostro figlio."

Ed era sorpresa da se stessa, perché quel pensiero non le era nemmeno passato per la mente.

Ma il visconte stava per salvare sua sorella e si sarebbe

preso cura di sua madre. Meriel non poteva dare per scontato che avrebbe accolto anche le cognate.

E poi, come avrebbe potuto lasciare Stephen? Ogni giorno, le domande del bambino colmavano di gioia il suo cuore di insegnante. Meriel adorava condividere con lui ciò che sapeva. Se mai avesse dovuto lasciarlo, si sarebbe prima assicurata che fosse in mani capaci.

Perché non si fidava del padre. Tutto lì. C'era qualcosa che non andava in quella casa, e non si trattava solo della sua reazione fisica al duca.

L'uomo inclinò la testa. "Non pensavo che avreste abbandonato mio figlio a cuor leggero, signorina Shelby. Ma Londra è una città che trattiene le persone."

"Pensate che una città mi tratterrebbe, quando ho promesso di essere altrove?"

"Se non una città, allora la vostra famiglia."

Il duca sembrava intuire troppo bene i suoi pensieri. "No, Vostra Grazia. Rimarrò via quattro giorni. È questa la promessa che ho fatto a vostro figlio."

Meriel si congedò e lasciò solo il duca, attraversando la villa con passo pesante e rabbioso. Desiderava soltanto il proprio letto, per poter prendere a pugni il cuscino e sfogare la frustrazione per quei sentimenti che non riusciva a comprendere. La balia Weston stava giusto lasciando la stanza di Stephen nella nursery, chiudendosi la porta alle spalle.

"Si è divertito moltissimo," disse la balia a bassa voce.

Meriel annuì.

"E voi, vi siete divertita?" proseguì la balia.

Meriel la guardò con sospetto. "Ho sorvegliato i bambini assieme a molte altre istitutrici. Ho lavorato."

"Pensavo che forse Sua Grazia..."

Quando la donna non concluse la frase, Meriel la fronteggiò e sospirò. "Balia Weston, qualunque cosa Sua Grazia abbia intenzione di fare con una delle servitrici, non la farà con me. Non mi ha scelta per... per altro che fare da istitutrice a suo figlio."

La balia Weston inarcò un sopracciglio. "Voglio solo mettervi in guardia: è molto probabile che Sua Grazia stia pensando a voi."

Quelle parole erano troppo vicine a ciò che Meriel aveva visto negli occhi del duca, per cui si limitò a scuotere la testa, rimanendo in silenzio.

"Sapevate che questa sera vi stava aspettando per accompagnarvi di fuori?"

"Non può essere: Stephen e io abbiamo atteso nella carrozza per venti minuti."

"E Sua Grazia ha atteso all'ingresso per venti minuti... aspettando voi."

Meriel deglutì con fatica e si appoggiò alla parete. "Santi numi. Perché ha fatto una cosa del genere?"

La balia si limitò a stringersi nelle spalle, ma la sua espressione era piuttosto eloquente.

"In tal caso, è un bene che io stia per andarmene per qualche giorno," disse Meriel. "Magari, Sua Grazia si sentirà così solo da scegliere qualcun'altra."

Ma la balia Weston non sembrava convinta.

Dopo che la signorina Shelby fu partita per Londra, Richard ebbe l'impressione che Thanet Court fosse... silenziosa. Non si era reso conto di quanto gli piacesse intravedere l'istitutrice nel corso della giornata. Si immerse nel lavoro sottile di ricostruzione delle finanze della tenuta, ma farlo era difficile e noioso quando doveva continuare a fingere di avere tutto da imparare.

Il primo giorno, Stephen parve insolitamente taciturno, e il secondo tornò a essere il ragazzino selvatico che era prima che la signorina Shelby cominciasse a domarlo. La balia Weston riferì le proprie preoccupazioni alla signora Theobald, che a sua volta si rivolse a Richard.

Richard fissò la governante, che gravitava nei pressi dell'ingresso dello studio senza entrare del tutto nella stanza. In lei c'era una vigilanza che lo metteva a disagio, e per questo Richard l'aveva evitata quanto più possibile. Di tutti i servitori, la governante era a Thanet Court da più tempo e conosceva sia Cecil che lui.

"Cosa volete che faccia riguardo a Stephen?" chiese Richard. "La balia dovrebbe essere in grado di gestire la situazione."

"Vostro figlio si sente solo, Vostra Grazia, e negli ultimi tempi ha tratto grande gioia dall'interesse che avete dimostrato in lui. Di certo, ciò non può essere dovuto esclusivamente alla signorina Shelby."

"No. So di non essere stato il migliore dei padri."

"Allora pranzate con lui oggi. Di solito, il ragazzo mangia con la signorina Shelby, e credo che il pranzo di ieri sia stato per lui l'inizio di un pomeriggio orribile."

Richard pensò alla propria infanzia in quel luogo enorme e solitario. Era stato figlio unico per cinque anni; sapeva come si sentiva Stephen. Allora perché aveva la sensazione di essere sul punto di commettere un errore?

"Mandatelo in sala da pranzo, dunque," disse infine. "Magari riuscirò anche a trovargli qualcosa da fare dopo."

"Grazie, Vostra Grazia," disse la signora Theobald.

La governante usò un tono freddo e professionale che Richard non associava a lei. Era delusa?

Una volta che la donna se ne fu andata, Richard si dondolò sulla sedia e rifletté sulla signorina Shelby... su Meriel. Aveva un nome davvero bellissimo, quasi musicale. Richard ricordava la sera della festa, l'impressione che la donna gli aveva dato in biblioteca dopo che tutti erano andati a letto. Il suo abito di seta luccicava alla luce delle candele e i suoi capelli brillavano come oro. Mai Richard aveva conosciuto una donna che lo facesse quasi incespicare nelle parole, che gli facesse dimenticare tutto tranne il pensiero che avrebbe potuto non vederla ogni giorno. La signorina Shelby diceva quello che pensava, noncurante del fatto che Richard era un duca... che si supponeva fosse il duca. Richard sentiva la sua mancanza quanto la sentiva Stephen.

Si stava forse lasciando distrarre dalla sua vera missione, ossia la protezione di Stephen? In quel momento, Richard si stava offrendo come bersaglio. Dopotutto, stava impersonando il duca e, se Charles voleva controllare Stephen, avrebbe dovuto manipolare prima Cecil... cioè Richard. Lui era sicuro che la prima mossa di Charles fosse stata quella di screditare l'onore del duca. Cosa avrebbe tentato in seguito Charles?

Quando Richard arrivò in sala da pranzo per mangiare, Stephen era già lì con la sua balia. La donna aveva un'aria stanca ed esasperata, ma per quanto Richard avrebbe voluto concederle un po' di riposo, Cecil non ci avrebbe mai pensato. Per cui, la balia doveva restare.

"Stephen, che cosa hai fatto da quando la signorina Shelby è tornata a Londra?" chiese Richard.

"Mi ha lasciato dei compiti," disse imbronciato il ragazzino. "Ma solo lei sa renderli interessanti."

La balia Weston levò gli occhi al cielo e Richard le sorrise. La donna sbiancò e abbassò lo sguardo sul cibo, come se lui fosse sul punto di rimproverarla aspramente. Meriel avrebbe colto l'umorismo della situazione. Ogni frase che usciva dalla bocca di Stephen conteneva "la signorina Shelby". Richard notò che la balia mangiava in fretta, come se non vedesse l'ora di andarsene.

Una selezione di dolci venne portata su un carrello e Richard scelse una crostatina di mele mentre la balia Weston si voltava per parlare con il lacché.

Stephen si sporse verso Richard e sussurrò: "Non potete mangiarla."

Richard abbassò uno sguardo accigliato sul suo piatto, la forchetta già pronta. "Perché no?"

"Padre, a voi *non piace* la crostata di mele, ricordate?"

Richard fissò il ragazzino, che lanciò un'occhiata alla balia per poi tornare a dedicarsi al cibo. Esitò mentre un senso di freddo si diffondeva in lui. Stephen non poteva conoscere la verità riguardo al suo raggiro... vero? Se avesse pensato che un impostore stesse impersonando suo padre, non avrebbe già detto o fatto qualcosa?

Richard fece portare via il suo dolce dal lacché e il ragazzino sorrise. Forse Stephen stava solo giocando con lui. Dopotutto, il ragazzo sembrava più irrequieto e nervoso da quando Richard era arrivato nelle vesti del duca. Ma doveva essere sicuro.

"Balia Weston, avevo in mente di portare Stephen a pescare nel mio luogo d'infanzia preferito. Prendetevi il pomeriggio per voi."

Tanto Stephen quanto la balia Weston si ravvivarono. La balia aveva un aspetto stanco e speranzoso, e il fatto che non nascose le proprie emozioni dimostrava quanto doveva essere esausta.

Sorridendo, Richard abbassò lo sguardo su Stephen, che saltellava per l'entusiasmo. "Ma, balia Weston," aggiunse, "prima trovategli dei vestiti vecchi."

CAPITOLO

NOVE

Per rimanere fedele al ruolo di Cecil, Richard fece aspettare la povera balia una mezz'ora di troppo prima di incontrare lei e Stephen nel giardino dietro alla serra. Dopo aver congedato la balia Weston, Richard permise a Stephen di condurlo lungo i sentieri che portavano alle scuderie. Stephen gli assicurò che i garzoni avrebbero prestato loro le canne.

Era una rara giornata di cieli azzurri e temperature miti, il genere di giornata che Richard non si concedeva da molto tempo. Era sempre troppo occupato a migliorare se stesso... a dimostrare qualcosa. Se solo non avesse avuto quella nube di dubbio riguardo a Stephen sospesa sopra di sé.

Quando il capo stalliere parve sconvolto di vedere il duca nel suo dominio, Richard si strinse nelle spalle e disse che voleva sfuggire all'incontro con un fittavolo. Stephen cominciò a radunare il necessario alla loro spedizione di pesca. Presto, oltre alle canne con filo e ami attaccati, ebbero anche una vanga per scavare in cerca di vermi, un paio di bottiglie di sidro donate dal cocchiere capo e alcuni biscotti da un garzone, che giurò con grande convinzione di non averli rubati dalla cucina.

In molti si offrirono di seguirli per aiutarli, ma Richard rifiutò tutte le proposte. Aveva bisogno di rimanere da solo con Stephen. I due camminarono a lungo prima di lasciare i giardini formali ed entrare nei boschi che crescevano lungo un torrente.

"Una volta, venivo sempre a giocare qui," disse Richard mentre seguivano un sentiero ben battuto.

La temperatura si abbassò mentre il sole cominciava a essere bloccato da una copertura di rami d'alberi.

Stephen stava letteralmente saltellando, la canna in spalla. "Non mi è permesso giocare qui da solo."

"Non era permesso nemmeno a me," mentì Richard.

Raggiunsero il torrente e lo seguirono verso sud per una dozzina di metri, fino a quando la corrente non rallentò mentre il corso d'acqua si allargava a formare un laghetto. Richard aiutò Stephen a cercare dei vermi e ad agganciare l'esca, e presto furono entrambi appoggiati all'ampio tronco di un albero, le gambe penzoloni tra le radici dove l'acqua aveva lavato via la terra.

Il silenzio era pacifico, e Richard non si sentiva così a proprio agio da almeno un mese... forse anni. Chiuse gli occhi, pronto ad appisolarsi e ad attendere che il pesce abboccasse.

"Mio padre non mi porterebbe mai a pescare," disse Stephen con assoluta calma. Richard aprì gli occhi e abbassò lo sguardo sul ragazzo. "È quello che sto facendo in questo momento," disse con prudenza.

"Ma voi non siete mio padre."

Quella dichiarazione sconvolse Richard, ma Stephen rimase imperturbabile mentre faceva penzolare le gambe sulle radici degli alberi e scrutava l'acqua in cerca di pesci affamati.

"Come ti viene in mente di dire una cosa del genere?" chiese Richard.

"Perché è vero. Mio padre non pesca, non ama le crostatine di mele e non si interessa a quello che studio. Voi sì."

Richard aprì la bocca, ma non disse nulla. Tutti i suoi attenti piani per proteggere il ragazzo durante l'assenza di Cecil stavano crollando.

"Stephen–"

"Oh, va tutto bene, padre. Visto? Posso ancora chiamarvi così, se volete. Perché fate finta di essere mio padre?"

Richard sospirò. "Perché tuo padre è ancora molto malato. Non vuole che si sappia che si sta riprendendo lentamente."

"Perché?"

"Perché sono qui?"

"No, perché mio padre si sta riprendendo lentamente?"

"Alcune malattie sono così, Stephen. Ci vuole tempo per guarire."

"Scommetto che non vuole contagiarmi."

"Sono certo che lo abbia pensato." Richard esitò, cercando le parole giuste. "Tuo padre è un uomo molto potente. Se desse l'impressione di essere debole, incapace di badare a sé stesso, ci sarebbero uomini pronti ad approfittarne. O magari a fargli del male."

O a farne a suo figlio.

"E così, voi avete preso il suo posto," disse Stephen con naturalezza.

"Sì."

"Siete lo zio di cui lui mi ha parlato?"

Richard avvertì una stretta al petto, quel bisogno di famiglia che talvolta si quietava, ma non spariva mai del tutto.

"Siete identico a mio padre," proseguì Stephen. "All'inizio, non sapevo nemmeno che non foste lui, finché non avete cominciato a voler passare del tempo con me."

"Stephen, tuo padre è un uomo impegnato, importante," mormorò Richard, posandogli una mano sulla spalla. "Ti ha affidato a una balia fidata e ha assunto la signorina Shelby per insegnarti."

"Ma voi siete mio zio?"

"Sì."

"Come vi chiamate? So che mio padre me l'aveva detto, ma non ricordo," aggiunse il bambino con timidezza.

Richard sorrise e gli accarezzò la schiena calda. "Se te lo dico, mi prometti di non dirlo a nessuno? Nemmeno alla tua balia o alla signorina Shelby?"

"Prometto," disse solenne Stephen.

"Mi chiamo Richard."

"Zio Richard."

Un insetto doveva essere entrato nell'occhio di Richard, perché si ritrovò a sbattere le palpebre per il bruciore inatteso delle lacrime. Aveva dimenticato di avere ancora una famiglia che aveva bisogno di lui. Era un bastardo, i cui genitori erano morti da quasi dieci anni. L'unico fratello gli era stato più peso che sostegno. Ma ora c'era Stephen.

"Posso aiutarti," disse il bambino. La canna tremolò, distraendolo. "Ho preso un pesce!"

Passarono diversi minuti a recuperare la trota e Stephen insistette perché la cuoca la servisse per cena. Richard preparò l'amo con una nuova esca.

Quando si furono di nuovo sistemati contro l'albero, Stephen disse: "Posso davvero aiutarti, zio Richard."

"In che modo?"

"Beh, non dirò a nessuno chi sei, naturalmente."

"Te ne sarei grato."

"E posso dirti quando sbagli qualcosa. Come con la crostatina."

"Ah, sì," disse Richard, sorridendo. "Quello è importante."

"E con la signorina Shelby."

"Cosa c'entra la signorina Shelby?"

"Mio padre non parla molto con la servitù, ma si vede che a te piace parlare con lei."

Persino un bambino si era accorto che Richard non riusciva a stare lontano da Meriel. Chissà cosa pensava il resto della servitù.

"Non ho bisogno di aiuto con la signorina Shelby, Stephen, ma ti ringrazio."

"Quanto puoi restare?"

Richard si strinse nelle spalle e chiuse gli occhi. "Fino al ritorno di tuo padre."

"Dov'è mio padre?"

"Stephen, non posso dirti tutto. Tuo padre mi ha fatto promettere di mantenere il segreto. Proprio come tu manterrai il mio, giusto?"

Il bambino fissò l'acqua con aria accigliata. "Finché ne avrete bisogno, padre."

Richard chiuse gli occhi, ma sapeva che appisolarsi non era più un'opzione. Quanto a lungo un bambino di sei anni sarebbe riuscito a mantenere un simile segreto?

Due giorni dopo, Meriel tornò a Thanet Court in tempo per la cena e, con sua sorpresa, il duca le mandò a dire di raggiungere lui e Stephen. Avrebbe voluto solo crollare a letto, esausta dopo quel viaggio in treno polveroso e rumoroso, ma si lavò e si vestì. Stephen la attendeva nel corridoio e, con suo stupore, le si gettò addosso per abbracciarla alla vita.

Meriel gli sollevò il viso, inclinando la testa del bambino. "Cosa avete combinato in mia assenza, milord?"

Il ragazzino sorrise, mostrando un nuovo spazietto vuoto in bocca.

"Santo cielo, avete perso un altro dente."

Stephen annuì. "Ho anche fatto i compiti e imparato a pescare."

"Da piccola, avrei sempre voluto farlo. Chi vi ha insegnato?"

"Mio padre."

Meriel si affrettò a nascondere la sorpresa. "Che gentile. Meglio andare, così non lo faremo aspettare."

Mentre scendevano la grande scalinata verso la sala da pranzo, Meriel si accorse di essere nervosa. Era stata via quattro giorni, ma non aveva fatto altro che pensare al duca. Sperava che l'uomo avesse rivolto la propria attenzione a un'altra servitrice... ma quando entrarono, lui era stravaccato sulla sedia e le rivolse un sorriso che le fece accelerare i battiti.

Dio, quanto le era mancato. Le era mancato quel modo in cui la faceva sentire l'unico oggetto della sua attenzione con un solo sguardo. Si disse che un uomo poteva guardare così una donna solo con intenzioni lascive, ma le sue emozioni non sembravano tenerne conto.

Il duca la faceva sentire... viva.

Era pericoloso. E per la prima volta Meriel si chiese se avrebbe avuto la forza di resistergli, se mai l'avesse davvero corteggiata. Non ne aveva parlato nemmeno con le sue sorelle. Il duca era un segreto oscuro e colpevole che lei custodiva dentro di sé.

"Il matrimonio di vostra sorella è andato bene?" chiese lui, mentre lei prendeva posto accanto a Stephen.

Meriel avrebbe dovuto semplicemente evitarlo il più possibile. "Sì, Vostra Grazia."

"Lo sposo ha ottenuto la vostra approvazione?"

Meriel non riuscì a non irrigidirsi. "Questo è da vedersi.

Fintanto che continuerà a trattare bene Victoria, si guadagnerà la mia benedizione."

"Deve guadagnarsela, dunque?"

Meriel lanciò un'occhiata al duca e quello fu un errore. L'uomo la stava guardando con uno sguardo complice, come se conoscesse tutti i suoi misfatti, come se sapesse persino che il marito di Victoria le aveva già mentito una volta. Tutti gli uomini ingannavano dunque le donne?

"Vostra Grazia, qualunque coniuge deve dimostrare il proprio valore prima di guadagnarsi la fiducia di una famiglia."

"Sembrerebbe che vostra sorella si fidi di lui più di quanto non facciate voi."

Meriel si strinse nelle spalle. "Non sono io ad averlo sposato." Non aveva intenzione di discutere della sua famiglia con il duca. Doveva confidare che Victoria sapesse quello che stava facendo. Se non altro, la mamma sarebbe stata al sicuro e, forse, il dolore per la morte del padre di Meriel si sarebbe alleviato. Lord Thurlow sembrava un uomo accettabile; un giorno, il matrimonio dei due sarebbe potuto diventare più che semplicemente piacevole.

Meriel aveva creduto come certo che "piacevole" fosse tutto ciò di cui lei avrebbe mai avuto bisogno in un matrimonio, ma da quando aveva conosciuto il duca, aveva cominciato a rendersi conto che c'erano emozioni che l'avrebbero delusa se si fosse accontentata di "piacevole."

Il duca interruppe i suoi pensieri. "Londra era come l'avevate lasciata?"

Meriel si accigliò, ma tenne lo sguardo fisso nel piatto. "Sì, Vostra Grazia."

Seguì un silenzio imbarazzato.

Stephen spostò lo sguardo tra i due. "Signorina Shelby, perché non volete parlare con mio padre?"

Meriel si sentì addosso lo sguardo del duca mentre questi attendeva la sua risposta.

"Sto parlando, milord," disse il ragazzino. "Ma imparerete che, a volte, una persona deve stare al proprio posto. Un'istitutrice e un duca non sono pari dal punto di vista sociale. Ne abbiamo già parlato, milord."

Il ragazzino continuò a guardarla con aria interrogativa. "Dunque, io non posso parlare a persone come Bill il garzone o la signora Theobald?"

Meriel ebbe un sussulto e azzardò un'occhiata irritata al duca. Era tutta colpa di quell'uomo, ma questi aveva un'espressione perfettamente innocente.

"Milord, certo che potete parlare con la servitù," disse. "Ma i servitori non possono essere vostri amici intimi, perché sarebbe imbarazzante per loro. Un giorno, voi sarete il loro datore di lavoro."

Con stupore di Meriel, il duca disse a bassa voce: "È nobile voler far amicizia con chiunque, Stephen. Ma nella nostra posizione, a volte non sappiamo chi siano i nostri veri amici. Ed è facile rimanere feriti se non stiamo molto attenti."

Meriel fissò il duca, che distolse lo sguardo come se si fosse pentito di aver parlato. Che razza d'uomo si celava dietro quella facciata superficiale e vanesia? Perché Meriel intravedeva dei lampi di quell'uomo, solo per poi vederlo svanire? A volte, il duca sapeva mostrare premura, e altre volte, come con la servitù di sesso femminile, sapeva essere molto... egoista.

"Padre, nessuno mi spintona o mi percuote. Mi vogliono tutti bene."

"Non quel genere di ferite, Stephen," disse il duca. "Parlo delle ferite dell'animo."

Stephen stava osservando tutto ciò che faceva suo padre con una nuova adorazione. E ciò preoccupava Meriel, perché il duca era colui che più di tutti avrebbe potuto ferire Stephen.

Barava a carte, come suggeriva quella diceria, ed era forse diso-
nesto anche in altri ambiti? Avrebbe preso un'amante nella
propria casa, davanti al figlio, in modo tanto palese? Meriel
non poteva continuare a tacere. Doveva spiegare al duca come
tutto ciò influenzava Stephen, come il ragazzo fosse abbastanza grande da riconoscere un'amante per quello che era:
una donna destinata a essere usata e scartata. Se un padre
doveva essere adorato, era necessario che se lo meritasse.

Dopo cena, Meriel accompagnò Stephen a letto e lo lasciò
nelle mani esperte della balia Weston. Prima di potersi tirare
indietro, si voltò e tornò al pianterreno per avere un confronto
con il duca.

DIECI

L'ennesima serata solitaria attendeva Richard. Aveva rifiutato un invito a cena, ma sapeva che non avrebbe potuto continuare a farlo a lungo. Entrò in biblioteca e guardò le migliaia di libri. Nella sua vecchia vita, quando aveva una serata libera da incontri d'affari o eventi sociali – anch'essi dedicati agli affari – gli piaceva leggere un romanzo ogni tanto.

Ma ora passò lo sguardo sulla stanza e provò solo un senso di affaticamento. Aveva trascorso l'intera cena sperando che il piccolo Stephen mantenesse il suo segreto. Ogni volta che il ragazzino apriva bocca, lo stomaco di Richard si contraeva per la preoccupazione. Avrebbe dovuto abituarsi a quella sensazione, perché Stephen avrebbe trascorso ogni giorno con Meriel Shelby, una donna che probabilmente riusciva a *percepire* le menzogne.

Come se pensare a lei l'avesse evocata per magia, la donna apparve sulla soglia, titubante, con una mano sullo stipite. Richard smise di camminare in cerchio e la fissò. L'istitutrice era rimasta lontana quattro giorni. La gioia che gli aveva provocato il rivederla fu sconvolgente. Ora, gli ci volle un momento per risollevare la facciata del sorriso lascivo di Cecil. Stravaccarsi in poltrona gli sembrò difficilissimo.

"Signorina Shelby, ho per caso richiesto una pianista?"

"No, Vostra Grazia," rispose la donna in tono solenne. "Ho bisogno di parlare con voi."

Richard la invitò a entrare con un cenno languido della mano. Avrebbe voluto alzarsi, offrirle una poltrona, ma rimase aggrappato al suo ruolo.

"Dobbiamo parlare di Stephen, Vostra Grazia."

Richard incrociò i piedi su un tavolino, cercando di fingere di non temere il peggio. "Abbiamo fatto qualcosa di inappropriato in vostra assenza?"

"Certo che no."

La donna si morse il labbro e quel gesto tradì la sua femminilità più di ogni altra cosa. Richard lo trovò inebriante, eccitante, e fu lieto di aver tenuto la giacca abbottonata.

Sollevando il mento e parlando con voce ferma, la signorina Shelby disse: "Posso parlare liberamente, Vostra Grazia?"

L'interesse di Richard non fece che aumentare. "Certo."

"Sono preoccupata per gli effetti che la vostra amante avrà su Stephen."

Richard avrebbe voluto fissarla a bocca aperta, ma si accontentò di inarcare un sopracciglio.

"Oh, so che non ne avete ancora scelta una," si affrettò a proseguire la donna, "ma la servitù mi assicura che è solo questione di tempo, che di solito siete puntuale come un orologio ben regolato. Di certo vedete con quanta frenesia le donne si contendono le vostre attenzioni."

Richard continuò a sorridere, ma dentro di lui, ogni cosa andò al suo posto: tutte quelle servitrici attraenti, le domestiche che si contendevano la possibilità di stargli vicino, Metcalfe al ritrovo che gli chiedeva se lui avesse scelto Meriel.

Buon Dio, Cecil si sceglieva le amanti in casa propria?

Richard non avrebbe dovuto stupirsi, pensò con amarezza. Il suo stesso padre, l'ultimo duca, aveva messo incinta la cameriera irlandese, e Richard era il risultato. Il potere ducale di abusare del personale indifeso gli dava la nausea. Sebbene il vecchio duca avesse dato una casa tutta sua alla madre di Richard, lui ricordava bene la solitudine e l'isolamento della donna. Aveva vissuto a Thanet Court, unico figlio per cinque anni, e non si era reso conto di come si sentisse sua madre, soprattutto per via della crudeltà della duchessa. Sua madre era morta quando lui era ancora adolescente; troppo giovane.

E Cecil continuava a portare avanti quel ciclo?

Come doveva comportarsi Richard? Doveva convincere tutti di essere Cecil. Attardandosi nello scegliere un'amante, aveva già contribuito alla sua stessa caduta?

"Questa situazione è inusuale," disse a Meriel. "Non ho mai parlato di un'amante con una signora."

"Sono l'istitutrice di vostro figlio, Vostra Grazia. Ho il dovere di garantire il suo benessere. Come pensate che si sentirebbe se vi vedesse trattare con tanta libertà una donna che non avete intenzione di sposare? Voi, che avete già parlato del non mescolarsi troppo liberamente con la servitù?"

"Non faccio certo spettacolo della mia vita privata, signorina Shelby."

"Mi pare di capire che invece non abbiate il minimo problema a farlo! Le vostre amanti ricevono doni e somme di denaro generosi, e vengono trattate molto bene durante il mese in cui... vi servono. Poi, voi lasciate andare una donna — con una ricompensa generosa, certo — e dedicate il mese successivo a un'altra. Come potrebbe Stephen non accorgersene?"

Una rotazione mensile di amanti? pensò sconvolto Richard. Come avrebbe fatto a portare avanti la finzione di essere il duca quando non aveva la minima intenzione di andare a letto con il personale?

Ma forse avrebbe potuto fingersi indeciso. Forse, per una volta, c'erano troppe belle donne a disposizione perché il duca potesse sceglierne una. Almeno per un po'.

"Non dovete preoccuparvi, signorina Shelby," disse Richard, alzandosi in piedi e incamminandosi verso di lei. "Sto avendo grandi difficoltà a scegliere tra tutte queste belle cameriere."

"In tal caso, forse la vostra coscienza sta cercando di dirvi che dovreste cercare una donna adeguata – magari una vedova – altrove."

La pelle della donna assunse un colorito rosato man mano che Richard si avvicinava a lei.

E dentro di lui, un diavoletto prese a sussurrare di quanto fosse facile stuzzicare Meriel. Richard si sentiva sempre più simile a Cecil, ma non riusciva a trattenersi.

Voleva toccarla. La donna aveva il respiro affannoso mentre lui chiudeva la distanza che li separava. Richard poteva vedere l'alzarsi e abbassarsi dei suoi seni e la piccola pulsazione nell'incavo della gola. Voleva conoscere il sapore delle sue labbra umide, soddisfare finalmente la curiosità riguardo alla sua natura passionale. Sollevò lentamente la mano, con il solo intento di sfiorarle la guancia con le dita...

Ma quella era una cosa che avrebbe fatto suo padre; che avrebbe fatto Cecil.

E Richard non poteva permettersi di spingersi tanto in là, di diventare come loro.

"Prenderò in considerazione le vostre parole, signorina Shelby," disse, turbato dal suono roco della sua stessa voce. "Andate a godervi il resto della serata."

Meriel fuggì da lui così in fretta che Richard si sentì nauseato dal proprio comportamento. L'aveva forse spaventata? La donna credeva di non avere altra scelta che compiacerlo come lui voleva?

Non Meriel Shelby, non quella donna forte che aveva messo un duca di fronte alle sue responsabilità piuttosto che rischiare che il proprio allievo subisse danno. Avrebbe mantenuto le distanze, tenendosi al sicuro da lui.

Ma Richard sentiva ancora l'odore della sua pelle, nonostante lei se ne fosse andata.

"Vostra Grazia?" disse una voce dalla soglia.

Richard si riscosse dal suo rimuginare e vide Hargraves e la signora Theobald. I due attendevano con calma, ma Richard percepiva una corrente sotterranea di tensione.

"Avanti," disse, per poi andare a servirsi del brandy.

"Lasciate fare a me, giovanotto," disse la signora Theobald, accorrendo da lui.

Richard si immobilizzò con il decanter a mezz'aria. La governante lo aveva chiamato in quel modo per tutta la vita. Aveva chiamato così *Richard*, non Cecil.

Lui la fissò, ma la donna evitò il suo sguardo mentre gli versava il brandy. Quando gli tese il bicchiere, sollevò lo sguardo e lui lo scrutò. Hargraves, con un'aria imbarazzata, tornò indietro a chiudere la porta.

"Da quanto sapete?" mormorò Richard.

La signora Theobald sospirò. "Non da subito, Vostra Grazia. Siete stato molto convincente, persino nel giustificare il vostro improvviso interesse nel giovane lord Ramsgate. Ma voi avete ignorato le domestiche persino quando si sono gettate ai vostri piedi. E poi... pescare? Il duca si preoccupava troppo dei suoi vestiti per avvicinarsi tanto al terriccio, persino da bambino."

"Sì, avete ragione," rifletté ad alta voce Richard. "Ma dovevo restare da solo con Stephen per avere conferma dei miei sospetti. Lui conosceva già la verità."

"È un ragazzino molto perspicace," disse Hargraves. "Ma

quello che dobbiamo capire è: perché?" Il maggiordomo abbassò la voce. "E dov'è il duca?"

"Dunque non pensate che sia qui per motivi nefandi?" chiese Richard con sarcasmo.

"Signor O'Neill, non penserei mai una cosa del genere!" esclamò indignata la signora Theobald.

"È strano sentire di nuovo il mio vero nome, ma vi ringrazio. Cecil è molto malato. I suoi medici gli hanno prescritto riposo e silenzio assoluti, per favorirne la guarigione. Nostro cugino Charles sta cercando di convincerlo a nominarlo tutore di Stephen, e Cecil temeva che, se fosse sembrato troppo malato, Charles avrebbe cercato di esercitare un controllo ancora maggiore. Dopo Stephen, è lui il primo in linea di successione."

"Ha fatto minacce?" chiese Hargraves.

La signora Theobald si torse le mani, in preda all'ansia.

"No, non ancora. Ma l'altra sera, al ritrovo, qualcuno ha messo in giro la voce che il duca barasse a carte. Non riesco a immaginare che Cecil possa abbassarsi a tanto."

"Certo che no!" esclamò con orrore la signora Theobald. "Pensate che sir Charles potrebbe trarre vantaggio da una simile diceria?"

"Vuole controllare Stephen... e la sua eredità," disse cupo Richard. "Quale modo migliore che dare l'impressione che il duca sia incompetente? Le finanze sono già in uno stato traballante, e non so ancora dire se ciò sia dovuto all'ignoranza di Cecil o a qualcosa di più sinistro."

La signora Theobald gli posò una mano sul braccio. "Siete un uomo buono ad aiutare vostro fratello."

Richard coprì la mano della donna con la propria. "Non potevo abbandonarlo. Finora me la sono cavata passabilmente come duca, ma la signorina Shelby mi ha appena rivelato delle amanti di Cecil."

"La signorina Shelby vi ha detto una cosa del genere?" chiese Hargraves, sconvolto.

La signora Theobald si strinse nelle spalle. "Gliel'ho detto *io*. Le altre domestiche sono molto gelose di lei, quindi sono stata costretta a rivelarle la verità."

Richard sorrise. "Teme che il mio stile di vita sgradevole possa nuocere a Stephen. Al ritrovo, mi è stato persino chiesto se avessi scelto un'amante. Ma non sono proprio in grado di fare una cosa del genere."

La signora Theobald lo guardò con empatia e gentilezza. "Certo che no, signorino."

"Ho deciso di fingere indecisione. Signora Theobald, magari potreste spiegare alle domestiche che sono talmente belle da rendermi impossibile fare una scelta."

"Dovrete stuzzicarle un po', signore," disse Hargraves, con un certo imbarazzo. "Non capiranno, se continuerete a ignorarle. Sapete, conoscono le abitudini del duca."

La signora Theobald esitò. "La signorina Shelby già pensa che le dedichiate troppa attenzione."

"Lo so. E immagino che dovrò continuare a farlo." Richard non era davvero riluttante, non con Meriel. Le reazioni della donna gli piacevano troppo. Era un gioco pericoloso quello che stava giocando con lei, perché sentiva che avrebbe potuto fargli dimenticare la sua missione, la sua messinscena, tutto tranne il modo in cui lei lo faceva sentire.

Richard guardò i due servitori, persone che conosceva da una vita. "Sono lieto che entrambi sappiate. È stato un inferno tenervelo nascosto. Ma vi prego, non dobbiamo mai parlarne, a meno che non siamo certi di essere soli. E anche allora, sarà meglio farlo di rado."

"Certo, Vostra Grazia," disse la signora Theobald, facendo

un passo indietro. "Avete bisogno d'altro prima che mi ritiri per la notte?"

"No; andate pure a letto, tutti e due. Grazie per l'aiuto... e per l'amicizia."

Una volta rimasto solo, Richard rifletté su come civettare con le domestiche senza dare a nessuna l'impressione di essere la prescelta. Avrebbe fatto del suo meglio per non restare da solo con nessuna di loro; le civetterie di gruppo avrebbero servito allo scopo.

Si disse che Meriel sarebbe sempre stata con Stephen, a fare da cuscinetto fra lui e le cameriere. Ma nel profondo, sapeva che, se non fosse stato attento, avrebbe trovato un modo per restare da solo con l'istitutrice.

Quella notte, Meriel dormì pochissimo e si svegliò il mattino dopo con un'emicrania. Ogni volta che si era appisolata, il duca le era apparso, troppo vicino. L'uomo alzava la mano e, nei suoi sogni, alla fine la toccava. Ogni volta, il corpo traditore di Meriel la svegliava, caldo, tremante e... strano.

Mentre si lavava e si vestiva, Meriel cercò di dirsi che certe donne erano sempre attratte da uomini che non potevano avere. Forse era quello il suo problema. Era come se il suo cervello... si spegnesse quando il duca era vicino.

Doveva accontentarsi della consapevolezza di aver fatto tutto il possibile per Stephen. Non poteva imporre un comportamento al duca, ma forse aveva contribuito a renderlo più discreto.

A metà mattina, Meriel affidò Stephen alla balia per potersi recare all'ufficio postale di Ramsgate. Tornò nella sua stanza a prendere il cappello e stava attraversando la casa quando passò davanti al salotto rosso. Udì un suono di risatine lontano. Sbirciò all'interno e non vide nessuno, ma le porte che davano sul giardino d'inverno erano spalancate.

Anche se la cosa non la riguardava, Meriel si avvicinò furtiva alle porte interne, poi si nascose dietro una felce gigante nella serra. Le voci divennero più riconoscibili. Una era chiaramente quella del duca, ma chi erano le donne? Perché ce n'era più d'una. Meriel si abbassò dietro una palma, poi tra alcuni cespugli, finché riuscì a intravedere il duca attraverso il fogliame. L'uomo le dava le spalle. Indossava l'abito da equitazione, con gli stivali al ginocchio e un frac corto. Era molto elegante, troppo per Meriel. Si batteva il cappello sulla coscia mentre rideva.

Di fronte a lui si erano radunate tre cameriere. Meriel si chiese, con un moto di acidità, se lo avessero seguito loro o se lui le avesse trovate mentre lavoravano e avesse iniziato a tessere la sua magia. Le donne si lanciavano occhiate malevole a vicenda.

Il duca le aveva detto che faticava a scegliere un'amante; scioccamente, lei aveva pensato che ciò significasse che, per un po', Stephen sarebbe stato al sicuro da simili spettacoli. Il duca non aveva menzionato l'intenzione di indire delle audizioni per il ruolo!

Quando Meriel si avvicinò abbastanza da sentire ciò che stava succedendo, una delle cameriere – Joan? pensò Meriel – si fece avanti per attirare l'attenzione del duca. Aveva l'aria sfrontata di una barista piuttosto che quella di una cameriera del piano di sopra, ma di certo il duca reclutava personale anche da luoghi malfamati.

"Vostra Grazia, state benissimo vestito così. Io non sono mai andata a cavallo, perché ho paura di cadere. Ma se cavalcassi con voi, le vostre cosce sode mi terrebbero su."

Meriel si coprì il viso, sconvolta, e sbirciò tra le dita.

"Signore, temo di non aver tempo oggi per insegnare a nessuno a cavalcare," disse il duca. "Vi auguro una mattinata piacevole."

L'indignazione di Meriel sfumò quando riuscì finalmente a vedere il volto dell'uomo. Il duca sembrava sollevato all'idea di poter fuggire.

Non apprezzava vedere le sue future amanti contendersi la sua attenzione?

CAPITOLO
UNDICI

Mentre Meriel percorreva il viale sterrato bordato di siepi, sapeva che il suo passo era troppo energico per una calda giornata estiva. Ma non le importava. La cuffia le oscurava la vista, il sudore che inumidiva i bordi e le gocciolava lungo la tempia, ma lei continuò a marciare imperterrita, furibonda al pensiero di quelle tre donne che si gettavano ai piedi del duca. Cosa sarebbe successo se Stephen avesse assistito a quello spettacolo disdicevole?

Meriel aveva una mezza idea di parlare con la signora Theobald...

Ma le belle cameriere del duca, assunte di persona da lui, si comportavano esattamente come lui voleva.

Meriel si chiese perché continuasse a sperare che l'uomo fosse diverso. Perché aveva pensato che avrebbe preso in considerazione il suo avvertimento, che magari l'avrebbe persino messo in pratica?

Udì il battito costante degli zoccoli di un cavallo in avvicinamento e si spostò sul ciglio della strada senza nemmeno guardare. Invece di oltrepassarla, il cavallo rallentò al suo fianco. Meriel capì di chi si trattava prima ancora di sollevare lo sguardo, oltre le gambe lunghe dell'uomo, risalendo quell'ampio petto fino a quel viso sorridente, ammiccante e dall'espressione fin troppo complice.

Il duca si toccò il cappello con due dita in un saluto sbarazzino. Stringendo i denti, Meriel tornò a guardare la strada.

"Nemmeno un saluto?" chiese l'uomo.

"Salve, Vostra Grazia."

"Percepisco una grande rabbia repressa, signorina Shelby. Forse dovrei essere io a essere arrabbiato, visto che mi avete spiato nella serra."

Meriel chiuse gli occhi per la mortificazione e prontamente inciampò in un sasso.

"Su, su, non slogatevi una caviglia," disse l'uomo, "o sarò costretto a soccorrervi."

Meriel sollevò lo sguardo sul duca, cercando di mostrarsi fredda e distaccata come avrebbe voluto essere. "Sono incappata in voi per caso. Le cameriere ridacchiavano in maniera piuttosto rumorosa, dopotutto. Per fortuna vostro figlio non era con me."

Il duca continuò a cavalcare al suo fianco, il cavallo fermamente sotto controllo per tenere un passo tanto lento.

"Ah, dunque è per questo che siete arrabbiata," disse l'uomo. "Vi assicuro che non ho cercato io quelle donne."

"Non vi avrebbero cercato loro se non avessero pensato che potesse esserci qualcosa da guadagnare."

"Ah, ma mi offrono l'opportunità di restringere il campo."

"Ma avevate promesso—"

"Promesso?" la interruppe il duca. "Ho detto che non avevo scelto. Tutto qui."

Era forse stata una speranza di Meriel che vi fosse una promessa sepolta da qualche parte fra le parole del duca?

Non poteva allungare ancora il passo, ma poteva ignorare l'uomo.

"Posso darvi un passaggio in paese, signorina Shelby? Dopotutto, le mie cosce sono abbastanza sode."

Meriel gli lanciò un'occhiata indignata, ma vide che la sua reazione aveva suscitato il divertimento del duca.

"È un 'no'?" chiese l'uomo.

"Potete andare, Vostra Grazia," disse Meriel, per poi rendersi conto di aver dato un ordine a un duca come se questi fosse un servitore.

Ma l'uomo si limitò a toccarsi di nuovo il cappello, sorridere e lasciare la strada, infilandosi fra due siepi e attraversando un pascolo. Meriel lo guardò cavalcare e detestò di apprezzare quella vista.

Quella sera, dopo aver accompagnato Stephen a letto, Meriel stava scendendo la scalinata grande quando vide il duca approcciato dalla domestica Joan fuori dallo studio. La donna cercò spudoratamente di schiacciarsi contro di lui, ma il duca riuscì a fare un passo di lato senza dare l'impressione di essere fuggito di proposito.

Ma quella fu l'impressione che Meriel ebbe. Trattenendosi sulle scale, vide la cameriera allontanarsi delusa e scornata. Il duca si ritirò nel suo studio e Meriel fissò la porta chiusa.

Non riusciva a capirlo. Prima del suo arrivo, il duca era un uomo che seduceva le servitrici e ignorava il proprio figlio e i propri doveri, se i sussurri che lei aveva udito riguardo alle sue finanze erano veritieri. Da quando era arrivata lei, l'uomo aveva fatto amicizia con il figlio, lo aveva portato a pesca e ad addestrare i cani. Evitava le donne che aveva scelto come future conquiste, evitava le feste che tanto amava – nonostante gli inviti arrivassero ogni giorno – e sembrava essersi ripreso del tutto. E poi c'era quel primo giorno in cui era arrivato a cavallo da solo e si era diretto inizialmente verso l'ingresso di servizio invece che al portico principale. E ora la gente lo accusava di barare a carte?

Cosa stava succedendo?

Di umore meditabondo, Meriel si sedette sui gradini, guardando la notte che avanzava lentamente oltre le finestre per rabbuiare il corridoio.

Forse aveva scelto l'approccio sbagliato. Il duca era ancora giovane: aveva venticinque anni, o così Meriel aveva sentito dire. Forse aveva finalmente iniziato a maturare. Solo quel giorno, aveva avuto diverse occasioni di approfittarsi di numerose donne, e aveva dato l'impressione di avere una gran fretta di allontanarsi. Il brivido di prendere amanti prive di significato doveva essersi esaurito.

Ora Meriel doveva dimostrarlo.

Si ritrovò a bussare alla porta dello studio dell'uomo prima di poter pensare a un piano e alle conseguenze di quest'ultimo. Quando il duca la invitò a entrare, lei lo fece come se fosse la padrona di Thanet Court.

Il duca non era seduto alla sua scrivania, lontano da lei, come Meriel si sarebbe aspettata. Era vicino alla porta, intento a studiare una mappa della contea incorniciata appesa alla parete, a meno di un metro e mezzo da Meriel.

Lei chiuse la porta, vi si appoggiò e si limitò a guardare l'uomo. Non c'era un sorriso sul viso del duca, ora; solo una strana intensità che pareva un avvertimento. Meriel non ci avrebbe creduto. Quell'uomo poteva sorridere e civettare, ma lei, usando la logica, lo aveva capito. Il duca non avrebbe cercato di far leva sul proprio vantaggio su di lei. Meriel si rifiutava di contemplare la possibilità di avere torto.

Ma tra di loro crepitò una tensione che lei non aveva previsto e per la quale non aveva preparato alcuna difesa. C'era una fame, nel profondo di Meriel, che lei non aveva mai percepito prima di allora, un bisogno per cui non aveva risposta. Il duca fece un passo avanti e lei non riuscì a pensare, non volle fuggire, pur avendo la porta alle spalle.

Continuò a ripetersi che il duca era cambiato, che lei non poteva essersi sbagliata su di lui, anche quando il viso dell'uomo fu sopra di lei, il corpo troppo vicino. Le mani del duca calarono accanto a entrambe le sue spalle e lei si ritrovò intrappolata tra i confini delle sue braccia.

Il duca continuò a non toccarla; Meriel sapeva che lo stava provocando, con il suo silenzio e la sua acquiescenza. Ma lui non era più l'uomo di prima; era cambiato...

E lei continuò a pensarlo mentre il duca si chinava e il tepore del suo respiro si riversava su di lei. Meriel sollevò lo sguardo, il cuore che le batteva così forte nelle orecchie da consentirle a malapena di sentirlo dire: "Fermatemi."

"Non ho bisogno di farlo," sussurrò lei, confidando che l'uomo si sarebbe controllato.

All'improvviso, si rese conto che il duca non aveva interpretato le sue parole come lei le aveva intese, ma ormai era troppo tardi.

La bocca dell'uomo toccò la sua con una dolcezza breve e squisita che la colse alla sprovvista, che le fece dimenticare ogni piano logico da lei intessuto per proteggersi. Poi l'uomo premette più forte, le labbra che si muovevano su quelle di Meriel, assaggiando, cercando – lei lo sapeva – un ingresso.

Da qualche parte dentro di lei, una voce logica gridò che era già stata baciata, che poiché sapeva cosa aspettarsi, avrebbe dovuto mantenere un controllo assoluto. Ma non era così. Meriel era satura di una passione che fece sì che la sua volontà non le appartenesse più.

Mise le mani sul petto del duca per avere un appoggio, ma fu un errore. L'uomo era caldo e solido e Meriel sentiva il suo cuore battere forte, a ritmo col proprio. Il gemito del duca riverberò fra le mani di Meriel. Le braccia dell'uomo la circondarono, schiacciandola contro di lui, e Meriel non pensò nemmeno a fuggire. Si limitò ad aprire la bocca e a cedere ciò che il duca esigeva, ciò che anche lei voleva. La lingua dell'uomo spazzò nella sua bocca e lei, con audacia, le andò incontro con la propria. Il duca la circondò, la riempì, la eccitò oltre ogni ragione. Le mani dell'uomo scesero a stringerle il posteriore, premendola ancora di più contro di lui. Attraverso i vestiti, Meriel avvertì la forza e il calore del corpo dell'uomo e desiderò che nulla si frapponesse fra di loro.

E fu quel pensiero che le rovesciò addosso una secchiata di logica. Il suo autocontrollo tornò, gridando in preda all'orrore, per sopraffare ciò che aveva perso.

Meriel storse la testa e ruppe il bacio ansimando, premendo le mani contro il petto a cui aveva appena cercato con ogni mezzo di avvicinarsi. Il duca la lasciò andare subito e Meriel si ritrovò ancora una volta appoggiata alla porta, a fissare l'uomo con gli occhi spalancati e gli occhiali storti, desiderosa di negare ciò che aveva appena vissuto.

Si era sbagliata ancora una volta, in un modo così terribile e assoluto che le era costato il rispetto di sé, la sua posizione di istitutrice e la possibilità di aiutare Stephen a diventare la persona che poteva essere. Come le era venuto in mente di pensare che quell'uomo, quel duca, potesse essere altro che il nobile potente ed egoista che era stato cresciuto per essere? Non era cambiato per nulla e lo stesso valeva per lei. Continuava a non potersi fidare di se stessa.

"Meriel."

La voce del duca che la chiamava per nome in modo tanto intimo ruppe il gelido incanto che la immobilizzava.

"Lasciatemi andare," sussurrò lei mentre si raddrizzava gli occhiali.

"Non vi sto toccando."

"Allora fatevi indietro!"

Il duca indietreggiò di due passi. "Meriel—"

Dopo aver spalancato la porta, Meriel salì di corsa le scale, grata per il fatto che l'ora tarda avrebbe fatto sì che nessuno fosse in giro per vedere le lacrime di sconfitta e umiliazione che le inumidivano le guance.

Come aveva fatto a commettere di nuovo un errore di giudizio tanto grave? L'ultima volta che si era fidata delle sue emozioni, non solo aveva scoperto che i suoi genitori le avevano mentito riguardo alle loro finanze, ma suo padre aveva commesso l'atto di codardia supremo, togliendosi la vita e lasciando la moglie e le figlie ad affrontare la rovina da sole. E Meriel non lo aveva previsto, non aveva compreso la disperazione paterna. In seguito, aveva smesso di fidarsi delle sue emozioni, perché si era sentita tradita dalla sua stessa natura.

Con il duca, si era ripromessa di usare solo la logica. Non aveva visto i segnali nella personalità dell'uomo? Avrebbe potuto giurare che nessuna emozione avesse influenzato il suo giudizio secondo il quale l'uomo era maturato.

Ma il duca non era cambiato: aveva appena scelto un'amante e quell'amante era *lei*. Non c'era da stupirsi che avesse evitato le altre domestiche.

Meriel corse nella suite della nursery, badando a rimanere in silenzio nonostante il suo petto fosse scosso da singhiozzi silenziosi. Sarebbe dovuta partire di prima mattina. La prospettiva di abbandonare Stephen la fece piangere ancora più forte, ma doveva cominciare a fare i bagagli. Raggiunta per prima cosa l'aula, aprì gli sportelli delle credenze e cominciò a spostare i suoi libri e i suoi fogli sulla cattedra. Qualcosa si rovesciò all'indietro su uno scaffale e Meriel imprecò sottovoce. Dopo essersi asciugata il viso bagnato con entrambe le mani, spostò una sedia per salirci sopra. Infilò una mano nella credenza...

E trovò qualcosa di duro e legnoso. Sembrava una cassa di

legno, di quelle usate per riporre cose non più necessarie, ma Meriel doveva assicurarsi che non contenesse qualcosa di suo di cui si era dimenticata. Preso un portacandele sulla cattedra, lo sollevò per appoggiarlo sul bordo della credenza. Vide dei libri attraverso le fessure nella cassa. Il nome "Richard" era scritto all'esterno, nella grafia di un bambino.

La pelle d'oca le ricoprì le braccia. Si ritrovò a tirare fuori la cassa, tenendola in equilibrio sul petto per poi voltarsi e appoggiarla sulla cattedra. Dopo essere saltata sul pavimento, guardò all'interno. Assieme ai libri, erano impilati alla bell'e meglio una lavagna, del gesso e dei fogli di carta; una parte della scrittura, per quanto sbiadita, era ancora leggibile. In diversi punti era scribacchiato "Richard O'Neill", assieme alla data del 1822. Ciascun libro aveva lo stesso nome in seconda di copertina, con date che andavano dal 1820 al 1830; con l'avanzare del tempo, la difficoltà delle letture aumentava.

Il duca prendeva di certo lezioni in quell'aula nello stesso periodo, e dato che era troppo giovane per le prime date, quel tale Richard doveva essere più anziano di lui. Con un cognome irlandese come O'Neill, non poteva trattarsi di un cugino. Forse un bambino affidato alla tutela del vecchio duca?

Meriel non avrebbe dovuto interessarsi; doveva fare i bagagli e lasciare quella casa prima di mettersi ulteriormente in imbarazzo.

Ma il mistero la chiamava. Non poteva lasciar perdere, anche solo per distrarsi dal suo tumulto interiore.

Tenendo gli occhi aperti per assicurarsi di non essere vista, corse in biblioteca, trasportando una candela che tremava per il suo passo affrettato. Una volta entrata, si chiuse la porta alle spalle e si recò all'enorme Bibbia in mostra su un podio tutto suo. All'inizio del libro, individuò le date di nascita e di morte dei membri della famiglia, e si stupì nel constatare che il tomo aveva quasi centocinquant'anni.

Sopra il nome di Stephen c'era solo un figlio: suo padre, Cecil Irving, l'attuale duca di Thanet.

Meriel non riusciva a controllare la sua ansia nervosa; c'era qualcosa che non tornava. Continuò a passare lo sguardo sulla pagina, in cerca di qualcos'altro... che trovò, scritto in fondo alla pagina dalla mano incerta di un bambino, quasi nascosto dalla decorazione del bordo. Qualcuno aveva scritto il nome Richard e la data di nascita del 1814. Come genitori erano indicati Fiona O'Neill... e Roger Irving, duca di Thanet.

Pur non essendoci prove concrete, ciò suggeriva che Richard O'Neill fosse figlio illegittimo, fratello del duca attuale e maggiore di quest'ultimo di cinque anni. Richard stesso avrebbe potuto scrivere quelle parole da bambino... o forse erano opera del giovane Cecil, che avrebbe voluto che il figlio di una servitrice fosse suo fratello.

Meriel si lasciò cadere su una poltrona e mise il viso tra le mani, raggelata nonostante la serata fosse calda. Quei pensieri erano folli. Forse il duca aveva davvero un fratello illegittimo. Che importanza aveva?

Ma c'era qualcosa di sbagliato nel duca; Meriel lo sapeva dal primo momento in cui lo aveva visto tornare alla tenuta. Le ragioni che aveva dato a se stessa come dimostrazione che il duca era "maturato" sembravano ora prova del fatto che quello non era lo stesso uomo.

Dato che Richard era stato educato in quell'aula, doveva essere cresciuto lì, almeno per parte della propria vita. Di certo conosceva tutti i servitori, tutti i vicini; conosceva la personalità e il modo di comportarsi del duca attuale.

Meriel avrebbe voluto ridere della sua stessa stupidità. Quanto era improbabile che due fratelli non gemelli potessero somigliarsi tanto?

Tornò di corsa all'aula e rimise tutti i libri nella credenza, compresi i suoi. Non poteva lasciare Thanet Court prima di conoscere la verità, prima di avere la certezza che Stephen fosse al sicuro. Che il duca – o chiunque fosse quell'uomo – pensasse quello che voleva del loro bacio, ma Meriel non sarebbe riuscita a darsi pace fino a quando non avrebbe avuto la certezza che fosse il padre di Stephen a prendersi cura di lui, non un impostore con un piano segreto.

Aveva bisogno di una prova di qualche genere, o avrebbe iniziato a temere che il vero duca fosse morto.

DODICI

Da solo nella sua stanza, Richard crollò su una poltrona e lasciò ricadere la testa all'indietro.

Cosa aveva fatto? Avrebbe dovuto civettare con le cameriere ed evitare del tutto Meriel. Invece, lei era entrata nel suo studio e Richard le era saltato addosso non appena erano rimasti soli.

Perdiana, le aveva chiesto di fermarlo e lei non lo aveva fatto. Ma Meriel era una giovane donna innocente e lui un uomo che sapeva a cosa portavano certe cose. Lei aveva una moralità e dei principi; andare a letto con un datore di lavoro non era assolutamente cosa da lei.

Richard sapeva che sarebbe stato meglio per lui se la donna se ne fosse andata. Non avrebbe rischiato di perdere il controllo civettando con le cameriere, diversamente che con Meriel, che spingeva la sua mente a soffermarsi su pensieri provocanti piuttosto che sulla sua vera missione a Thanet Court.

E Meriel era troppo intelligente per non scoprire, prima o poi, la verità riguardo alla sua farsa.

Ma come avrebbe potuto Richard punirla, sollevandola dai

suoi doveri di istitutrice dopo solo pochi mesi? Non poteva sottrarle l'unica fonte di guadagno quando era colpa sua se lei si trovava in quella situazione. E se il marito della sorella avesse rifiutato di accoglierla in casa propria?

Richard avrebbe dovuto scusarsi e sperare che lei accettasse. Le avrebbe promesso di mantenere le distanze.

Ma il vero duca non si sarebbe scusato, né avrebbe lasciato in pace Meriel. Cosa doveva fare Richard?

IL MATTINO DOPO, Meriel usò il suo tempo libero per cercare la signora Theobald, che stava supervisionando le sguattere di cucina nella preparazione delle conserve.

Quando furono finalmente sole nel salotto della governante, la signora Theobald si mise le mani sui fianchi. "Signorina Shelby, non voglio essere scortese, ma ho molto da fare. Possiamo parlare più tardi?"

"Chiedo scusa, signora Theobald, ma questo è il mio unico momento libero fino all'ora di cena, quando sono certa sarete troppo impegnata per parlare con me." Meriel trasse un respiro profondo. "Stavo riordinando l'aula e ho trovato alcuni libri e fogli con il nome di Richard O'Neill. Sapete chi sia costui?"

Meriel ebbe l'impressione che la signora Theobald fosse impallidita, ma era difficile a dirsi, dato che avevano appena lasciato il caldo della cucina.

"Il fratellastro del duca, signorina," disse la governante, abbassando la voce.

Dunque c'era un fratellastro. Ciò cambiava tutto.

"Sono passati più di dieci anni da quando viveva qui," proseguì la signora Theobald. "È una situazione imbarazzante, perché il signor O'Neill è illegittimo. Il duca ha chiesto al personale di non parlare di suo fratello con suo figlio, per cui non è necessario che includiate il signor O'Neill nelle vostre lezioni riguardo al lignaggio. Ora, se volete scusarmi..."

Meriel non ebbe altra scelta che permettere alla governante di andarsene. Aveva la sensazione che non avrebbe saputo altro dalla signora Theobald, né dal resto del personale, riguardo a quell'argomento tanto delicato. E se avesse dato voce ai suoi sospetti che il duca fosse stato rimpiazzato dal fratello, tutti avrebbero pensato che fosse impazzita. In fondo, per quanto ne sapeva lei, Richard O'Neill poteva essere un uomo calvo e obeso.

A chi altri rivolgersi?

Renee Barome era amica d'infanzia del duca. La signorina Barome aveva invitato Meriel per il tè, ma Meriel non era riuscita ad andare a trovarla prima di partire per Londra. Avrebbe dovuto autoinvitarsi, un gesto decisamente scortese. Tornò di corsa in camera sua, scrisse e sigillò un biglietto, e trovò uno stalliere disposto a consegnare la lettera.

Ma doveva ancora affrontare la cena con il duca... o chiunque fosse quell'uomo. Poteva solo immaginare il sorrisetto ammiccante che le avrebbe rivolto, dopo il modo in cui l'aveva baciata. Avrebbe pensato che Meriel fosse rimasta per incoraggiare le sue avance?

Il confronto imminente con l'uomo influenzò ogni singolo comportamento di Meriel. Stephen si lamentò quando fecero tutte le lezioni nell'aula, invece di uscire. Meriel non voleva correre il rischio di incappare nel duca.

Guardò il ragazzino con il cuore colmo di compassione, temendo l'effetto che avrebbe avuto su di lui la potenziale scoperta del fatto che il duca era un impostore. Stephen sentiva finalmente di avere un padre da amare.

Cosa avrebbe dovuto fare Meriel nel caso avesse scoperto che i suoi sospetti erano fondati? Avrebbe potuto parlarne con i servitori di alto rango e lasciare che ci pensassero loro.

Oppure avrebbe potuto affrontare l'impostore, o rivolgersi alla polizia.

Nella sua mente vorticavano pensieri sconnessi e ipotesi contrastanti. La giornata passò troppo in fretta e poi giunse il momento di accompagnare Stephen in sala da pranzo.

Meriel cercò di minimizzare i propri tratti più belli, legandosi i capelli al punto da sentirsi tirare gli occhi. Dato che non aveva dormito molto la notte prima, di certo il suo volto recava i segni della stanchezza. Il suo cuore batteva così forte che avrebbe potuto giurare che le vibrasse il corpetto.

Il duca – Meriel non poteva pensare a lui in maniera diversa, non ancora – stava già sorseggiando del vino al loro arrivo. Meriel guardò di proposito ovunque, tranne che nella sua direzione, mentre si sedeva accanto a Stephen. Il ragazzo chiacchierò a lungo dell'ultima seduta di addestramento dei cani. La gola di Meriel dolette per le lacrime soppresse mentre ascoltava le sue parole felici.

Quando Stephen smise di parlare per il tempo necessario a mangiare un boccone di pasticcio di piccione, il duca disse: "Signorina Shelby, pensavo che oggi mi avreste raccontato i vostri nuovi programmi."

Meriel fu colta alla sprovvista e, senza riflettere, guardò l'uomo. Questi la osservava in maniera diretta come sempre, ma non sembrava né contrito né soddisfatto. Solo curioso.

"Vostra Grazia, non vorrete che mi consulti con voi riguardo al piano didattico di lord Ramsgate, vero?"

"Certo che no. Ma quando non ho visto voi e Stephen oggi, ho pensato che fosse accaduto qualcosa che vi aveva distratto. Sono lieto di constatare che mi sono sbagliato."

Meriel sapeva esattamente perché il duca era curioso: si stava chiedendo se lei volesse lasciare le sue dipendenze. Si aspettava che lo facesse? O dava per scontato che Meriel non avrebbe avuto il coraggio? Meriel avrebbe voluto conoscere la verità, in modo da poter decidere cosa pensare di lui. Ora come ora, era confusa e preoccupata e ancora troppo attratta da lui.

Chiunque egli fosse.

Dio, cosa diceva tutto ciò riguardo al suo giudizio? pensò amareggiata. Quell'uomo era o un duca lascivo o un impostore criminale. E lei ancora voleva sperimentare di nuovo il suo bacio. C'era stato qualcosa di magico, di devastante e profondo tra di loro, e Meriel temeva che non avrebbe mai più vissuto nulla di simile.

Si chiese se avrebbe dovuto chiudere a chiave la sua porta per tenere *se stessa* lontana dal duca.

PER DUE GIORNI, Meriel frappose un'intera casa fra sé e il "duca", tranne che in occasione delle cene, quando parlò molto poco. Dava per scontato che il duca pensasse che lei fosse ancora arrabbiata per il bacio... e lo era, naturalmente, ma era più turbata dalla possibilità che l'uomo potesse essere un impostore. Era terribilmente, terribilmente confusa.

Domenica pomeriggio, dopo la messa, chiese di poter usare un cavallo per andare a casa della signorina Barome. Dopo aver ricevuto indicazioni dalla signora Theobald, cavalcò per la campagna, odorando il profumo del mare nascosto dietro le colline. La casa della signorina Barome non era un palazzo come Thanet Court, ma era antica ed elegante, perfettamente adeguata allo status del padre vedovo, che era un proprietario terriero locale nonché giudice di pace. Meriel immaginava che la signorina Barome si prendesse cura di lui. Di certo la donna avrebbe potuto sposarsi, se lo avesse voluto.

La signorina Barome accompagnò Meriel in giardino; le due si sedettero insieme tra le rose e presero il tè a un tavolino di marmo bianco con panchine abbinate. Per alcuni minuti, parlarono della loro istruzione e dei loro passatempi. Avevano persino un'amicizia in comune. Meriel si stava divertendo così tanto che quasi detestava dover cominciare a deviare la conversazione verso il suo vero obiettivo.

La signorina Barome sorrise mentre versava a Meriel un'altra tazza di tè. "Allora, com'era il matrimonio di vostra sorella?"

"Splendido, grazie," disse Meriel, accettando tazza e piattino. "Victoria non conosce molto bene suo marito, ma lui sembra un brav'uomo. Spero che saranno felici. Attendo con ansia la prossima lettera di mia sorella."

"Se vi assomiglia, sono certa che avrà un successo straordinario."

Meriel lanciò un'occhiata all'altra donna. "Signorina Barome, siete molto gentile, ma come potete dire una cosa del genere quando non mi conoscete?"

"Siete stata costretta a farvi strada nel mondo come istitutrice," rispose la signorina Barome, offrendole un vassoio di piccoli sandwich. "Mi chiedo spesso se io riuscirei a essere altrettanto coraggiosa, qualora mi trovassi in ristrettezze."

"Ma certo. Basta vedere il modo in cui rispondete al duca." Ecco introdotto il vero argomento di cui Meriel voleva discutere.

"Ma quello è facile. In fondo, si tratta di Cecil. Per me, sarà sempre il ragazzo che mi spingeva nei torrenti e mi portava le rane."

"Ah, dunque non c'era nessuno a smorzare il suo entusiasmo giovanile?"

"C'era suo fratello Richard, naturalmente," disse la signorina Barome senza fare una piega.

Meriel si ritrovò seduta sul bordo della sedia, dimentica del tè.

"Cecil lo adorava," proseguì la signorina Barome, "ma non

al punto da seguire il suo esempio. Vedete, Richard era un ragazzo serio, taciturno e ambizioso."

"Mi stupisce che in galleria non ci sia un ritratto del fratello del duca," disse Meriel.

La signorina Barome abbassò la voce. "Beh, qui cominciano le note dolenti. Richard è illegittimo."

"Santi numi." Meriel si sentiva un'imbrogliona, ma come avrebbe potuto confessare che aveva già carpito quell'informazione con metodi poco trasparenti?

"Prima che il vecchio duca si sposasse, Richard era trattato come l'erede di fatto. Ma quando arrivò la duchessa e poi nacque Cecil, lei si assicurò che Richard sapesse qual era il suo posto."

Meriel provò una fitta di compassione, ma la scacciò subito. Dopotutto, era possibile che proprio in quel momento Richard O'Neill stesse dfogando la propria rabbia sulla famiglia.

"Dunque, venne allontanato?"

La signorina Barome sospirò. "Siete sicura che non vi dispiaccia ascoltare queste vecchie storie? Non voglio annoiarvi."

Meriel cercò di sorridere normalmente, ma il bisogno di verità la riempiva di tensione. "È importante che io conosca queste cose: dopotutto, il signor O'Neill è lo zio del mio allievo. Allora, per quanto rimase a Thanet Court?"

"Fino all'età di dodici anni, quando fu mandato in collegio come molti ragazzi della sua età."

"Dunque, il vecchio duca lo trattò bene. Fu sfamato, accolto e istruito."

"Oh, sì, e sarebbe il primo a dirvelo."

"Lo avete incontrato di recente?"

"No, non torna a casa da molti anni. Probabilmente, non ha molti bei ricordi. Ma ha sfruttato bene l'occasione di farsi un'istruzione. L'ultima volta che ho sentito parlare di lui, si era laureato a Cambridge ed era diventato un investitore e imprenditore di successo a Manchester."

"Lui e il duca hanno mantenuto i contatti?"

"Non lo so per certo, dato che nemmeno io e il duca ci vediamo più di frequente. Mio padre è malato, dunque non vado a Londra spesso come un tempo. Ma da quanto Cecil mi ha spinto a credere, continua a vedere suo fratello più volte all'anno."

"Questo mi stupisce. Non pensavo che al duca piacesse lasciare Londra... tranne che per venire a Thanet Court, naturalmente."

"Ogni tanto, Richard si reca a Londra per affari. Quando i due si trovano nella stessa città, immagino che ricomincino gli avvistamenti." La signorina Barome sorrise, gli occhi colmi di ricordi affettuosi.

"Gli avvistamenti?" chiese confusa Meriel.

"Chiamavamo così quelle occasioni in cui qualcuno scambiava un fratello per l'altro."

Meriel si limitò a guardare la padrona di casa sbattendo le palpebre, mentre dentro di lei panico e paura rimbalzavano l'uno contro l'altro. "Dunque, si somigliavano?" La sua voce squittì e lei fu costretta a schiarirsi la gola.

La signorina Barome rise. "Lo notavamo soprattutto quando Richard tornava dal collegio per le feste. Per allora, Cecil cominciava a essere grande abbastanza da far sì che i due fratelli fossero più simili in altezza. Cecil amava pungolare sua madre. Ma so che Richard non apprezzava quelle carnevalate, perché la duchessa reagiva sempre in maniera furiosa. Richard faticava a dire di no a Cecil. Durante quegli anni, ovunque uno dei due andasse, veniva spesso scambiato per l'altro. Cecil diceva sempre 'Oggi ho avuto un altro avvistamento,' e ci faceva ridere per il modo in cui prendeva in giro il poveretto in questione. Quando la stessa cosa accadeva a Richard, lui badava sempre a correggere subito l'altra persona. Non avrebbe mai voluto essere accusato di aver impersonato un futuro duca."

"Ma di certo sapeva che il titolo di duca avrebbe potuto essere suo, se non fosse stato per le circostanze della sua nascita."

La signorina Barome sospirò e raddrizzò la schiena, passando lo sguardo sul giardino. "Non ne parlava mai. Anzi, avevo l'impressione che disapprovasse fortemente il comportamento da pari di suo padre e di Cecil."

Richard avrebbe potuto essere disposto a ordire un complotto per dimostrare che avrebbe potuto essere un duca migliore? Meriel avrebbe tanto voluto parlarne con la signorina Barome, che probabilmente avrebbe potuto offrirle altre risposte. Ma non voleva coinvolgere la donna in quello che poteva essere un complotto pericoloso.

Durante il viaggio di ritorno a Thanet Court, Meriel prese in considerazione ogni movente che Richard O'Neill avrebbe potuto avere per impersonare il duca. L'uomo aveva forse nascosto la sua sete di potere per tutti quegli anni, complottando e pianificando fino a quando non si era presentata l'occasione giusta? Forse aveva addirittura progettato quel piano da giovane, quando tutti lo scambiavano costantemente per il duca. O forse i suoi investimenti si erano rivelati fallimentari, costringendolo a cercare altri mezzi di sostentamento.

Ma uccidere suo fratello? Non sembrava proprio da quel ragazzo serio e studioso descritto dalla signorina Barome. Né Meriel riusciva a immaginare che quell'uomo, che sembrava apprezzare il tempo trascorso con Stephen, fosse in grado di uccidere il padre del ragazzo.

Si diceva che il duca fosse stato gravemente malato. Era

possibile che fosse morto e che il signor O'Neill avesse preso possesso della sua vita?

O magari il vero duca era solo tenuto prigioniero mentre il signor O'Neill prendeva qualcosa che voleva. Ma cosa? L'uomo non sembrava avere alcuna fretta. Trascorreva le giornate alla maniera di Cecil, pur socializzando di meno. Meriel aveva persino sentito dire che i fittavoli non avevano mai visto il duca così spesso.

Forse l'uomo stava davvero raddrizzando dei torti, comportandosi come il duca e il padre che suo fratello avrebbe dovuto essere. Ma in tal caso, aveva intenzione di lasciare il Paese al ritorno di Cecil? O addirittura di andare in carcere come martire della propria causa?

Meriel non sapeva cosa pensare, né, soprattutto, cosa fare. Non c'erano prove concrete dei suoi sospetti. Forse avrebbe dovuto parlarne con la signora Theobald e lasciare che fosse lei a decidere.

Meriel sapeva che si stava lasciando dominare dai sentimenti e non poteva fidarsi di se stessa per prendere la decisione giusta. I suoi stessi genitori le avevano mentito e lei non se n'era resa conto prima che fosse troppo tardi. Si era fidata di loro con il cuore e le emozioni, non con l'intelletto.

Ora, con il Duca Impostore, Meriel aveva ancora una volta soppresso quei piccoli sospetti che aveva avuto per tutto il tempo. Si era lasciata deviare dai sentimenti inappropriati nei confronti dell'uomo.

Una piccola parte di lei prese in considerazione di lasciarsi tutto alle spalle, di andarsene prima che l'impostore si rendesse conto della sua pericolosa conoscenza. Sapeva che sarebbe potuta stare con sua sorella sposata, almeno per un po'.

Ma Meriel non poteva essere così vigliacca. Stephen

sarebbe rimasto distrutto quando avrebbe scoperto la verità. E se il padre del ragazzo era morto...

Meriel non riusciva a immaginare come avrebbe fatto Stephen a riprendersi da un colpo del genere. Aveva bisogno di lei; aveva bisogno che Meriel scoprisse la verità. Se lei avesse cercato di coinvolgere la polizia, nessuno le avrebbe creduto e sarebbe stata rimossa dalla casa, lasciando Stephen vulnerabile.

Avrebbe dovuto scoprire il movente del signor O'Neill e ciò che egli sperava di ottenere. Aveva bisogno di prove, in modo da essere presa sul serio. Sarebbe stato utile avere dei complici; avrebbe gradualmente verificato se la signora Theobald o addirittura la signorina Barome potessero crederle.

Ma fino ad allora, avrebbe dovuto lavorare da sola. E non avrebbe mai più potuto lasciare Stephen da solo con suo padre. Perché, a conti fatti, il signor O'Neill aveva mostrato un interesse eccessivo nel nipote, il futuro duca. Quale poteva essere il motivo? Il primo pensiero di Meriel fu che l'uomo avesse bisogno di accattivarsi il ragazzo, nel caso Stephen si insospettisse riguardo alla sua vera identità.

Ma forse, Stephen stesso era parte delle trame del signor O'Neill. Il ragazzo poteva essere in grave pericolo.

TREDICI

Il giorno dopo, Meriel portò Stephen a fare una lunga passeggiata in giardino. La aiutava allontanarsi dalla tensione in casa, dove sarebbe potuta incappare in qualunque momento nel signor O'Neill, il Duca Impostore. L'uomo non aveva cercato di reiterare la seduzione e lei ne era felice. Meriel temeva che non sarebbe riuscita a tenere per sé i sospetti se l'uomo l'avesse messa all'angolo.

Stephen camminava al suo fianco, sollevando occasionalmente lo sguardo su di lei. Mentre seguivano un torrente ornamentale che attraversava il verde, Meriel lo sentì sospirare.

"Qualcosa non va, lord Ramsgate?" chiese lei.

"Signorina Shelby, oggi siete troppo silenziosa. Non parlate di nulla?"

Fu il turno di Meriel di sospirare. "A volte, i nostri pensieri sono talmente caotici che è difficile ignorarli. Quando ero giovane e avevo bisogno di sedermi a riflettere, c'era un angolo del nostro giardino a Londra, circondato da alberi e cespugli su tre lati e da un alto muro sul quarto. Lo chiamavamo Willow Pond, perché c'era uno stagno a cui si accedeva passando sotto un gigantesco salice piangente. Era invaso dalla vegetazione, per cui io e le mie sorelle avevamo la sensazione che fosse il nostro posto segreto, dove ci raccontavamo cose che nessun altro doveva sapere."

"Siete fortunata ad avere delle sorelle," disse Stephen. "Io ho sempre voluto un fratello, ma mio padre dice che non vuole risposarsi. Volete che vi faccia vedere il mio posto segreto?"

Meriel sorrise al bambino. "Sarebbe magnifico, milord."

Raggiungere il posto segreto di Stephen richiedeva di gattonare sotto il bordo di un pergolato coperto di rampicanti, ma alla fine valse la pena di sporcarsi la gonna. Il sole faceva capolino tra i rampicanti in alto e il terreno era coperto di muschio morbidissimo. Meriel era troppo alta per stare in piedi, ma poteva stare seduta, e Stephen era lì con lei, al sicuro dallo zio.

Aveva il coraggio di interrogarlo?

"E così, avete sempre voluto un fratello," ripeté mentre il ragazzino le mostrava la sua collezione di sassi inusuali.

Stephen annuì. "Ho solo sei anni. C'è ancora tempo. Mio padre conosce molte belle donne."

Meriel strinse le labbra per nascondere un sorriso. "E sì che dovrebbe comprendere le vostre preoccupazioni, dato che ha un fratello."

Stephen le lanciò un'occhiata. "Sapete di mio zio?"

"Ho sentito un po' parlare di lui," disse lentamente Meriel, detestando mentire. "Lo avete conosciuto?"

Stephen si morse il labbro. "Sì."

"Allora siete fortunato. I miei zii vivevano all'estremo Nord, vicino alla Scozia, per cui non ho mai avuto occasione di conoscerli."

"Anche mio zio vive al Nord, a Man... Manch..."

"Manchester."

"Sì!"

"Magari potremmo studiare quella città. Ho sentito dire che vostro zio è un imprenditore di successo laggiù."

"Possiede treni, navi e altre cose."

Meriel annuì. Il successo degli affari del signor O'Neill era qualcosa su cui avrebbe potuto indagare, ma non avrebbe commesso l'errore di interrogare subito il personale di casa. Avrebbe provato prima con i giardinieri e gli stallieri. Se il signor O'Neill era ancora ricco, il suo movente non poteva essere il denaro... a meno che non ne volesse ancora di più.

Meriel non riuscì a pensare a un modo sottile per proseguire la conversazione sullo zio di Stephen, per cui disse: "Beh, milord, suggerisco di tornare a Thanet Court. Oggi dobbiamo studiare musica. La balia mi dice che vi siete esercitato al pianoforte."

Meriel gattonò sotto il pergolato al seguito di Stephen e sorrise quando questi guardò con prudenza in entrambe le direzioni prima di emergere sul sentiero coperto di ghiaia.

Quando Meriel fu in piedi accanto al ragazzino, questi disse: "Dopo la lezione di musica, andrò dal cacciatore con mio padre e i cani. Va bene?"

Meriel avrebbe voluto poter negare il permesso. "Ma certo, milord. Potrei unirmi a voi e assistere? Ho letto delle cose sui cani che potrebbero interessarvi."

Stephen sorrise e annuì.

RICHARD ERA ANSIOSO di vedere Stephen da solo. Sembrava che Meriel seguisse il ragazzo dappertutto. Anche se stava cominciando a pensare che Stephen fosse in grado di mantenere il segreto, Richard non riusciva mai a rilassarsi del tutto con l'istitutrice, soprattutto per via della messinscena.

Ma anche per via del modo in cui lei lo faceva sentire: colmo di desiderio misto a disagio, sospetto e voglia. Più Richard la vedeva, più avrebbe voluto che lei potesse vederlo per quello che era davvero: un uomo che non civettava con le cameriere, né sperperava incautamente la propria eredità. Un paio di settimane di sostituzione e lui era già stanco di interpretare Cecil.

Stephen entrò di corsa nella serra, dove avevano concordato di incontrarsi.

"Padre, dobbiamo aspettare la signorina Shelby. Viene anche lei! Ma prima doveva parlare con la balia Weston."

Richard si irrigidì. "L'hai invitata tu, Stephen?"

"Si è invitata da sola."

"Di solito non ci accompagna dal cacciatore," osservò Richard, accigliato.

"Dice che ha letto delle cose sui cani."

"Adesso noi andremo; lei potrà raggiungerci quando avrà modo di farlo. Non se la prenderà." Richard sperava che Meriel avesse dimenticato la strada. Tutte le volte che lui vedeva il suo viso, ricordava il sapore del suo bacio e il modo in cui lei si era incastrata contro di lui, dalle sporgenze dei seni alla dolce curva del bacino. Tutto ciò era distraente e snervante e... frustrante, perché non poteva derivarne nulla. Di certo, la donna non gli avrebbe mai più permesso di toccarla.

Mentre attraversavano i giardini, Stephen dondolava allegramente le braccia. "Ho mostrato alla signorina Shelby il mio posto segreto."

"E dov'è?"

"Non posso dirvelo. È segreto!"

"L'hai detto alla signorina Shelby."

"Lo so, ma... oh, la signorina mi ha chiesto di voi."

Il morale di Richard precipitò. "Di me, tuo padre?" chiese abbassando la voce.

"No, di te, mio zio," sussurrò di rimando Stephen.

Richard si guardò attorno ostentando noncuranza, ma erano soli. "Cosa sa di me?"

"Le ho detto che sei di Man... Manch..."

"Manchester."

"Sapeva già che lavoravi laggiù. Le ho detto che possiedi molte cose."

"Tutto qui?"

"Certo... padre," disse Stephen, rivolgendogli un sorriso di sottecchi.

Perché mai Meriel avrebbe dovuto sollevare l'argomento di Richard O'Neill?

"Salve, sto arrivando!" esclamò una voce da dietro di loro.

Richard si guardò alle spalle e vide l'istitutrice che praticamente correva verso di loro, le gonne sollevate al punto da mostrare le caviglie. Richard avrebbe apprezzato quella vista, se non fosse stato tanto preoccupato.

Da cosa derivava il suo disagio? Meriel stava insegnando a Stephen dei suoi antenati. Di certo, nelle sue ricerche, doveva essere incappata nel nome di Richard.

La donna li raggiunse, con il respiro un po' affannoso, ciocche di capelli biondi che erano sfuggite allo chignon. I suoi occhiali brillavano alla luce del sole mentre spostava lo sguardo fra di loro.

"Mio padre non voleva aspettarvi," disse Stephen.

Dentro di sé, Richard fece una smorfia. "Ero certo che non avreste avuto difficoltà a trovarci, signorina Shelby."

"Certo che no, Vostra Grazia," disse l'istitutrice, la voce fredda e imperturbata.

Ogni volta che la donna parlava, Richard percepiva la disapprovazione che ella celava. Come biasimarla, dopo il modo in cui lui l'aveva baciata? Richard continuava a raccontare a sé stesso che stava solo interpretando il ruolo di Cecil, ma era una comoda menzogna. Non si era sentito in obbligo di baciare nessun'altra, solo Meriel.

E ora Meriel stava cominciando a fare domande. Forse Richard avrebbe dovuto fare qualcos'altro nello stile di Cecil, trovare un altro modo per scongiurare che Meriel avesse motivo di parlare di lui.

Magari avrebbe potuto dare una cena. Di certo, una volta che fosse stato circondato da persone che non sospettavano della messinscena, Meriel sarebbe stata costretta a fare un passo indietro.

Quando raggiunsero il canile, la donna si sedette su una panca vicina, dando a Richard la netta impressione che non volesse che Stephen rimanesse da solo con lui. Un motivo in più per convincerla che lui era il duca.

Una cena gli avrebbe dato un'altra occasione di verificare se i sospetti di Cecil sul loro cugino fossero fondati. Richard avrebbe invitato Charles Irving, l'uomo che Cecil sembrava temere. Se era stato Cecil a diffondere la voce secondo cui Cecil era un baro, o se aveva progetti di controllo su Stephen, forse si sarebbe tradito in compagnia.

Ma in ogni caso, Richard doveva compiere un gesto audace. Doveva prendere le misure del nemico, verificare se Cecil si stesse immaginando tutto o meno. Avrebbe piazzato degli uomini in casa a titolo di precauzione, e naturalmente Meriel non avrebbe mai perso il ragazzo di vista.

Mentre il cacciatore mostrava a Stephen i nuovi esercizi imparati dai cani, Richard camminò pigramente fino all'istitutrice e si sedette accanto a lei. La donna si irrigidì come se lui l'avesse toccata.

"E così, avete deciso di far visita ai cani con noi quest'oggi, signorina Shelby."

Abbassò lo sguardo su di lei e la donna tenne gli occhi fissi su Stephen. Ma il suo respiro sembrava un po' accelerato.

Richard doveva smetterla di guardarle il seno.

"Lord Ramsgate mi ha raccontato di come è migliorato il loro comportamento," disse la donna, "per cui ho sentito il bisogno di vedere di persona."

"Avreste potuto vederli in casa."

La signorina Shelby esitò e Richard si chiese se avrebbe fatto un passo indietro.

"Può darsi, ma ero molto curiosa, soprattutto dato che vostro figlio dice che i cani vi trovano finalmente di loro gradimento, Vostra Grazia. Dunque, c'è voluto del tempo per conquistarli?"

Le sue allusioni mettevano Richard a disagio, dunque lui decise di spiazzarla. Si stravaccò, appoggiando le mani dietro di sé sulla panchina per reggersi. Ciò mise le sue dita molto vicine alle gonne della donna, che si raddrizzò ancora di più, come se avesse notato la cosa.

"A quanto pare, ho più affinità con le donne che con i cani," disse Richard.

Guardò il rossore diffondersi lentamente sulle guance di Meriel.

"Ho deciso di dare una cena e di invitare alcune rappresentanti del gentil sesso."

"In tal caso, forse il vostro personale sarà al sicuro per un po'," disse Meriel a denti stretti.

"Non vi sentite al sicuro con me, signorina Shelby?"

Stephen li salutò ed entrambi ricambiarono.

"Me l'avete impedito voi, Vostra Grazia."

"Non temete. Non ho mai usato violenza a una donna."

"La vostra posizione assicura che non ne abbiate bisogno."

Forse era quella la fonte di tanta ostilità: una donna che si sentiva minacciata, non insospettita.

"State dicendo che voi cedereste a qualunque mia insinuazione nonostante la vostra contrarietà, signorina Shelby?

Perché vorrei farvi notare che di certo non avete baciato come una donna che non voleva essere baciata.”

Le guance della donna erano scarlatte, ora, e lei si morse le labbra. Richard avrebbe tanto voluto che smettesse, perché aveva bisogno di aggiustarsi i pantaloni.

“Avevo dimenticato la mia posizione, Vostra Grazia.”

Meriel pronunciò quelle parole praticamente sibilando e a Richard tornò in mente che, in tempi non lontani, quella donna era una delle belle alle feste di Londra. Non pensava che avrebbe accolto con piacere la sua compassione.

“Ah, la vostra posizione,” disse. “Volete dire che, se non foste la mia istitutrice, scegliereste di baciarmi?”

“No!”

Meriel aveva parlato a voce troppo alta e Stephen sollevò lo sguardo da dove si stava rotolando per terra con uno degli enormi cani.

“Sto bene, signorina Shelby!” esclamò il ragazzino. “Albert non mi ha fatto male.”

“Oh, benissimo,” esclamò Meriel con una voce squillante che era palesemente fasulla.

Richard fece scivolare la mano un po’ più vicino, fino a quando il tessuto della gonna di Meriel non gli sfiorò i polpastrelli. La stava stuzzicando... e stava tormentando se stesso. “Dunque, baciarmi è qualcosa che avete fatto di proposito, per poi rendervi conto di aver commesso un errore.”

“Oh, potete smetterla di risollevare l’argomento?” disse la donna con un sospiro pesante.

Richard avrebbe dovuto darle retta; avrebbe dovuto fermarsi subito, andare da Stephen e porre fine a quella faccenda.

Invece, un demonietto sconosciuto dentro di lui lo spinse a chinarsi un po’ più vicino. “Quel bacio non era facile da dimenticare.”

"Ma dovete dimenticarlo, Vostra Grazia. Io non sarò la vostra prossima amante. Non approvo la vostra immoralità, soprattutto quando la mettete in atto nelle vicinanze di vostro figlio."

Meriel non aveva esitato a definire Stephen il figlio di Richard, per cui Richard si costrinse a rilassarsi. La donna non poteva sapere nulla dell'altra sua vita; era semplicemente preoccupata per la minaccia alla propria innocenza.

"Dovreste trovare moglie," proseguì Meriel. "Approfittate della cena."

"Una moglie che voglia baciarmi."

Meriel parlò a voce talmente bassa che lui quasi non sentì. "Se siete in grado di trovarne una."

"Ah, questa sembra proprio una sfida, signorina Shelby."

La donna emise un piccolo gemito e si coprì gli occhi con una mano. "Vostra Grazia, vi prego di non pensare che io—"

"Signorina Shelby, venite a coccolare i cani!" chiamò Stephen.

"Arrivo subito!" rispose immediatamente Meriel, alzandosi in piedi.

Richard la lasciò andare... per il momento.

QUATTORDICI

Meriel riuscì a evitare il Duca Impostore per i tre giorni che precedettero la cena. Ebbe qualche conversazione sparsa sul fratello del duca con diversi stallieri e garzoni, ma la maggior parte di costoro era troppo giovane per ricordarsi di lui. Un ragazzo suggerì che il cocchiere capo conosceva il signor O'Neill, ma Meriel non riuscì a trovare il tempo per avere un colloquio. Il bene di Stephen era più importante delle sue indagini. Lei doveva assicurarsi di continuo che il ragazzo non rimanesse da solo con il Duca Impostore.

Il giorno prima della cena, la balia Weston prese in custodia Stephen in modo che Meriel potesse andare a fare una passeggiata. Meriel si diresse subito verso le scuderie. Aveva preso delle crostatine dalla cucina per avere il pretesto che la signora Theobald le avesse mandate. Per fortuna, trovò il cocchiere da solo nel suo ufficio nella rimessa e gli diede una crostatina. L'uomo era un gentiluomo anziano, dal fisico ancora asciutto, con la livrea pulita e stirata.

Dopo aver messo da parte le fibbie che stava lucidando, il

cocchiere capo sorrise e mangiò mezza crostatina in un sol boccone.

Meriel gli sorrise e cominciò a mordicchiare il proprio dolce. "La signora Theobald può essere molto premurosa," disse.

L'uomo annuì e diede un altro morso.

"Ve la meritate, dopo che ci avete aiutati a prenderci cura di Stephen quando girovaga per la tenuta."

Il cocchiere si strinse nelle spalle. "Non mi dispiace."

"Eravate già qui quando il duca era giovane?"

L'uomo annuì e prese un altro dolce.

"Dovevate avere molto lavoro, con due ragazzi curiosi."

"Non erano terribili, anche se il duca spesso ne combinava delle belle."

Meriel sorrise. "Ho sentito dire che gli piaceva spacciarsi per suo fratello."

"Ed era pure bravo. Mentre non era vero il contrario: al signorino Richard non piaceva prendere in giro la gente."

"Lo avete visto di recente?"

"A Londra, ogni tanto, quando i due fratelli si incontrano." Il cocchiere si appoggiò allo schienale e chiuse gli occhi pensieroso. "Il signorino Richard aveva una carrozza all'ultima moda quando l'ho visto, sei mesi fa. Quattro cavalli da far sfigurare i nostri. È bello vedere che se la cava bene."

Meriel si scusò dicendo che doveva consegnare il resto delle crostatine e prese congedo dal cocchiere.

E così, il signor O'Neill era ancora ricco, almeno fino a qualche mese prima. Era difficile immaginare che un uomo potesse perdere tanto denaro nel breve periodo trascorso da quando il cocchiere lo aveva visto. Il padre di Meriel stessa aveva cercato di riparare le proprie finanze per anni, fino a quando tutto non era crollato.

Il denaro non sembrava un movente sufficiente per la

messinscena del signor O'Neill. Un'altra ragione avrebbe potuto essere il potere legato al titolo di duca, ma in tal caso, il signor O'Neill stava decisamente prendendo tempo, perché non aveva esercitato molto potere. Aveva più senso pensare che ritenesse di essere un duca migliore del fratello e sentisse il bisogno di dimostrarlo.

Ma dov'era il vero duca? Ogni secondo di procrastinazione lo metteva forse in pericolo maggiore?

IL GIORNO DOPO, gli invitati cominciarono ad arrivare in prima serata. Richard si spostava fra i gruppetti che chiacchieravano in salotto, sentendosi sempre più tranquillo man mano che nessuno si mostrava a disagio o troppo curioso. Le donne volevano essere stuzzicate, e lui era più che capace di farlo. Gli uomini volevano ridere, per cui Richard aveva preparato delle storie londinesi inventate, così da far credere a tutti che trascorresse laggiù la maggior parte del suo tempo.

Suo cugino, sir Charles Irving, fu l'ultimo ad arrivare. Richard lo osservò dalla parte opposta della stanza, prestando attenzione solo in parte alla mammina che tesseva le lodi della figlia in età da marito. Charles era più vecchio di Richard di sei anni, ma si era mantenuto in ottima forma. Il suo passatempo preferito era la caccia, ricordò Richard, che fosse alla volpe o all'oca. Charles cavalcava per ore per tenersi in esercizio. Da bambini, ogni qualvolta erano insieme, Charles dimostrava grande competitività e aveva il solo obiettivo di vincere. I suoi capelli erano ingrigiti alle tempie, ma ciò non impediva ad altre mammine di cercarlo. Richard si chiese perché suo cugino non si fosse mai sposato. Forse non voleva spendere la propria ricchezza per altri che se stesso.

Richard posticipò la rimpatriata quanto bastava per infastidire Charles. Quando, finalmente, si avvicinò a suo cugino, ebbe l'impressione che Charles avesse gli occhi stretti a causa di una rabbia malcelata.

"Buonasera a te, cugino," disse Richard, trasudando un fascino stucchevole alla maniera di Cecil. "Sono lieto che tu abbia potuto partecipare al mio rientro nella società ospitale."

Charles sorrise. "La tua malattia sembra appartenere ormai al passato, Cecil."

"Sono ancora un po' affaticato, ma riposo bene a Thanet Court."

"Ne sono lieto. E come sta il mio giovane cugino Stephen?"

Era una presa in giro voluta o una richiesta innocente?

"Bene, grazie. Scenderà a salutare tutti dopo cena."

"Speravo di poter vedere quanto fosse cresciuto dall'ultima volta che l'ho visto."

Come se a Charles importasse qualcosa dei bambini, pensò Richard, memore del particolare piacere che suo cugino provava un tempo nel far piangere gli altri bimbi.

Hargraves lo informò che la cena era pronta, per cui Richard accompagnò gli ospiti in sala da pranzo. Aveva assegnato a Charles un posto a tavola abbastanza lontano dal suo da non essere costretto a parlargli durante il pasto.

Dopo cena, le donne attesero nel salotto blu e Richard si assicurò che gli uomini le raggiungessero dopo una sola bevuta. Era ansioso che la serata avesse termine, di vedere come Charles avrebbe reagito a Stephen, e tanti saluti. Dopo una partita a sciarada, mandò a chiamare Meriel e Stephen.

Le donne colmarono il ragazzo di attenzioni. Richard rimase da solo vicino a una parete e tenne d'occhio Charles. Suo cugino prese a malapena atto della presenza del ragazzo, il che lo sorprese. Lo sguardo di Charles era fisso su Meriel, che si era ritirata su una seduta vicino a una finestra.

Charles avvicinò la donna, che si alzò in piedi. Dapprima,

Richard non riuscì a udire le parole che i due si scambiarono. Si avvicinò, tenendosi appena fuori vista, in tempo per sentire Charles che diceva: "Per avere solo sei anni, Stephen è molto capace."

"Siete troppo gentile, sir Charles," disse Meriel. "Seguo l'istruzione di lord Ramsgate da soli due mesi. Ma è un ragazzo brillante e curioso, che impara in fretta."

In che modo farsi amica l'istitutrice di Stephen avrebbe potuto essere d'aiuto a Charles?

A meno che questi non volesse accesso facile al ragazzo.

Un'istitutrice non avrebbe avuto alcuna influenza sulla nomina di Charles a tutore legale di Stephen, nel caso fosse accaduto qualcosa a Cecil.

Ma, naturalmente, qualcosa era già accaduto a Cecil, e Stephen era vulnerabile.

"Dunque, voi siete il cugino del duca," disse Meriel, con un po' troppa disinvoltura per un'istitutrice.

Cosa aveva in mente?

Charles annuì. "Vedo che avete riconosciuto il mio nome."

"Ho studiato la famiglia di lord Ramsgate, in modo da poterlo aiutare a comprendere i legami di parentela. Avete qualche racconto che potrei condividere con lui riguardo a suo padre e suo zio?"

Richard era troppo stupito per interferire subito.

Charles si limitò a ridere. "Erano entrambi più giovani di me, per cui non ci vedevamo spesso. I nostri genitori non erano molto legati. Sarò sincero e ammetterò che la colpa era perlopiù di mia madre. Non le era facile superare l'invidia."

"Mi chiedo se sia un sentimento naturale tra germani," disse Meriel.

"Non saprei."

Se Meriel stava cercando di pescare informazioni, sembrava proprio che Cecil non volesse saperne di abboccare.

Richard avvicinò i due. "Charles, vedo che hai conosciuto la mia istitutrice."

Meriel sollevò uno sguardo vuoto e lui le rivolse un sorriso ampio e innocente.

Charles lo notò e spostò lo sguardo tra i due, ma non disse nulla. Che pensasse quello che voleva di Meriel e il duca; era Stephen la cosa importante.

"Come al solito, Cecil," disse Charles, "scegli le più apprezzabili fra le donne."

Meriel trasse un respiro profondo, ma non disse nulla, anche se la sua sottile rabbia era palpabile.

"Era molto qualificata," disse Richard.

Fu un errore, perché Charles inarcò le sopracciglia. "Non volevo insinuare il contrario," disse.

Richard decise di cambiare argomento. "Immagino che la tua tenuta prosperi come sempre."

Meriel si congedò per tornare al suo posto.

"Ricordi la proprietà che ho acquistato da Richard otto anni fa?" chiese Charles.

Richard annuì cordialmente, ma dentro di sé cercò di immaginare ogni possibile motivo, per Charles, di menzionare la cosa.

"Certo che ricordi, Cecil," proseguì Charles. "Sei stato tu a costringere Richard a vendere la sua eredità."

"Non crederai a tutto ciò che racconta mio fratello," disse Richard con noncuranza.

"Quando tu hai preso il denaro che gli spettava, cos'altro avrebbe potuto fare lui se non vendere la terra per ottenere un capitale da investire?"

"Richard e io abbiamo superato quell'equivoco, Charles. Non è necessario rivangarlo."

"Mi hai chiesto in che condizioni verge la mia tenuta. Quella proprietà che ho acquistato da Richard è diventata, col tempo, una fattoria proficua. Anno dopo anno, il raccolto dei miei fittavoli ha superato le aspettative.”

Richard sorrise. “Sei sempre stato bravo a gestire il denaro.”

“E tu no,” disse bruscamente Richard. “Il mio aiuto potrebbe farti comodo.

“A cosa ti riferisci?”

“Non hai fatto investimenti molto saggi, Cecil. Santi numi, quello che spendi per i tuoi vestiti basterebbe da solo a sfamare una nazione.”

Richard rise e fece tintinnare il bicchiere contro quello di Charles. “Puoi smetterla di preoccuparti per me, cugino. Ho chiesto consiglio a mio fratello.”

Cecil parve sorpreso. “Davvero, Cecil?”

“Ammetto di avere ancora molto da imparare. È per questo che sono qui e ho ripreso il controllo delle mie proprietà. Tutti cresciamo, prima o poi.”

“Ah, ma non dal punto di vista delle tue servitrici, caro Cecil,” disse Richard. “Continui a sceglierle in base alla loro bellezza... anche se ora mi rendo conto che non vuoi che lo si dica davanti a loro. Mi pento di aver commesso quell’errore con l’istitutrice. Hai già scelto la tua ultima amante?”

Richard resistette all’impulso di sospirare. Aveva pensato che civettare e mostrarsi indeciso avrebbe potuto funzionare, ma naturalmente, chi non viveva in casa non vedeva nulla. Vedeva solo che il duca non aveva ancora scelto un’amante.

“Charles, ci sono tantissime donne splendide tra cui scegliere.”

“Lo so. Ne hai persino assunta una da me, qualche mese fa,” disse Charles, scuotendo la testa con amarezza. “A volte sei davvero subdolo.”

“Ma offro molto, Charles.” Richard si strinse nelle spalle e sfoderò un sorriso innocente. “Quelle donne non riescono proprio a resistere. Ora, se vuoi scusarmi, è evidente che la signorina Barome ha bisogno della mia assistenza."

Meriel rimase seduta in assoluto silenzio, isolata nel suo posto vicino alla finestra, e osservò preoccupata il Duca Impostore mentre si allontanava da sir Charles. Vide la signorina Barome che lo chiamava a gesti dall'altra parte della stanza, mentre sfogliava degli spartiti al pianoforte.

Stephen era felicemente impegnato con i levrieri, che si stavano comportando bene con gli ospiti ed eseguivano i loro esercizi al comando di Stephen.

Meriel riusciva a intravedere il profilo di sir Charles. L'uomo continuava a guardare colui che credeva essere il duca e, sebbene il suo volto fosse inespressivo, la freddezza glaciale nei suoi occhi raffreddava persino lei.

Come interpretare tutto ciò che aveva udito? Le domande rivolte a sir Charles non avevano portato a nulla, ma era evidente che c'era rancore tra sir Charles e... tanto il duca quanto suo fratello? Era difficile da capire, perché il signor O'Neill era un attore eccezionale.

Sir Charles sapeva delle amanti; forse tutti gli uomini lo sapevano e, da uomini quali erano, non ci vedevano nulla di male. Meriel rifletté sulla reazione del signor O'Neill e si chiese come si sentisse lui, costretto a scegliere un'amante. Forse l'indecisione da lui ostentata era in realtà... riluttanza?

Meriel non voleva pensare bene di quell'uomo, e naturalmente potevano essere molte le ragioni per cui egli non aveva ancora scelto una cameriera da sedurre. Era probabile che semplicemente non avesse avuto tempo, considerato l'oscuro segreto che doveva mantenere.

La cosa più sconvolgente, per lei, era che il vero duca avesse privato il signor O'Neill di parte della sua eredità. Quello era un movente forte per il signor O'Neill, che avrebbe potuto volersi vendicare o persino riprendersi il denaro. Ma se fosse stata solo una questione di denaro, l'uomo avrebbe potuto ottenerlo facilmente, considerato che aveva accesso alle finanze ducali.

Sir Charles aveva lasciato intendere che il duca avesse problemi economici. Forse non c'erano fondi a sufficienza perché il signor O'Neill potesse impadronirsene. Se la sua eredità era ciò che voleva, forse si era ritrovato costretto a supervisionare il ducato per ripararne le finanze. Dopotutto, forse il vero duca si era davvero rivolto al fratello per chiedere aiuto... e aveva finito per essere rapito.

Mentre pensava, Meriel tenne d'occhio Stephen. Il Duca Impostore aveva dato ordine che Stephen non girasse per casa da solo quando c'erano ospiti. Ciò significava che il signor O'Neill pensava che lei potesse perdere il ragazzo e mettere in imbarazzo il duca? O era la sicurezza di Stephen a motivarlo? Se solo Meriel avesse saputo cosa aveva in mente il signor O'Neill per il nipote.

Si guardò intorno alla ricerca di sir Charles e lo trovò intento a conversare in un angolo con diversi gentiluomini, tutti proprietari terrieri locali. Quell'uomo era il parente più prossimo di Stephen. Meriel avrebbe dovuto confidargli le sue preoccupazioni?

Ma sir Charles si era frapposto tra i due fratelli. Aveva deliberatamente acquistato una proprietà dal figlio illegittimo e si era assicurato di rinfacciarlo al duca, nonostante fossero passati degli anni.

No, Meriel non poteva fidarsi nemmeno di lui. Nel suo zelo contro il duca – forse era invidioso, proprio come la madre – sir Charles avrebbe potuto rivolgersi direttamente alla polizia. Perdendo così il vantaggio della sorpresa.

No, Meriel doveva agire da sola.

~

Quando la cena si fu conclusa e l'ultima invitata – Reneee – fu andata a casa, Richard fu avvicinato da Hargraves, che desiderava parlargli in privato.

Nello studio di Richard, a porte chiuse, l'espressione normalmente distaccata del maggiordomo lasciò il posto alla preoccupazione.

"Vostra Grazia, volevate essere informato nel caso sir Charles avesse tenuto comportamenti sospetti nel corso della serata."

"E?"

"Così è stato. Mentre eravate occupato a cantare con la signorina Barome, sir Charles ha lasciato il salotto."

Richard si appoggiò allo schienale della sedia e imprecò. "Dov'è andato?"

"Dato che avevo posizionato dei servitori in tutta la casa, nessuno lo ha mai perso di vista. A tutti ho detto che avevate paura di eventuali furti, naturalmente."

"Sì, sì," disse Richard con impazienza. "Ma cosa ha fatto sir Charles?"

"Nulla, Vostra Grazia. È semplicemente passato da una stanza all'altra... guardando."

"Guardando?"

"Ha studiato ritratti e sculture, quasi come se non li avesse mai visti."

"Come se volesse catalogare quello che c'è ancora," mormorò Richard. "Forse crede che Cecil abbia venduto qualcosa per finanziare i suoi vizi."

Hargraves si strinse nelle spalle.

"Ed è rimasto in vista di qualcuno per tutta la serata?"

"Sì, Vostra Grazia."

"Molto bene. Grazie, Hargraves."

Una volta che il maggiordomo se ne fu andato, Richard fissò ciecamente la scrivania. Cosa aveva in mente Charles?

DOPO UNA NOTTE insonne passata a rivedere i suoi piani, Richard mandò a chiamare la signora Theobald.

Quando la governante arrivò nella sua stanza, con l'aria preoccupata per quella convocazione inusuale, Richard si portò un dito alle labbra e chiuse la porta, facendole cenno di raggiungerlo vicino alla finestra.

"Signora Theobald, ho bisogno del vostro aiuto," mormorò. "Il mio piano di civettare con le cameriere non funziona."

"Lo so, giovanotto," disse la donna, lanciando un'occhiata preoccupata alla porta. "Stanno cominciando a litigare per voi, e gli alloggi della servitù risuonano delle loro discussioni. Inoltre, ho saputo dal cocchiere capo che i garzoni brontolano per via delle scommesse che hanno fatto."

Richard chiuse gli occhi per un attimo. "Mi dispiace. Tutto ciò non è giusto nei vostri confronti."

"Non avete appreso nulla da sir Charles ieri sera?"

"Non molto. È un uomo astuto. Ma quando persino lui mi ha chiesto della mia amante, ho capito che qualcosa deve cambiare. Ho deciso di sceglierne una."

La governante spalancò gli occhi mentre osservava Richard in viso. "Davvero fareste... una cosa del genere, giovanotto?"

"Non per davvero, è chiaro; ma posso fingere. E l'unica che mi resisterebbe è la signorina Shelby."

"Oh, si arrabbierebbe furiosamente. Ha insistito perché vi informassi che non sarà mai la vostra amante... cioè, l'amante del duca."

"Allora è perfetto, no? Io non voglio un'amante vera. La signorina Shelby potrà rifiutarmi quanto le pare e sembrerà che, per la prima volta, una donna abbia detto di no al duca. E, naturalmente, io non rinuncerò al corteggiamento."

"Una donna *ha* detto di no una volta, giovanotto, e il duca ha rispettato i suoi desideri. La signorina Shelby ne è a conoscenza."

"Ah, ma questa volta sarò innamorato, signora Theobald. Continuerò a corteggiare la signorina Shelby nella speranza di essere ricompensato."

La governante si accigliò.

"Mi riferisco all'ipotetica speranza del duca, naturalmente," precisò subito Richard. "Personalmente, so che la signorina Shelby è troppo orgogliosa per cedere."

"Ma non sarebbe normale pensare che prima o poi voi rinuncereste, come l'ultima volta?"

Fu il turno di Richard di accigliarsi. "Spero che non si arrivi a tanto. Ma non ho scelta. Devo far cessare i litigi tra le domestiche e devo essere il duca. Di conseguenza, ho bisogno che prepariate un pranzo al sacco. Comincerò a concupire l'oggetto del mio affetto."

QUINDICI

Meriel e Stephen stavano studiando un mappamondo in biblioteca quando il Duca Impostore fece un'entrata trionfale. Meriel sollevò lo sguardo e lo vide spalancare le porte; in mano, l'uomo aveva un grosso cesto.

"Stephen, sarai affamato," disse il signor O'Neill.

Meriel lo osservò guardinga. "È quasi ora di pranzo, Vostra Grazia. Sono certa che la signora Theobald ci farà servire il pasto nella nursery, come sempre."

"Non oggi. Le ho detto che avreste mangiato con me. Stephen, ti va di fare un picnic?"

Il ragazzino era fuori di sé dalla gioia. "Possiamo portare anche Victoria e Albert?"

"Certo che sì."

Meriel avrebbe fatto qualunque cosa per rimanere a casa... tranne che mettere a rischio Stephen. E, a giudicare dall'espressione sorniona e divertita del signor O'Neill, questi lo sapeva benissimo. Ma ciò non impedì all'uomo di passarle addosso uno sguardo languido mentre Stephen non guardava. Il divertimento dell'uomo svanì e l'espressione rovente che lo rimpiazzò fece sbocciare in lei un calore corrispondente. Meriel non avrebbe permesso che quella cosa accadesse... ma ciò non impedì al suo corpo di reagire.

I cani erano già in corridoio e seguirono adoranti il "padrone" e Stephen, lasciando Meriel a chiudere la fila. Lei si rifiutò di guardare l'uomo mentre camminava, perché ciò non avrebbe contribuito a reprimere la sua reazione fisica.

Mentre percorrevano l'ampio corridoio, Meriel notò i servitori che facevano capolino da varie stanze per sbirciare. Poi, con sua mortificazione, il signor O'Neill decise all'improvviso di fermarsi ad aspettarla e le prese il braccio per trascinarla in mezzo a lui e Stephen... proprio di fronte a Beatrice e Clover. Meriel fu costretta a distogliere lo sguardo dai volti rabbiosi e delusi delle due.

Il suo braccio era rigido e, con discrezione, lei cercò di liberarlo, ma l'uomo si rifiutò di mollare la presa. Il braccio del Duca Impostore era caldo e molto duro, e la curva dei muscoli la fece sentire confusa e agitata.

Sul fianco opposto, Stephen saltellava per tenere il loro passo e, quando la prese per mano, Meriel si intenerì e smise di opporsi allo zio.

"Dovete continuare le lezioni di Stephen durante il tragitto," disse il signor O'Neill. "Una volta che saremo fuori, potrete dirci i nomi di tutti i fiori a cui passeremo accanto."

Il sole parve divampare di fronte a loro quando uscirono. Era una rara estate calda e Meriel nemmeno si pentì di non avere una cuffia. Finalmente, riuscì a districarsi dal signor O'Neill, in modo da poter indicare i vari fiori e piante. Non sapeva quante nozioni Stephen, nel suo entusiasmo, stesse assorbendo, ma si sentiva più tranquilla ora che riusciva a parlare. I cani giocavano accanto a loro e, a una sola parola del "padrone", si tennero fuori dalle aiuole fiorite.

Erano a solo un centinaio di metri oltre le scuderie, in una piccola radura, quando il signor O'Neill disse: "Stendiamo la coperta qui."

"In piena vista del personale di fuori?" chiese Meriel insospettita.

"Ho un impegno nel primo pomeriggio, per cui non posso allontanarmi troppo dalla casa. Stephen, prendi la coperta e cerca il punto perfetto."

Il ragazzino fece come gli era stato chiesto e, sebbene Meriel cercasse di seguirlo, ancora una volta il signor O'Neill la prese per il braccio e la rallentò. Meriel aveva la sensazione che ogni stalliere e garzone li stesse fissando a bocca aperta.

"Lo state facendo di proposito," disse a bassa voce.

"Cosa sto facendo?" chiese l'uomo, la voce colma di innocenza.

"Mi toccate in pubblico. Quale altro scopo potrebbe esserci?"

"Un padre non ha bisogno di altro scopo che suo figlio per fare un picnic."

"Vi sporcherete i vestiti. Di certo non volete questo."

"Smettila di opporti, Meriel, o la prossima cosa che farò sarà prenderti per mano."

Meriel si staccò e fulminò il signor O'Neill con lo sguardo. Entrambi udirono le risate sguaiate del personale.

"Non vi ho concesso di darmi del tu, Vostra Grazia... e non osereste toccarmi la mano di fronte a vostro figlio."

L'uomo sospirò. "No, non oserei. Ma quello che lui non può vedere..."

Meriel gemette e si allontanò pestando i piedi per aiutare Stephen, che faticava a stendere la grande coperta. I cani continuavano a sdraiarvisi sopra.

Meriel si rendeva conto che il signor O'Neill la stava deliberatamente corteggiando di fronte alla servitù per dimostrare di essere il duca. Se non altro, stava agendo in maniera molto pubblica invece che metterla all'angolo da sola, quando le sarebbe stato molto più difficile mantenere la forza per resistere.

Quando lei e Stephen ebbero steso la coperta, Meriel rimase di stucco quando qualcosa le sfiorò le gonne. Era il Duca Impostore che la oltrepassava per stendersi sulla coperta con le mani dietro la nuca.

Meriel si mise i pugni sui fianchi. "Sì, la camminata dalla casa è stata terribilmente lunga, Vostra Grazia. Dovete essere esausto."

Stephen rise. "Quello era sarcasmo, padre! La signorina Shelby mi ha insegnato questa parola."

"Sarcasmo?" fece eco il signor O'Neill. "È decisamente superfluo, Stephen. La signorina Shelby non sa quanto sia sfiancante dare una cena."

"Soprattutto per chi ha dei servitori che fanno tutto il lavoro," disse la donna.

"L'ha fatto di nuovo!" disse con gioia Stephen.

Meriel non riuscì a non sorridere al ragazzino mentre gli scompigliava i capelli ribelli. "Perché non guardate cosa c'è nel cesto, milord?"

Si inginocchiò sul lato opposto della coperta rispetto al signor O'Neill mentre Stephen rivelava pollo freddo, frutta e formaggio, assieme a delle bottiglie di limonata tappate. I cani si sedettero accanto al ragazzino e cercarono di assumere un'aria patetica e affamata. Stephen volle servire gli adulti e Meriel trattenne un sorriso mentre il bambino preparava piatti e tovaglioli.

"Non ci sono le forchette," disse Stephen, infilando la testa nel cesto per controllare.

"Non servono." Il signor O'Neill si sollevò sui gomiti. "Il pollo è più buono quando lo si mangia con le mani."

Stephen ridacchiò e attaccò il cibo. Meriel si concentrò sul suo allievo e sul cibo, ma mentre si leccava le dita, sollevò lo sguardo e si rese conto che il signor O'Neill la stava guardando con un sorriso che andava svanendo. Meriel si immobilizzò con un dito in bocca. Qualcosa di indicibile lampeggiò fra di loro. Fu imbarazzante e ipnotico, e... entusiasmante. Meriel distolse lo sguardo e prese subito un tovagliolo. All'improvviso, il sole era troppo caldo e lei avrebbe voluto avere una cuffia dietro cui nascondersi.

"Padre, avete mai tirato di boxe?" chiese Stephen.

Meriel sospirò quando l'attenzione del signor O'Neill la abbandonò.

"Sì," disse l'uomo. "Molti gentiluomini tirano di boxe per svago."

"Che significa?"

"Boxiamo per divertirci."

Meriel lanciò un'occhiata torva al signor O'Neill. "Ferire altri uomini è divertente?"

L'uomo sorrise. "L'obiettivo è non farsi colpire, signorina Shelby. Stephen, come fai a sapere della boxe?"

"I garzoni tirano di boxe, ma avevano paura che io mi facessi male."

Meriel annuì solennemente. "Siete troppo giovane per questo genere di cose, milord."

"Padre, potete insegnarmi?"

"Lord Ramsgate," esordì Meriel, "insisto..."

"Posso insegnarti qualcosina," la interruppe il signor O'Neill, "ma non è il caso che tu pratichi questo sport in mia assenza."

Quell'affermazione la placò in parte, e Meriel tenne a freno la lingua quando Stephen costrinse lo zio ad alzarsi. Sconvolgendola, il signor O'Neill cominciò a spogliarsi. Lanciò la giacca dov'era sdraiato prima e fece seguire il gilet. Persino il fazzoletto e il colletto della camicia vennero gettati a terra e, finalmente, Meriel sollevò lo sguardo oltre le lunghe gambe dell'uomo per scoprire che questi le sorrideva mentre si arrotolava le maniche della camicia e ne slacciava diversi bottoni. Meriel si sentì sollevata quando l'uomo, finalmente, raggiunse Stephen, invece di incombere sopra di lei e ispirare pensieri pericolosi.

Spostando lo sguardo verso la casa, Meriel vide i garzoni di scuderia seduti sulle staccionate che assistevano allo spettacolo. E il signor O'Neill diede spettacolo, eccome. Insegnò a Stephen a tenere sollevati i pugni per proteggere il viso e a sferrare un colpo. Era molto agile mentre saltellava attorno al ragazzino. Meriel detestò prendere nota di come la camicia umida gli si appiccicava alla schiena, sottolineando l'ampiezza dei muscoli e la strettezza della vita dove l'indumento svaniva nei pantaloni. Era lieta di poter fingere che fosse il caldo a costringerla a farsi aria.

Fu più che sollevata quando i due passarono allo sport successivo: il tiro con l'arco. Meriel era abile in quello sport, ma non lo disse. Stare seduta a bere la sua limonata era tutto ciò che voleva fare mentre un garzone portava arco e frecce e un bersaglio veniva preparato contro una balla di fieno. Le frecce di Stephen andarono tutte a vuoto; una si infilò persino fra i rami più bassi di un albero.

L'esercizio e il sole cominciarono finalmente a fare effetto su Stephen, perché il bambino mise il broncio al pensiero di aver perso una freccia. Il signor O'Neill lo sollevò per raggiungerla, ma gli mancavano ancora una trentina di centimetri.

Stephen corse da Meriel mentre lei rimetteva le cose nel cesto. "Non ci arrivo, signorina Shelby," disse, trattenendo a stento le lacrime. "Ma voi sì."

"Non sono certo alta a sufficienza, milord."

"Ma se mio padre vi solleva, sì. Venite!"

"Lord Ramsgate, non posso certo permettere che vostro padre mi sollevi su un albero!" protestò Meriel, alzando la voce in maniera decisamente poco professionale.

Ma il ragazzino la stava tirando per le mani e, per la prima volta dalla sua prima settimana laggiù, Meriel pensò che sarebbe potuto scoppiare in lacrime. Stephen prendeva sul serio l'imbarazzo e l'ultima volta che aveva pianto di fronte alla servitù si era rifiutato di lasciare la nursery per giorni. Come sarebbe stato per lui piangere di fronte a suo padre? E il signor O'Neill non avrebbe comunque insistito per avere l'aiuto di Meriel, al solo scopo di darle fastidio?

Meriel si ritrovò in piedi, con Stephen che la trascinava in avanti. Il signor O'Neill se ne stava appoggiato alla base dell'albero, con la camicia bianca che splendeva tra le ombre, gli occhi scuri che mostravano puro divertimento.

A ogni passo avanti, una voce dentro di lei si alzava sempre più forte, dicendole che quella era una pessima idea. Meriel si fermò vacillando di fronte all'uomo.

"Usate lei, padre," disse Stephen, spingendola.

Il signor O'Neill la prese per un braccio e quel contatto bastò a far rabbrividire Meriel.

"Voltatevi."

La voce dell'uomo era più roca rispetto al normale? Meriel non riuscì a capirlo, ma obbedì.

E poi le mani del signor O'Neill furono sulla sua vita. Oh, c'erano numerosi strati di vestiario tra le loro pelli, ma la sola forza dell'uomo bastò a mozzarle il fiato. Il signor O'Neill la sollevò e lei sentì la pressione sulla gabbia toracica, nella schiena. Salì sempre più in alto, i piedi che penzolavano.

"Allungatevi verso la freccia!" disse l'uomo.

Meriel rimase sconvolta nel sentire il movimento della

mandibola contro il posteriore quando lui parlò. Le sue dita tremanti sfiorarono la freccia.

"Più in alto!" gridò.

Il signor O'Neill gemette, ma presto Meriel ebbe la freccia in mano. Si guardò alle spalle e vide Stephen in ginocchio per terra oltre il prato, che non badava nemmeno più alla freccia.

E poi il signor O'Neill la posò a terra, ma così lentamente da farle venire voglia di urlare dalla frustrazione. La stava deliberatamente sfregando contro di sé. Il posteriore di Meriel scivolò lungo il petto dell'uomo e persino più in basso, sul bacino. Lei non era una ragazza ingenua, ignara delle forme maschili nascoste, per cui comprese la natura della protuberanza sopra le cosce. Che avrebbe dovuto disgustarla.

Ma quando i suoi piedi toccarono terra, per un attimo lei non riuscì a muoversi. Fu travolta da un'ondata di voglia e di desiderio così feroce che la sconvolse. Tutto ciò che sapeva di quell'uomo non aveva importanza in quel momento, nel quale loro due si toccavano ancora. Meriel voleva le attenzioni del signor O'Neill; voleva stare con lui in modi che riusciva a stento a immaginare.

"Smettetela," sussurrò, senza osare guardarsi alle spalle.

"Non posso. Non voglio."

Meriel sentì le labbra del signor O'Neill contro la testa. La mano dell'uomo si mosse, scivolando in avanti attorno al suo ventre...

Lanciando un'occhiata furibonda all'uomo, Meriel si staccò e si recò da Stephen. Ogni stalliere e garzone della tenuta aveva assistito all'aggressione lasciva del duca. Se l'uomo avesse gridato le proprie intenzioni dalle finestre, avrebbe raggiunto meno persone.

Aveva *scelto* lei.

Meriel era in trappola.

Quella sera, a cena, c'erano fiori sufficienti da poter fondare un'altra serra. Stephen ridacchiò per quel nuovo gioco. Quando Meriel si ritirò nella sua stanza per la serata, trovò diversi tappeti e cuscini nuovi, e persino una poltrona più comoda vicino al caminetto.

Crollò sulla poltrona nuova e nascose il volto fra le mani. Cosa doveva fare? Continuava a non avere idea di quali fossero le intenzioni del Duca Impostore... oltre a cercare di rovinare la sua reputazione.

E il povero Stephen, che tanto amava le attenzioni del padre, non sarebbe mai più stato lo stesso quando avrebbe scoperto di essere stato ingannato.

Meriel prese la lettera che aveva ricevuto con la posta della giornata. Proveniva dal suo nuovo cognato. L'uomo le aveva inviato una generosa indennità, cosa che non era costretto a fare. Le sarebbe bastata per andarsene, per iniziare a progettare una nuova vita.

Ma Meriel non poteva.

In maniera infantile, pestò un piede per terra.

Un attimo dopo, qualcuno rispose.

Oddio, si era dimenticata che la suite padronale era esattamente sotto la nursery. L'uomo che tormentava i suoi giorni e le sue notti era a un pianerottolo di distanza.

Meriel infilò i piedi sotto il corpo e cercò di concentrarsi sull'altra lettera che aveva ricevuto: quella di sua sorella Victoria, la sposa novella. Sempre di più, l'ottimismo di Victoria si stava rivelando fondato. Lei e suo marito stavano lentamente diventando più felici l'uno dell'altra.

Meriel era sollevata per Victoria... ed egoisticamente triste per se stessa, intrappolata in un mistero che doveva sbrogliare per il bene di un bambino e attratta dal criminale.

Ma il pomeriggio successivo non fu migliore. Meriel fu costretta ad andare in barca attraverso un laghetto. Ancora una volta, si ritrovò con il Duca Impostore senza giacca, senza fazzoletto e bagnato dagli spruzzi d'acqua. Stephen sedeva a prua, in modo da poter vedere dove stavano andando, lasciando Meriel a poppa, con un ombrello sopra la testa, rivolta verso il signor O'Neill mentre questi remava.

L'uomo non si prese nemmeno la briga di nascondere il proprio interesse. E non la stava guardando in viso. Sorrise e lasciò vagare lo sguardo sul corpo di Meriel come se lei fosse un'opera d'arte di sua proprietà. E ovunque lui guardasse, la pelle di Meriel sfrigolava. Aveva indossato il suo vestito più semplice, con il collo più alto, e ancora non bastava. Avrebbe dovuto cominciare a fasciarsi i seni per tenerli nascosti?

Inclinò di proposito l'ombrello in modo che il suo volto fosse celato all'uomo. Ma i piedi del signor O'Neill circondavano comunque i suoi nella minuscola barca a remi, appena al di sotto dell'orlo della gonna, si rese conto con orrore Meriel. Poi, il signor O'Neill alzò le dita e la gonna di Meriel si sollevò di diversi centimetri, rivelando le scarpe nere. Meriel rivolse all'uomo un'occhiata assassina da sotto l'ombrello, poi gli pestò il piede con lo stivaletto. L'uomo fece una smorfia silenziosa, sorrise e agitò le sopracciglia.

Meriel doveva trovare un modo per levargli dal viso quell'espressione soddisfatta e, incoscientemente, non le importava di mettersi in pericolo per farlo.

"Vostra Grazia, Stephen mi racconta di avere uno zio. Perché non avete un ritratto di vostro fratello?"

Il sorriso dell'uomo sbiadì leggermente e questi profuse più sforzi nelle remate. Ora che Meriel aveva il coltello dalla parte del manico, si concesse di ammirare il modo in cui la camicia umida si tendeva sulle braccia muscolose dell'uomo.

"Il duca e la duchessa non lo permisero" disse il signor O'Neill con una voce suadente come sempre.

Davvero era così indifferente?

"Perché no?"

"Perdonate la volgarità, signorina Shelby, ma mio fratello è nato dal lato sbagliato della coperta."

Se la cosa gli doleva ancora, l'uomo non lo dava a vedere. Aveva ottenuto il successo nella vita. Non aveva più nulla da dimostrare. Allora cosa ci faceva lì a fingersi il duca?

"Padre, fermatevi, così posso guardare quel banco di pesci!" esclamò Stephen, indicando in acqua.

Il signor O'Neill tirò i remi in barca, quindi afferrò con noncuranza l'orlo della camicia del bambino mentre questi si sporgeva oltre il bordo. Il padre perfetto.

E tuttavia, non distolse mai lo sguardo da Meriel.

"Le origini di vostro fratello non sono certo colpa sua" disse lei.

"No. E lui non ha mai lasciato che ciò si frapponesse fra di noi."

Se solo Meriel avesse avuto un modo per distinguere la verità dalle menzogne.

"Stephen mi ha raccontato che suo zio è cresciuto qui con voi. Era il più anziano, giusto?"

"Sì, di cinque anni."

"Sono molti quando si è giovani."

"Non così tanti."

"Anche sua madre viveva qui?"

L'uomo appoggiò una mano sul sedile alle sue spalle e incrociò i piedi, le dita che ancora una volta si infilavano tra le gonne di Meriel. Lei non abbassò lo sguardo, questa volta: sapeva che il signor O'Neill stava cercando di distrarla.

"No; mio padre le diede una casa tutta per sé, proprio qui

nella tenuta. Fu un gesto più generoso di quello che avrebbe fatto la maggior parte degli uomini."

"Ammiravate vostro padre?"

"Certo."

"Ma quanto generoso poteva essere, quando non permise a suo figlio di vivere con la madre?"

Meriel dovette ammirare l'uomo per il modo in cui mantenne un'espressione perfettamente normale, cortese e divertita. Si rese conto che forse gli stava facendo del male e, ancora una volta, si scoprì solidale. Colpa della donna in lei, mentre sarebbe dovuta rimanere un'investigatrice.

"Mio padre fu abbastanza generoso da dare una casa e un'istruzione a Richard" disse l'uomo, parlando di se stesso. "Fiona O'Neill sapeva che era meglio così. Il duca diede a suo figlio il possibile, compresa un'eredità."

Meriel abbassò la voce, lieta che Stephen fosse tanto distratto. "Ma ho sentito dire a sir Charles che voi l'avete privato di quell'eredità."

Il signor O'Neill rise. "E voi credete a quell'uomo invidioso?"

"Perché dovrebbe essere invidioso? È ricco, no?"

"Ma non è il duca. Io sì."

Non lo siete, pensò Meriel. Il signor O'Neill la stava forse provocando di proposito, sospettando che lei conoscesse la verità?

L'uomo si sporse verso di lei e il suo sguardo scese lungo il corpetto di Meriel per poi risalire. "Stai accusando un duca di un crimine, Meriel?"

Lei si irrigidì. "Non vi ho dato il permesso..."

"Mi state accusando di un crimine?"

"Vi ho sentito dire a sir Charles che si è trattato di un equivoco."

"Mio fratello direbbe la stessa cosa."

"Davvero?"

Persino Meriel non sapeva più ormai chi fosse il fratello di cui stavano parlando.

Dalla prua, Stephen chiese con voce flebile: "Perché litigate?"

CAPITOLO

SEDICI

R ichard udì il dolore nella voce del ragazzino. Aveva quasi dimenticato che Stephen era in barca con loro. L'unica cosa importante fino a quel momento era stata Meriel Shelby, assieme ai suoi sospetti e alle numerose tentazioni da lei costituite.

Stephen era l'unica cosa che *avrebbe dovuto* essere importante.

Richard vide gli occhi spalancati e colmi di orrore di Meriel mentre lui si voltava per mettersi il ragazzo in grembo. Era la prima volta che si concedeva di abbracciare suo nipote. Stephen si dimenò e gongolò.

"Senti un po'," disse Richard con voce profonda, "tu lanci accuse infondate. Non stavamo litigando; stavamo avendo una discussione vivace. Devo gettarti fuoribordo?"

Fece penzolare un piede di Stephen oltre il bordo e il ragazzino scoppiò a ridere.

"Padre! Mi fate il solletico."

Meriel si sporse verso di loro e guardò Stephen negli occhi. "Milord, mi dispiace che vi abbiamo turbato. Eravamo troppo seri e abbiamo dimenticato che questo dovrebbe essere un pomeriggio di svago."

"Allora continuate a remare," disse Stephen. "Dobbiamo arrivare sull'altra riva!"

Richard accontentò suo nipote, remando ancora più forte, e il ragazzino rise di gioia. Meriel posò una mano sulla barca per reggersi, ma per il resto tenne l'ombrello sopra la testa e fissò attraverso l'acqua, lontano da Richard.

E lui guardò a sazietà. I muscoli gli dolevano, sudava, ma ciò non fece altro che fargli pensare ad altri modi in cui voleva sforzarsi. Modi che prevedevano un letto... e Meriel.

Sentiva ancora la vita delicata della donna quando l'aveva sollevata per raggiungere la freccia; non avrebbe voluto lasciarla andare, ma il processo di farlo era stato una piacevole tortura, con lei che scivolava addosso a lui. Ora i suoi piedi erano sotto le gonne di lei, dove il resto di Richard avrebbe voluto essere.

Stava dimenticando in fretta che quella poteva essere solo una seduzione fittizia. Ogni reazione di Meriel – riluttante, innocente, ma palesemente eccitata – lo faceva ardere di più a ogni ora del giorno.

La stanza della donna si trovava sopra la sua; Meriel dormiva vicinissimo a lui. Richard immaginò di usare quella scala privata per raggiungerla. Chi avrebbe mai saputo?

Ma per quanto Meriel potesse desiderarlo, lo stava anche provocando. Aveva sollevato deliberatamente l'argomento della vita di Richard per distrarlo. Era perché il commento noncurante di Charles sull'eredità di Richard l'aveva affascinata? O sospettava davvero del "duca"?

Richard non sapeva quanto a lungo sarebbe riuscito a portare avanti i tentativi di sedurla, non senza metterla in fuga. Dopodiché, avrebbe dovuto davvero scegliere una cameriera. Si disse che erano tutte molto disponibili; era lui ad avere orrore del pensiero di avere rapporti sessuali con una dipendente, soprattutto visto che mentiva riguardo alla sua identità.

Quanto ancora sarebbe rimasto lontano Cecil? E la sua malattia stava forse peggiorando? Cecil aveva rifiutato di permettere a Richard di contattarlo. Solo in caso di gravi emergenze Richard avrebbe potuto inviare una lettera all'avvocato di Cecil a Londra, che l'avrebbe inoltrata a suo fratello. E chissà quanto tempo ci sarebbe voluto.

Ma Charles non aveva fatto nulla di apertamente sospetto durante la cena, se non chiedere di Stephen e cercare di ingraziarsi l'istitutrice. Forse Cecil immaginava complotti che non esistevano..

Quando Meriel andò a letto, trovò una scatolina sul cuscino. Sapeva chi gliela mandava e la aprì con rabbia. Un pendente di diamante le ammiccò alla luce delle candele e lei rimase a bocca aperta.

Si rese conto che il signor O'Neill non aveva intenzione di fermarsi. Il Duca Impostore avrebbe continuato a insistere fino a quando non l'avrebbe costretta ad abbandonare Stephen. Meriel non poteva permettere che ciò accadesse. In qualche modo, doveva fargli capire che era crudele approfittarsi della servitù... anche se l'unico fine era dimostrare di essere davvero il duca.

Oltre il pensiero razionale, Meriel si buttò la vestaglia addosso, strinse in mano la collana incriminata e percorse il corridoio verso la scala privata che conduceva alla suite padronale sottostante.

Scese di corsa le scale e bussò con fermezza prima di avere il tempo di cambiare idea. Quando non udì risposta, bussò di nuovo, quindi appoggiò l'orecchio alla porta di legno. Udì un vago invito a entrare.

Meriel spalancò la porta, che andò a sbattere contro il muro, facendola sobbalzare. Non vide il Duca Impostore da nessuna parte.

"Dove siete?" domandò mentre entrava nella stanza. Era un ambiente elegante, con massicci mobili antichi e un soffitto intagliato. Erano sculture di donne nude quelle che reggevano la mensola del caminetto?

Varcò la soglia a grandi passi, poi si arrestò quando la luce delle candele attirò il suo sguardo. Il signor O'Neill era sdraiato in una vasca incassata, con l'acqua che gli arrivava fino al collo. Meriel era troppo distante per vedere qualunque cosa sotto l'acqua. L'umidità luccicava sul viso dell'uomo e attraverso i suoi capelli ravviati all'indietro. Meriel era certa di essere rimasta a bocca aperta di fronte all'immagine erotica e sensuale da lui presentata.

"Volete unirvi a me?" chiese il signor O'Neill. "C'è spazio in abbondanza."

Meriel ebbe un sussulto e varcò la soglia, appoggiando la schiena alla parete e cercando di ricordare cosa fosse venuta a dire. Per fortuna, aveva ancora la scatolina stretta in mano. "Dobbiamo parlare. Uscite seduta stante."

"D'accordo."

Meriel udì un forte sciabordio e chiuse gli occhi. Ciò non impedì alla sua immaginazione di galoppare.

"Ma devo avvertirvi," proseguì l'uomo, "che non ho vestiti in questa stanza."

"Fermo!" gridò Meriel. Si guardò attorno disperatamente. "Dove sono i vostri vestiti? Ve li lancerò."

"Ho già un asciugamano. Basterà, per il momento."

"No!"

Meriel corse oltre il bagno, verso il vano delle scale. Era

stata un'idea terribile. Avrebbe dovuto affrontare l'uomo la mattina. Proprio mentre raggiungeva le scale, sentì il falso duca avanzare alle sue spalle. L'uomo la afferrò per la vestaglia, fermandola sul primo gradino.

"Allora perché siete venuta a cercarmi?" chiese il signor O'Neill.

"Lasciatemi!" disse Meriel senza voltarsi.

"Non prima che mi diciate a cosa è dovuta questa inaspettata, ma tempestiva visita."

Meriel si lanciò la scatolina alle spalle. Essa urtò qualcosa – il petto muscoloso dell'uomo? – e cadde a terra. Meriel ebbe l'impressione che il Duca Impostore la recuperasse, ma senza mollare la presa.

"Ah, siete venuta a dirmi quanto apprezzate il mio dono."

"Apprezza–" disse Meriel con voce colma di orrore.

Schiaffeggiò la mano dell'uomo. Lui la lasciò andare e lei si voltò a fronteggiarlo, tenendo lo sguardo fisso sul suo viso. Ciglia rese appuntite dall'umidità che incorniciavano occhi neri e indecifrabili. Meriel abbassò lo sguardo sul corpo del signor O'Neill e capì che lui si era reso conto che lei era vestita per la notte. Meriel avrebbe dovuto spaventarsi, ma era troppo arrabbiata.

"Mi avete dato dei diamanti!" esclamò.

La bocca del signor O'Neill si sollevò in un ampio sorriso. "Sono splendidi, vero?"

"Avete donato alla vostra istitutrice una collana di diamanti! Sapete che impressione dà questo?"

"Esattamente quella che volevo desse."

Quell'uomo aveva tutta l'intenzione di proseguire con la seduzione!

"Siete insopportabile!" Meriel gli puntò un dito contro. "Non voglio i vostri diamanti, né i vostri tappeti e le vostre poltrone. Non voglio uscite in barca durante le quali devo respingere le vostre volgari profferte di fronte a un bambino. Voglio fare il mio lavoro senza interferenze da parte vostra!"

"Non succederà," disse l'uomo, la voce bassa e roca. Prese una ciocca dei capelli di Meriel e se la sfregò tra le dita. "Non riesco a trattenermi. Siete irresistibile."

"Scegliete una donna disponibile, perché io non lo sarò mai. E già che ci siete, smettetela di regalare diamanti che non vi appartengono!"

Subito sconvolta e inorridita da ciò che aveva rivelato, Meriel si rese conto che era troppo tardi per rimangiarsi quelle parole. Raddrizzate le spalle, fulminò il Duca Impostore con lo sguardo.

"Non mi appartengono?" mormorò l'uomo. "Come vi viene in mente?"

"Spettano alla vostra futura moglie." Meriel sapeva di essere una pessima bugiarda e non riuscì a incrociare lo sguardo scettico dell'uomo. Ma ciò la lasciò a fissargli il petto, ancora umido per il bagno. I pochi peli non riuscivano a celare i muscoli snelli e ben definiti. L'addome dell'uomo formava un disegno ondulato che scendeva verso il basso e lei seguì il sentiero tracciato con un senso di fatalità che non si curò di nascondere. L'asciugamano era annodato attorno alla vita del signor O'Neill e Meriel ebbe l'impressione che rivelasse più di quanto nascondesse. I piedi nudi dell'uomo sembravano l'ultima, indecente goccia.

Come poteva Meriel pensare al corpo seminudo del Duca Impostore quando gli aveva appena detto chiaro e tondo che conosceva la verità! Cercò di nuovo di fuggire salendo le scale, ma l'uomo la afferrò per un braccio e la trascinò nella stanza, chiudendo con fermezza la porta. Le doppie porte all'estremità opposta della stanza avrebbero anche potuto essere dall'altra parte del palazzo.

"Risparmiatevi lo sforzo di tentare la fuga," disse l'uomo,

"perché io arriverei per primo alle porte. Perché non dite ciò che vi siete tenuta dentro?"

"Perché non lo fate voi?" ribatté lei, staccandosi dal signor O'Neill e incrociando le braccia.

"Non stiamo giocando, Meriel."

"Siete voi quello che tratta tutto come se fosse un gioco! Come potete fare una cosa del genere a Stephen?"

"Volete dire mio figlio?" chiese a bassa voce l'uomo.

"Vostro nipote!"

Il silenzio tra loro si fece sempre più teso mentre si fissavano a vicenda.

L'uomo avanzò verso di lei, la falcata ancora elegante, ancora immensamente aggraziata. Come aveva fatto Meriel a non rendersi conto fin dal principio che quello non era il duca? Che non era quell'uomo frivolo, arrogante, infantile? Richard O'Neill era un adulto, pericoloso e sconosciuto.

"Perché dite questo?" chiese l'uomo.

"Oh, per favore, devo proprio spiegarvi tutto? Voi siete Richard O'Neill. Cosa avete fatto a vostro fratello?"

Ecco: lo aveva detto, e il sollievo dovuto al non dover soppesare le parole era incredibile. Ma Meriel aveva smascherato il Duca Impostore; quanto era disperato quest'ultimo? E cosa era disposto a fare per metterla a tacere?

Con suo stupore, l'uomo le voltò le spalle e si passò una mano tra i capelli umidi, per poi posare una mano sullo schienale della sedia della scrivania. A voce bassa e stanca, disse: "Cecil sta bene... credo."

Meriel si immobilizzò. "In che senso 'credo'?"

"Si stava riprendendo dalla consunzione quando mi ha chiesto di assoggettarmi a questa folle messinscena."

Meriel era ancora più vicina di lui alla porta; avrebbe potuto raggiungere il corridoio prima che il signor O'Neill potesse agguantarla. Ma a cosa sarebbe servito? Avrebbe dovuto lasciare Thanet Court e non tornare mai più, lasciando Stephen ancora più vulnerabile. E poi, ora la sua curiosità era troppo grande per non voler conoscere tutta la storia.

"Il duca vi ha chiesto di impersonarlo?" Meriel fece un passo verso l'uomo, in modo da poter parlare a bassa voce.

Il signor O'Neill sollevò lo sguardo, l'espressione rassegnata, persino triste. Meriel non lo aveva mai visto con l'aspetto di una persona vera invece che di un duca arrogante. Continuò a ripetersi che era un criminale, ma voleva conoscere le sue ragioni.

"Cecil non voleva che nessuno fosse a conoscenza della gravità della sua malattia, della lentezza del suo recupero. Pensava che avrebbe dato un'impressione di debolezza."

"Allora avrebbe dovuto semplicemente ritirarsi in campagna, dove i suoi amici di Londra non avrebbero potuto vederlo."

"Voi non conoscete mio fratello," disse stancamente l'uomo. "La vanità è tutto per lui. E sapeva che, se non si fosse allontanato, non sarebbe riuscito a trattenersi dal frequentare l'alta società."

"Mi sembra una motivazione misera perché un uomo di successo come voi abbandoni la propria vita."

L'uomo inarcò un sopracciglio, ma quel leggero divertimento era svanito. Era solo del duca?

"Dunque sapete di me?" chiese.

"Un poco, soprattutto dopo essermi insospettita e aver fatto qualche indagine discreta."

"Discreta? Non definirei 'discreta' la conversazione riguardo al sottoscritto che abbiamo avuto oggi pomeriggio."

"Beh, no, ma... mi avevate provocata."

"E voi stavate cercando di distrarmi."

Il signor O'Neill abbassò di nuovo lo sguardo sul corpo di Meriel, che sentì la mancanza di vestiti che la proteggessero.

"Ha funzionato?" chiese lei, sentendosi il fiato un po' corto e detestandosi per quello.

"Un po'."

"Ma io non sono distratta, signor O'Neill. Perché avete accettato una richiesta tanto folle da parte di vostro fratello? Soprattutto quando era lui a fingere di essere voi quando eravate bambini, non il contrario."

Il signor O'Neill rise e scosse la testa. Persino il suo sorriso le sembrava diverso, più chiuso.

"Voi avete delle sorelle, Meriel. Cosa non fareste per loro?"

Meriel avvertì un brivido di riconoscimento. Lei e le sue sorelle avevano stretto un patto per nascondere la verità sul suicidio del loro padre.

"Quando la vostra famiglia vi chiede aiuto, il confine da varcare è sottile," proseguì l'uomo. "Cecil... Cecil è mio fratello. Ha voluto che io rimanessi parte della sua famiglia, anche quando nostro padre ha preso le distanze, anche quando le nostre madri erano contrarie. Avete presente il ritratto?"

C'era una nota di amarezza nella voce dell'uomo, ora.

"Cecil avrebbe voluto che vi fossimo raffigurati entrambi e sua madre rifiutò. Mio fratello disse che, siccome eravamo identici, avremmo condiviso il ritratto; sarebbe stato il nostro segreto. So che da allora lui è diventato un uomo superficiale, che fa cose sconsiderate e stupide, che pensa solo a se stesso. Ma quando era un ragazzino, voleva includermi e non voleva che io rimanessi ferito. Quando mi ha chiesto questo favore, non ho potuto rifiutare."

Meriel non voleva solidarizzare con il signor O'Neill. Aveva avuto l'immenso privilegio di avere due sorelle che adorava, su cui poteva contare per qualunque cosa. Ma non aveva idea se un uomo in grado di fingersi un altro con tanta facilità fosse in grado di tessere una tela di menzogne ancora più grande. Il

Duca Impostore sembrava sincero riguardo al suo rapporto con il duca vero. Ma...

"Signor O'Neill, troverei più facile credervi se non fosse tanto palese che a voi *piace* essere il duca."

L'uomo digrignò i denti e strinse gli occhi, ma Meriel continuò a non avere paura.

"Meriel, voi non saprete mai quanto è stato difficile diventare qualcosa che detesto. Mio padre non era un brav'uomo e temo che Cecil stia diventando sempre più simile a lui ogni giorno che passa. Non siete assennata come credete, se immaginate che un uomo cresciuto come me gradisca questo modo di vivere."

"Credo che protestiate un po' troppo," disse Meriel, dando alla sua voce un tono freddo che non corrispondeva del tutto ai suoi sentimenti. Poi ricorse alla menzogna che si era preparata per tutelarsi nel caso quella situazione si fosse mai verificata. "Ho già parlato con la signora Theobald dei miei sospetti, dato che non mi fido di voi. Se non mi presenterò domani, lei saprà cosa è accaduto."

Il signor O'Neill si mise a ridere . Anche la sua risata era più profonda, più dura, diversa. Si lasciò cadere su una poltrona e incrociò le gambe di fronte a lei. Il bordo dell'asciugamano scivolò lungo una gamba, ma Meriel non osò distogliere lo sguardo.

"La signora Theobald sa già tutto," disse l'uomo.

Meriel si limitò a fissarlo, sapendo che le aveva dato un modo per valutare la verità. O quantomeno la verità che lui voleva farle sapere.

"Non sono riuscito a nascondermi da lei... e nemmeno da Hargraves," disse il signor O'Neill. "Mi assicurerò di dirle che può parlare liberamente con voi. Ma se metterete a rischio la mia posizione qui, la reputazione di Cecil o il cuore di Stephen..."

"Cosa farete, signor O'Neill? Mi ucciderete?"

"Che cosa orribile da dire a un uomo che sta facendo un favore a suo fratello."

"Voi state vivendo la vita di vostro fratello; dovrei credere che gli stiate facendo un favore?"

"Meriel," disse l'uomo, la voce colma di ammonizione.

"E avete il coraggio di parlare di rischi per il cuore di Stephen? Voi, che lo avete indotto a credere che suo padre abbia cominciato a volergli bene?"

Per la prima volta, il signor O'Neill distolse lo sguardo. "Cecil gli vuole bene. È solo che non ha mai imparato a mostrarlo."

"Ma voi sì, e siete cresciuti insieme."

"Ma in condizioni molto diverse, Meriel. Se aveste vissuto in casa di un pari, lo sapreste."

"La vostra scusa è pessima, Vostra Grazia," disse sarcastica Meriel. "La delusione di quel bambino sarà terribile."

L'uomo fece penzolare la testa dallo schienale della poltrona; sembrava di nuovo esausto. "È ciò che temo. Ma non posso cambiare le cose, ora."

"Allora comportatevi più come il suo vero padre! E trovate il duca, per amor del Cielo. Fatela finita!"

"Non posso esaudire nessuna delle vostre richieste. Sono in debito con Cecil. E ho bisogno di stare accanto a Stephen, il nipote che non avevo mai avuto occasione di conoscere."

"Perché il duca vi ha tenuti lontani."

Il signor O'Neill non rispose.

"E voi sostenete di fare tutto ciò in risposta ai capricci di quell'uomo? Posso solo sperare che ferirete meno persone di quelle che pensate."

Meriel si incamminò verso la porta che dava sulla scala privata. "Meriel, non potete parlare di questo con nessuno, tranne che con la signora Theobald e Hargraves. Promettetemelo."

Che coraggio!

Meriel avrebbe deciso da sola se rivolgersi o meno alla polizia, ma di certo non ne avrebbe discusso con il signor O'Neill. Tornò indietro a grandi passi e, nella sua rabbia, lo sovrastò. "Allora promettetemi che cesserete questo tentativo di seduzione."

L'uomo scosse la testa. "Non posso. Devo essere Cecil e lui sceglie un'amante nuova ogni mese. È uno stolto, ma non posso cambiarlo ora."

"Allora scegliete qualcun'altra!" sbottò Meriel.

L'uomo si alzò in piedi e all'improvviso c'era troppa pelle nuda di fronte a lei, ad attirare il suo sguardo.

"Meriel," mormorò il signor O'Neill, "voi siete l'unica di cui posso essere certo che mi resisterà."

Meriel gettò la testa all'indietro e sbuffò. "Vi credete irresistibile?"

L'uomo indicò le doppie porte. "Per quelle donne, lo sono. Loro si aspettano di entrare nel mio letto e io non potrei mai..."

Si interruppe e Meriel si chiese quali emozioni non volesse mostrarle.

"Adesso vi fate degli scrupoli?" chiese amareggiata.

"Ci sono cose che sono disposto a fare per mio fratello, ma non quello. Per cui, aspettatevi di essere corteggiata e fate del vostro meglio per resistermi."

Ora, Meriel era offesa. "Sembra che pensiate che non ne sarò in grado!"

L'uomo le si avvicinò e lei mantenne la posizione, aspettandosi di provare disgusto ora che conosceva la verità... o parte di essa.

Ma la sua rabbia era insidiata da un peccaminoso senso di desiderio che le lambiva le viscere, come una fiammella che minacciava di tramutarsi in un incendio. Meriel provava quelle sensazioni da quando aveva conosciuto lui, il Duca Impostore, un uomo il cui corpo attirava il suo. Ma Meriel non intendeva tirarsi indietro, non intendeva permettergli di rendersi conto del controllo che esercitava su di lei.

La testa dell'uomo era sopra la sua, il petto di lui così vicino che, se Meriel avesse inalato troppo a fondo, i suoi seni lo avrebbero toccato.

"Resistimi, Meriel," mormorò il signor O'Neill.

Il suo fiato disturbò i riccioli vicino alla fronte di Meriel; i suoi occhi guardarono nel profondo di quelli di lei.

Di nuovo, l'uomo disse: "Resistimi, Meriel, perché, Dio mi aiuti, io non voglio resistere a ciò che mi fai provare."

Meriel mise una mano sul petto dell'uomo per respingere la minaccia da lui costituita, ma le parve di scottarsi il palmo e all'improvviso la sua volontà non le apparteneva più. La sua logica aveva preso il volo e lei si ritrovò invasa da un'emozione incosciente; lei, una donna che aveva trascorso la vita a lottare contro quella perdita di controllo.

La mano del signor O'Neill le circondò il viso e l'uomo si chinò verso di lei. Meriel ricordava il tocco peccaminosamente meraviglioso e il sapore della bocca di lui. Tutti i baci da lei sperimentati in passato sembravano cosucce infantili rispetto alle sensazioni calde e travolgenti che lui le faceva provare.

E l'uomo aveva ammesso di condividere le emozioni di Meriel.

O stava solo cercando di controllarla, per impedirle di rivelare il suo segreto?

Meriel spinse forte e incespicò all'indietro un attimo prima che le loro labbra si toccassero. "La vostra seduzione non funzionerà. So chi siete: siete un bugiardo e io non presterò mai più fede alla parola di un bugiardo."

Gli voltò le spalle e salì di corsa le scale della nursery, ricordandosi a stento di alleggerire il passo mentre percorreva il corridoio nei pressi della stanza di Stephen. Raggiunta che ebbe la sua stanza, crollò a letto e si strinse un cuscino al petto, cercando disperatamente di alleviare quel dolore interiore che non se ne andava mai.

Quell'uomo conosceva la debolezza di Meriel nei suoi confronti e avrebbe cercato di trovare un modo per sfruttarla. Stava già sfruttando l'affetto di Meriel per Stephen, certo che lei non avrebbe mai voluto far male al ragazzo più del necessario.

Ma Stephen avrebbe scoperto la verità, prima o poi. Se Meriel si fosse rivolta alla polizia ora, avrebbe potuto terminare la sofferenza del bambino prima che peggiorasse.

Ma si ritrovava ancora nella stessa posizione insostenibile di prima: non aveva prove, non aveva modo di perorare la sua causa. Poteva solo parlare con la signora Theobald e valutare la sua opinione. Se la governante era costretta al silenzio, se anche il suo istinto diceva che la situazione era pericolosa, allora insieme avrebbero potuto rivolgersi alla polizia.

Meriel non credeva a una sola parola di Richard O'Neill. Lui era un uomo pronto a usare il corpo per convincerla al silenzio. Quel genere d'uomo era potenzialmente disposto a tutto.

DICIASSETTE

opo che Meriel se ne fu andata, Richard si vestì in fretta, in silenzio nel caso la donna avesse deciso di origliare. Attraversò la casa silenziosa al buio; conosceva sin dall'infanzia la strada per l'ala della servitù. Si intrufolò senza annunciarsi nel salotto della signora Theobald, ma bussò piano alla porta della camera da letto. Qualche istante dopo, la donna aprì e lo fissò stupita.

"Vostra Grazia, qualcosa non va?" chiese la governante mentre si allacciava la vestaglia.

"Meriel sa chi sono."

"Santi numi," disse la governante, oltrepassando Richard per sedersi sul divano del salotto. "Si rivolgerà alla polizia?"

"Non credo," disse lui, prendendo posto di fronte alla donna. "Dopotutto, che prove ha? Ma non si fida delle mie ragioni e, naturalmente, io non la biasimo, perché non le ho raccontato tutto. È per questo che sono qui. So che domattina verrà da voi a cercare conferme."

"Allora ditemi cosa le avete detto, giovanotto. Sarò molto convincente."

Richard sorrise di sollievo. "Lo so. L'unica scusa che le ho dato era che Cecil non voleva che qualcuno sapesse quanto è malato. Non le ho detto nulla di Charles. Temo che, se percepisse una minaccia nei confronti del ragazzo, si attiverebbe da sola per indagare su Charles."

"È palese che si considera una sorta di investigatrice," disse pensierosa la signora Theobald, "dato che è riuscita a scoprire la vostra identità pur essendo arrivata da poco in casa."

"Esatto." Richard posò i gomiti sulle ginocchia mentre si chinava in avanti. "Me la sto inimicando con questo civettare, ma le ho detto che non potevo fermarmi."

La signora Theobald inarcò un sopracciglio.

Richard si affrettò ad aggiungere: "Perché devo presentarmi come Cecil. Lo sapete."

"Certo."

Richard si sentiva ridicolo e trasparente. La signora Theobald vedeva di certo quanto gli era facile corteggiare Meriel. Si alzò. "Dirò ad Hargraves quello che ho detto a voi. Ma sono certa che Meriel si rivolgerà prima a voi."

La signora Theobald lo accompagnò alla porta. "Non temete, Vostra Grazia. Sono in grado di affrontare l'astuta signorina Shelby."

Dopo aver parlato con il maggiordomo, Richard si mise finalmente a letto, sentendosi talmente esausto da pensare che si sarebbe addormentato subito.

Invece, fissò il soffitto... e si chiese dove fosse il letto di Meriel sopra di lui. Si rigirò, tormentato dalla criniera di riccioli d'oro della donna, che le arrivava fino alla vita. Senza il corsetto e la sottoveste, Meriel era più piccola, più delicata, ma ancora rotonda nella sua femminilità.

Ed era una minaccia, un pericolo per i piani di Richard... e di Cecil. Lui doveva ricordarselo, trattarla con prudenza in modo che la donna non si convincesse di poter risolvere tutti i loro problemi. Si chiese chi le avesse mentito per renderla tanto sospettosa.

~

Durante la pausa mattutina, Meriel andò a far visita alla signora Theobald nel salotto di quest'ultima e non si stupì quando la donna confermò la versione del signor O'Neill.

Meriel strinse i denti e si allontanò dalla governante per fissare il vuoto fuori dalla finestra. "E voi non avete alcun problema con questo raggiro, signora Theobald?"

La governante la raggiunse. "Certo che sì. Ma non sono stata consultata. Il signor Hargraves e io l'abbiamo scoperto per conto nostro, proprio come voi. Cosa vorreste che facessi? Il signor O'Neill sta facendo un favore a suo fratello, il duca. Dovrei forse oppormi?"

"Siete sicura che sia questo ciò che sta facendo?" domandò Meriel, voltandosi a fronteggiare la governante.

La signora Theobald incrociò con calma il suo sguardo. "Di tutti i membri della famiglia, il signor O'Neill è quello di cui mi fido di più. Ha vissuto una situazione molto difficile qui da bambino e l'ha gestita con più equanimità della maggior parte degli adulti. Era gentile con la servitù e portava persino rispetto alla duchessa, nonostante lei facesse ogni sforzo possibile per metterlo in cattiva luce in modo che il duca lo cacciasse. Il signor O'Neill non ha mai reagito al suo comportamento."

"Forse non allora, ma non pensate che un'infanzia del genere possa divorare una persona da dentro? Magari l'amarezza del signor O'Neill è cresciuta sempre di più e ora lui ha l'occasione per trovare una sorta di... riscatto, un modo per dimostrare che era lui quello che avrebbe meritato maggiormente il titolo."

La signora Theobald mise una mano sul braccio di Meriel. "Capisco perché vi sia venuta in mente una cosa del genere, ma se lo conosceste, non ci avreste nemmeno pensato. Il signor O'Neill ha raggiunto il successo da solo; non è quella la miglior vendetta?"

Meriel sospirò e chiuse gli occhi. "Ma signora Theobald, Stephen rimarrà tanto ferito! Anche se non dovesse mai scoprire la menzogna, il duca tornerà e riprenderà a ignorarlo. Stephen penserà che sia tutta colpa sua!"

"Confido che il duca e suo fratello tratteranno il ragazzo secondo giustizia."

Ma la signora Theobald non riusciva a guardare Meriel negli occhi mentre difendeva quei due.

Meriel si era rivolta alla governante in cerca di sollievo e se ne andò sentendosi più turbata di prima. Per qualche motivo, sapeva che una parte del puzzle continuava a sfuggirle. Qualcuno non era sincero. Non poteva fidarsi di nessuno, nemmeno di se stessa.

NEL PRIMO POMERIGGIO, Stephen andò a giocare con la sua balia, lasciando Meriel a pianificare le lezioni del giorno dopo. Meriel faticava a concentrarsi, perché la sua mente stava ancora passando in rassegna tutte le prove che aveva scoperto sul signor O'Neill.

E poi udì un rumore di passi pesanti lungo il corridoio e Stephen entrò di corsa, con il volto umido di lacrime. La balia Weston lo seguiva con aria rassegnata.

"Signora Shelby," disse il bambino, "sapete dov'è mio padre?"

Meriel si irrigidì; all'improvviso, non sapeva a chi si riferisse il ragazzo. Prima che potesse anche solo pensare a una risposta appropriata, Stephen proseguì a ruota libera.

"Avremmo dovuto fare lezione di boxe e lui non si è presentato!"

La balia Weston scosse la testa. "Ho cercato di spiegare a Sua Giovane Signoria che a volte il duca è troppo occupato per trovare del tempo per lui."

Meriel prese il ragazzino per mano. "Milord—"

Stephen si liberò. "No, non è vero! Me lo aveva promesso e, da quanto è tornato, non ha mai infranto una promessa."

Meriel si rese conto che Stephen aveva ragione. Il signor O'Neill sembrava farsi in quattro per trascorrere del tempo con suo nipote, e sembrava inusuale che non avesse comunicato quel cambio di programmi.

Meriel si alzò. "Milord, andrò a cercarlo per voi. Di certo, qualcuno in casa sa dov'è. Potrà organizzarsi nuovamente per stare con voi e questa volta so che non dimenticherà."

Stephen pestò un piede. "Lo abbiamo già fatto noi! Non è in casa e non è nel parco. Abbiamo parlato con il signor Tearle, l'amministratore, con Hargraves e con la signora Theobald. Nessuno sa dove sia. E se si fosse fatto male?"

La balia Weston sbuffò a quelle parole e disse: "Milord, si è semplicemente dimenticato. Le persone commettono errori; dovete imparare ad accettarlo e a perdonare. Sono certa che, quando Sua Grazia tornerà, saprà giustificarsi. Ora andate a lavarvi il viso. E magari potrebbe essere il caso che oggi pomeriggio facciate un pisolino. Non vi dispiace, vero, signorina Shelby?"

"Certo che no. Lord Ramsgate, ci rivedremo al vostro risveglio."

Stephen corse via lungo il corridoio.

La balia Weston abbassò la voce. "Non ho avuto il cuore di

dire al poverino che, probabilmente, in questo momento suo padre è fra le braccia di una donna."

Meriel cercò di non arrossire. "E così, ha scelto la sua nuova amante."

"Non pensavo, ma forse lo sta facendo adesso. Naturalmente, pensavamo tutti che sareste stata voi," aggiunse la balia con una scrollata di spalle. Poi, ad alta voce, disse: "Arrivo, milord."

Meriel aveva una brutta sensazione, una sensazione che stava imparando a non ignorare. Non credeva che il signor O'Neill si sarebbe allontanato con una donna senza dire a nessuno dove fosse. Soprattutto quando era parso tanto convincente nel non voler scegliere altre che Meriel.

Ma era possibile che tutto ciò che aveva detto fosse falso? La signora Theobald lo conosceva davvero, dopo che erano passati tanti anni?

Meriel cercò di tornare alle lezioni, ma non ci riuscì. Si ritrovò a girovagare per la casa, fino a quando non dovette finalmente ammettere a se stessa che stava cercando il signor O'Neill. Quando qualcuno la interrogava, lei diceva che doveva parlare con il duca di suo figlio, ma alcuni la guardavano comunque con imbarazzo e confessione. Tutti dovevano pensare che il "duca" avesse abbandonato la seduzione.

Perché Meriel avvertiva quasi il bisogno di difendersi? Finalmente, trovò qualcuno che aveva visto l'uomo quella mattina. Un sottoposto del giardiniere, un ragazzo che di solito estirpava erbacce tutto il giorno, disse di aver visto il duca passeggiare nel bosco. Indicò lontano, oltre il frutteto, dove Meriel vide l'inizio di una macchia d'alberi che non aveva mai esplorato.

Meriel rifletté e abbandonò l'idea di cercare aiuto. Cosa avrebbe potuto dire che non suonasse ridicolo?

E se il signor O'Neill si fosse davvero recato a un appuntamento segreto con una servitrice? Meriel doveva sapere se l'uomo fosse davvero indegno di fiducia. Per cui, si mise in cammino attraverso il parco, oltre il frutteto e lungo il viale ghiaioso, che cedette lentamente il passo alla nuda terra. Dal cielo grigio cominciò a scendere una pioggerella e lei allungò il passo per entrare nei boschi.

Dapprima camminò di buona lena, perché gli alberi erano abbastanza distanziati da lasciar passare la luce. Ma presto la vegetazione si addensò e lei cominciò a chiedersi se quella fosse stata una decisione assennata. Il sentiero non sembrava molto frequentato, per cui non riusciva a immaginare che fosse un luogo di lavoro proficuo per i ladri.

Meriel stava per ammettere la sconfitta e fare dietrofront quando le parve di sentire qualcosa. Si immobilizzò e si guardò attorno, ma vide solo un'infinità di alberi e l'occasionale uccellino che svolazzava da un ramo all'altro.

All'improvviso, il suo corpo si coprì di pelle d'oca, mentre l'ansia si coagulava in paura per la sua incolumità.

E poi udì un gemito soffocato.

"Chi è?" chiese timidamente.

Inclinò la testa verso destra, da dove pensava fosse giunto il suono. Udì un rumore di ramoscelli rotti e di foglie sparpagliate.

"C'è qualcuno?" domandò.

Giunse un altro gemito, questa volta più forte, e Meriel si allontanò dal sentiero di diversi passi e guardò attorno a un grosso frassino. Richard O'Neill era riverso a terra.

Meriel gemette e cadde in ginocchio accanto all'uomo. "Vostra Grazia? Vostra Grazia? Mi sentite?"

L'uomo infilò una mano sotto di sé e cercò di rotolare sulla schiena. Meriel lo spinse per la spalla e insieme lo mossero finché lei non poté guardarlo in viso. Gli occhi dell'uomo erano ancora chiusi, segnati da rughe di dolore, e il sangue gli gocciolava dai capelli lungo la guancia.

"Santi numi, cos'è accaduto?" chiese Meriel, del tutto incerta sul da farsi.

Cercò di mettersi la testa dell'uomo in grembo, ma lui gemette, così lei si fermò, sentendosi impotente e spaventata e all'improvviso molto vulnerabile nel folto dei boschi.

Le palpebre del signor O'Neill si mossero, poi finalmente si aprirono, e l'uomo ebbe un sussulto. "Devo andare... devo proteggerlo... Meriel?"

Meriel si chinò su di lui, la mano sul suo petto, sollevata nel constatare che il cuore batteva forte. "Sono qui. Vado a cercare aiuto?"

"Oddio, Stephen!" Il signor O'Neill pronunciò quelle parole gemendo, poi si sollevò sui gomiti. Aveva gli occhi sbarrati e un'aria terrorizzata e fuori di sé.

Meriel gli mise un braccio sotto la spalla, incerta se confortarlo o sostenerlo. "Stephen sta bene. L'ho lasciato con la balia Weston."

Il signor O'Neill scosse la testa. "Ma Charles... devo tenerlo lontano da Charles..." La sua testa ricadde contro la spalla di Meriel.

Lei non capiva di cosa l'uomo stesse parlando; cosa lo aveva ridotto in quelle condizioni?

Passandogli una mano sul cuoio capelluto, trovò quasi subito il grosso bernoccolo. Le sue dita si allontanarono appiccicaticce per via del sangue.

Sconvolta, si guardò attorno con gli occhi sbarrati, chiedendosi se l'uomo fosse caduto. Non vide massi, né alcun segno sugli alberi vicini. Ma vide un grosso ramo abbandonato tra le foglie a un paio di metri di distanza, con un'estremità coperta di sangue.

Come se qualcuno avesse colpito a tradimento il signor O'Neill.

Possibile che ci fossero dei ladri in quel bosco, così vicino alla tenuta ducale? Ma di certo, se qualcuno avesse voluto derubare l'uomo, l'avrebbe già fatto.

A meno che Meriel non avesse spaventato il ladro e questi stesse solo aspettando un momento di vulnerabilità...

"Vostra Grazia, dobbiamo tornare a Thanet Court. Riuscite ad alzarvi?"

L'uomo cercò di spingerla via, ma era così debole che Meriel riuscì a trattenerlo con facilità.

"No," mormorò il signor O'Neill. "Non può sapere... che il suo piano... ha funzionato."

"Chi non può saperlo?"

Ma l'uomo si limitò a scuotere la testa e lei si chiese se stesse parlando del cugino, sir Charles Irving. Il signor O'Neill aveva appena detto di dover proteggere Stephen da quell'uomo. Meriel avvertì un brivido di incertezza e avrebbe voluto disperatamente sapere cosa stava succedendo. Aveva avuto la sensazione che l'uomo le nascondesse qualcosa. Davvero aveva a che fare con Stephen?

"Vostra Grazia–"

L'uomo trasse diversi respiri profondi e lei vide la calma tornare nei suoi occhi... o almeno coprire il panico.

"C'è... c'è un vecchio capanno di caccia... cento metri più avanti lungo il sentiero." Il signor O'Neill strinse gli occhi, gemette e si portò una mano alla testa. "Portatemi laggiù."

"Non so–"

Il signor O'Neill le afferrò la mano e i suoi occhi trafissero quelli di Meriel con uno sguardo rovente. "Non può sapere di esserci riuscito!"

Tutti gli istinti di Meriel le dicevano che c'era qualcosa di terribilmente sbagliato, che l'uomo le aveva mentito riguardo al motivo per cui impersonava il duca. Ma poi lo guardò in viso, colmo di disperazione e di ansia, e non poté fare a meno di aiutarlo. Avrebbe messo in discussione più tardi il perché.

"D'accordo. Riuscite ad alzarvi?" chiese.

Grazie agli sforzi congiunti di entrambi, presto l'uomo fu in piedi. Tremava e si appoggiava pesantemente a Meriel, ma sembrava non rischiare di cadere. Con un braccio attorno alle spalle di lei, il corpo premuto strettamente contro il suo, Meriel si sentiva quasi timida e confusa, due sensazioni che nessun altro uomo le aveva mai fatto provare.

"Siete sicuro di riuscire a camminare così a lungo?" chiese Meriel.

L'uomo annuì e cominciò a mettere un piede davanti all'altro. Meriel lo condusse sul sentiero e lui inciampò in una radice, minacciando di far cadere entrambi.

"Vostra Grazia—"

"Posso farcela," disse l'uomo con voce greve.

Più procedevano, più pesantemente il signor O'Neill si appoggiava a Meriel. Il peso dell'uomo le piegava la schiena e le faceva dolere le spalle. Persino le gambe di Meriel cominciavano a bruciare dal dolore.

Il sentiero curvò ed ecco il capanno di caccia.

La porta d'ingresso penzolava dai cardini e le imposte alle finestre erano rotte in diversi punti. Il tetto era coperto di paglia, ma un angolo era stato in qualche modo spogliato a rivelare le nude travi di legno del soffitto. Sembrava che nessuno cacciasse o soggiornasse lì da anni.

"Vostra Grazia, siete certo che questo sia un luogo sicuro?"

L'uomo annuì. "Ho passato... la mia infanzia qui."

Meriel sollevò su di lui uno sguardo incuriosito. Il signor O'Neill aveva il suo posto segreto, proprio come Willow Pond.

Meriel aiutò l'uomo a entrare. Sebbene il posto odorasse di chiuso e di umido, era abbastanza accogliente. C'erano una branda piccola e spartana, un tavolo di legno storto e due sedie che sembravano poter reggere sì e no il peso di un bambino. Il signor O'Neill si appoggiò pesantemente al tavolo, quindi si calò su una sedia. Meriel fece una smorfia, ma la sedia resse.

E poi lei vide il sangue che gocciolava lungo il collo dell'uomo dal taglio sulla testa.

"Sanguinate ancora," sussurrò Meriel. Mise da parte il senso di impotenza e si recò alla credenza ammaccata nell'angolo. "Avete delle medicazioni qui?"

L'uomo chiuse gli occhi e si strinse nelle spalle. "Un tempo sì."

Meriel trovò un secchio, una candela consumata a metà, acciarino e pietra focaia, un coltello e un paio di stracci. Sollevò uno straccio con due dita e fece una smorfia.

"Per cosa li avete usati?"

Il signor O'Neill aprì un occhio. "Pulire carcasse di conigli?"

"Bleah." Meriel lasciò ricadere lo straccio nella credenza.

"Vi sto prendendo in giro. Non ricordo. Ma sul retro c'è un torrente dove lavarli."

Meriel non aveva altra scelta. Lavò gli stracci al meglio delle sue possibilità, riempì il secchio d'acqua e rientrò. Il signor O'Neill era seduto più dritto e il suo viso aveva cominciato a riprendere colore.

Meriel si mise al lavoro, scriminando i capelli dell'uomo fino a trovare la ferita e pulendo quest'ultima quanto meglio poteva. C'erano dei pezzetti di corteccia da rimuovere, ma l'emorragia vera e propria era quasi terminata.

"Dunque, non avete visto chi vi ha aggredito?" chiese Meriel.

"No, mi ha preso alle spalle. Probabilmente, era solo un ladro."

Meriel si raddrizzò per guardarlo in viso. "Non è quello che avevate lasciato intendere."

"Avevo appena preso una botta in testa. Di certo, deliravo." Il signor O'Neill le rivolse un sorriso pigro.

"Non cercate di fare Cecil con me. Non sono più così credulona."

"Non sto cercando–"

"Credete che, distraendomi, mi indurrete a dimenticare quello che avete detto, la paura che avete mostrato per l'incolumità di Stephen? E avete detto che tutto ruotava attorno a vostro cugino Charles."

"Sono certo di non aver voluto dire–"

"Richard!"

Meriel chiamò il signor O'Neill con il nome di battesimo in tono deciso e arrabbiato.

L'uomo la guardò sbattendo le palpebre; era molto vicino, eppure molto lontano.

"Mi stai mentendo di nuovo," disse Meriel. "Sapevo che in gioco non c'era solo la vanità di Cecil. Era una spiegazione insensata!"

Ma l'uomo era cocciuto e rimase in silenzio fino a quando Meriel non ebbe terminato di pulire la ferita.

"Meriel," disse a bassa voce, "lascia perdere."

"Non intendo farlo. Non posso. Se Stephen è in pericolo, devo saperlo."

"Non è affar tuo."

Meriel lo fulminò con lo sguardo. "Qualunque cosa abbia a che vedere con Stephen è affar mio."

"Posso occuparmi di tutto io. È solo un equivoco."

Ora, Meriel vedeva benissimo la cocciuta insistenza dell'uomo nel proteggerla, proprio come proteggeva Stephen. Richard era una canaglia e un farabutto... ma forse per i motivi giusti.

Meriel non apprezzava il rapido cambiamento a cui stavano andando incontro i suoi sentimenti nei confronti dell'uomo. Quando lui si limitava ad accontentare suo fratello, giocando scherzi al personale e agli amici, lei poteva detestarlo per la facilità con cui mentiva. Meriel odiava i bugiardi.

Ma ora che sapeva che l'uomo aveva ragioni più profonde per fare che faceva – ragioni onorevoli – il suo cuore si stava sciogliendo, assieme alla sua resistenza.

Aveva bisogno di conoscere la verità e, se la sua femminilità poteva esserle d'aiuto, lei avrebbe seguito l'esempio di Richard e fatto ciò che doveva. Si avvicinò all'uomo e si mise fra le sue gambe, sfiorandolo con le gonne. L'uomo sollevò su di lei uno sguardo insospettito e Meriel fece quello che per tanto tempo aveva voluto fare. Dopo aver messo le mani sul viso di Richard, lo guardò negli occhi. L'uomo sussultò, ma non distolse lo sguardo. La sua pelle era calda, leggermente umida, con un sottilissimo filo di barba lungo un lato della mascella, dove il valletto aveva mancato un punto quella mattina mentre lo radeva.

Poi, l'uomo le mise le mani sulla vita e la attirò ancora più vicino, in modo che i seni di Meriel fossero appena sotto il suo viso. Lei inalò bruscamente, ma non cercò di liberarsi.

"È quello che vuoi?" chiese l'uomo.

"Voglio la verità, Richard. Devi dirmela."

Meriel guardò l'uomo negli occhi e ordinò alle parole di uscire, ma tutto ciò che lui fece fu allungare una mano per toglierle gli occhiali, posandoli dietro di sé sul tavolo. Meriel si scoprì intrappolata nello sguardo di Richard, nel modo in cui questi le osservava il viso come un uomo che rischiava di perdere per sempre la vista.

Richard tenne la coscia di Meriel contro di sé mentre cominciava a toglierle le forcine dai capelli. Meriel avrebbe dovuto protestare, avrebbe dovuto staccarsi, ma rimase dov'era, con il braccio dell'uomo attorno a sé, le sue cosce su entrambi i lati di lei.

Ciocche di capelli cominciarono a ricaderle attorno alle spalle e in avanti, a sfiorare la guancia dell'uomo dove la testa di Meriel era sopra di lui. Richard prese quel ricciolo fra le dita, annusandolo a occhi chiusi, poi la guardò con aria complice mentre si avvolgeva i capelli attorno al dito, avvicinando sempre di più il viso di Meriel a sé.

"Richard, dimmelo," disse lei, la bocca quasi contro quella di lui, i respiri che si mescolavano.

"Mi piace il modo in cui pronunci il mio nome."

L'uomo tirò ancora una volta e le loro labbra si incontrarono. Il bacio fu appassionato e disperato e colmo di una tentazione che Meriel non aveva mai provato prima di conoscere Richard. Dentro di lei ebbe inizio una guerra, in cui una parte di lei diceva *Chi saprebbe mai?* e un'altra insisteva che sarebbe andata contro tutto ciò in cui le era stato insegnato a credere.

Ma la bocca dell'uomo la attirava; la sua lingua la sedusse e le fece dimenticare tutto, tranne che loro due erano da soli nel bosco.

Dove un farabutto aveva percosso Richard.

Meriel ruppe il bacio. "L'uomo che ti ha aggredito potrebbe essere ancora nei paraggi."

"Ne dubito." Richard le mise una mano sul viso e le sfiorò il pollice con le labbra. "Sai... di dolci zuccheratissimi."

Il tocco dell'uomo, le sue parole, le fecero piegare all'improvviso le ginocchia. Meriel si stava appoggiando di peso su di lui e, con una singola mossa, Richard la sollevò da terra e se la mise in grembo. Ora era sopra di lei, che la cullava.

"Richard, non possiamo. Stephen mi... ci starà cercando. È stato lui ad accorgersi della tua scomparsa. Stava aspettandoti per tirare di boxe."

Richard si accigliò e spostò lo sguardo sulla porta aperta. "Hai ragione. Mi riesce difficile pensare quando mi salti addosso."

Inorridita, Meriel esclamò: "Quando ti–"

"Ah, Meriel, è davvero facile provocarti. Su."

Richard la mise coi piedi per terra, quindi si alzò accanto a lei. Barcollò una volta e lei lo afferrò per la vita.

"No, no, non posso baciarti ancora," disse l'uomo sorridendo.

Meriel ignorò la provocazione. "Riesci a camminare?"

"Con te al mio fianco? Certo."

Meriel si mise le mani nei capelli, rendendosi conto dello stato in cui versava. Di certo aveva l'aspetto di una donna che era stata baciata a fondo da un uomo. Come avrebbe potuto riparare il danno?

Sorridendo, Richard sollevò la mano aperta e le mostrò tutte le forcine. "Non avrai pensato che le avessi buttate per terra, vero?"

"Tuo fratello, probabilmente, lo avrebbe fatto."

Richard inarcò un sopracciglio. "Come hai già osservato tu stessa, io non sono mio fratello."

Ed era proprio quella la parte che le faceva paura. Richard era molto più allettante per lei nelle vesti di uomo che in quelle di duca. Meriel gli voltò le spalle e si sistemò i capelli il meglio possibile. Ma qualunque donna avrebbe capito subito che aveva fatto tutto da sola, senza l'ausilio di uno specchio.

Durante il viaggio di ritorno attraverso il bosco, Richard si appoggiò così tanto a lei da farle temere che non ce l'avrebbe fatta. Meriel fu costretta a tenergli una mano sul petto, nel caso l'uomo si sbilanciasse in avanti.

Più si avvicinavano al terreno aperto, più i rovesci di pioggia li inzuppavano. Un attimo prima che chiunque potesse vederli, Richard si staccò da lei.

"Sei sicuro di riuscire a camminare da solo per il resto della strada?" chiese Meriel.

"Grazie al tuo aiuto, ho avuto modo di conservare le forze.

Me la caverò." L'uomo inclinò la testa mentre la guardava. "Hai gli occhiali fradici di pioggia che ti cadono quasi dal naso. Sei sicura di riuscire a vederci ridotta così?"

Meriel si scoprì ad arrossire. "Me la caverò."

Lentamente, l'uomo sorrise. "Non ti servono, vero?"

"Certo che sì." Non era una menzogna. Meriel aveva avuto bisogno di proteggersi da datori di lavoro come il duca... o suo fratello.

Richard scosse la testa. "A quanto pare, non sono l'unico a indossare un travestimento."

DICIOTTO

Richard non riusciva a smettere di guardare Meriel, disordinata dalla pioggia, con i capelli storti e quegli occhiali inutili. Era... bellissima, stupefacente, e lui sarebbe stato ben lieto di tornare con lei al capanno di caccia e–

E cosa? Sedurre la virginale istitutrice?

Ma non era a Thanet Court per soddisfare i suoi bisogni. Era lì per Stephen, che ora credeva che suo zio si fosse dimenticato di lui... proprio come aveva sempre fatto suo padre.

E Richard doveva verificare che Stephen stesse bene. Come aveva potuto dimenticarsene?

"Parleremo un'altra volta dei tuoi occhiali," disse. "Torniamo da Stephen."

Mentre attraversavano il parco, superavano le scuderie e attraversavano i giardini, Richard non riuscì a non notare l'attenzione che attiravano. Tutti si voltarono a fissare il duca e la sua istitutrice, soli e bagnati e... in disordine. Le teste si avvicinarono per sussurrare, la gente annuì con l'aria di chi la sapeva lunga e due garzoni si scambiarono vistosamente del denaro.

Richard abbassò lo sguardo su Meriel. La donna non poteva non aver notato che avevano attirato l'attenzione di tutti. Ma non fece altro che tenere la testa alta e continuare a camminare, rivolgendo cenni del capo e sorrisi alle persone che conosceva. Solo lui poteva vedere il rossore delle sue guance. Ma Meriel non disse nulla; non sollevò obiezioni.

Richard si sentì un farabutto, perché non poteva protestare per conto di Meriel. Stava rovinando la reputazione di una brava donna. Sebbene dicesse a se stesso che stava agendo per il bene di Stephen, il suo disgusto di sé non voleva saperne di andarsene.

Entrarono a Thanet Court passando per la serra, e ancora una volta parve che il personale stesse aspettando il loro arrivo. Alcune domestiche sospirarono e si trascinarono via, mentre altre – nello specifico Beatrice e Clover – faticarono a nascondere la rabbia e la delusione. Richard sperava che non avrebbero sfogato la loro rabbia su Meriel, perché di certo sapevano che Cecil si annoiava sempre della sua ultima conquista nel giro di un mese.

Ma Richard avrebbe sfidato Cecil ad annoiarsi di Meriel.

Il solo pensiero che suo fratello avesse potere su di lei lo fece sentire indignato.

Ma la servitù non pensava forse che lui stesso avesse usato il suo potere su Meriel?

Prima che Richard potesse perdere ancora di più la stima di se stesso, sentì "Padre!" provenire dalla scalinata grande. Stephen corse da loro, seguito dalla balia Weston, e si fermò in scivolata.

"Siete tutto bagnato," disse Stephen con voce perplessa.

"Fuori piove," disse con dolcezza Richard. Mise la mano sulla testa del ragazzo. "Perdonami per essere mancato alla nostra lezione di boxe. La signorina Shelby è venuta ad avvisarmi. Sarò lieto di tenere la nostra lezione seduta stante... dopo essermi cambiato, naturalmente."

"Va tutto bene, padre. Abbiamo avuto un ospite mentre eravate fuori, ma nessuno di noi lo ha incrociato!"

Richard si accigliò. "Di chi si trattava?"

"Di nostro cugino Charles! Ma io ero fuori a giocare con la balia Weston e non ci siamo incrociati."

Richard avvertì una fitta di paura che si tramutò in rabbia per la sua stessa creduloneria. Qualcuno gli aveva inviato un biglietto in cui gli diceva di incontrarlo al capanno di caccia; il biglietto non era firmato e prometteva informazioni su Charles. Richard non era riuscito a ignorarlo.

Charles era riuscito a farlo uscire di casa con una facilità immensa. Richard sentì la mano di Meriel sulla schiena; il peso di quella mano avrebbe dovuto essergli di conforto. Trasse un respiro profondo e controllò la rabbia.

Charles aveva avuto intenzione di parlare con Stephen, di cominciare a modificare l'opinione che il ragazzo aveva di lui?

Oppure avrebbe voluto portarsi via il ragazzo?

Non poteva essere quello il caso; a cosa sarebbe servito? Tutti avrebbero insistito perché Stephen venisse riconsegnato al padre.

Ma, e se Charles avesse sospettato la verità riguardo alla messinscena?

Richard doveva rivedere tutti i suoi piani, ma in quel preciso istante Stephen contava su di lui e, dal canto suo, lui si rendeva conto di avere bisogno del conforto di sapere che il ragazzino stava bene.

"Charles ha lasciato un messaggio per me?" chiese, guardando verso la balia Weston. Poi vide che anche la signora Theobald era entrata nel salone. Sebbene la governante sfoggiasse la consueta espressione tranquilla, c'era qualcosa nei suoi occhi che suggeriva che fosse preoccupata quanto lui.

"No, Vostra Grazia," disse la signora Theobald. "Sir Charles non si è fermato a lungo, una volta resosi conto che né voi né lord Ramsgate eravate in casa."

"Si vede che non era nulla di importante," disse Richard, abbassando lo sguardo su Stephen e sorridendo. "Mi cambio e ci vediamo qui. Balia Weston, potete aspettare con Stephen?"

"Certo, Vostra Grazia."

"Manderò il vostro valletto," disse la signora Theobald prima di svanire oltre le porte dal lato opposto del salone.

Anche Meriel si congedò. Richard avrebbe voluto parlare con lei, ma ciò avrebbe dovuto aspettare. Stephen aveva bisogno di lui.

Quella sera, a cena, Richard fu il primo ad arrivare. Come al solito, si calò nel ruolo di Cecil, cominciando a mangiare senza Stephen e Meriel. Aveva una forchettata di cibo in bocca quando vide Meriel varcare la soglia.

E rimase immobile, incerto se avrebbe mai ricordato come si facesse a masticare.

Meriel portava i capelli acconciati in alto secondo l'ultima moda londinese, con diversi boccoli d'oro liberi di ricaderle sulle spalle... spalle che erano decisamente nude. Per quanto non ci fosse nemmeno un'ombra di scollatura, Richard quasi si strozzò con il cibo e bevve un sorso di vino per mandarlo giù.

L'abito della donna era di un rosso brillante, vivo, con fiori di seta cuciti sul corpetto e sparsi sulla sopragonna. Corte maniche a sbuffo le lasciavano le braccia perlopiù nude, tranne che per i guanti bianchi.

Meriel sembrava una principessa... o una donna caduta.

Perché permettere a chiunque di pensare che avesse ceduto alle avance del duca? Sarebbe andato tutto benissimo se

Richard avesse dovuto solo corteggiarla. Notò che i lacchè la mangiavano con gli occhi, a stento capaci di svolgere i loro doveri.

"Padre, la signorina Shelby non è carina?" chiese Stephen, indicando la sua istitutrice.

"Magnifica," disse Richard, alzandosi in piedi.

Invece di sedersi al fianco opposto di Stephen, Meriel fece il giro e si sedette alla destra di Richard, come un'ospite d'onore.

La piena comprensione del piano della donna lo colpì e Richard avvertì una dolorosa stretta al cuore. Meriel si stava sacrificando in modo che tutti credessero che lui fosse Cecil. Perché aveva cambiato idea?

Stephen. Richard aveva tradito le sue preoccupazioni per quanto riguardava Charles quel pomeriggio. Ora Meriel era coinvolta quanto lui.

Dopo che Meriel si fu allontanata per mettere Stephen a letto, Richard rimase a tavola, bevendo lentamente un bicchiere di brandy, fissando il liquido come se esso contenesse la risposta al dolore che lo divorava da dentro.

"Vostra Grazia?"

Era la signora Theobald, ma Richard non la guardò; si limitò a continuare a far vorticare il bicchiere che aveva in mano.

Sentì la porta chiudersi, poi il fruscio delle gonne della governante che si dirigeva verso di lui.

E all'improvviso, il silenzio era troppo.

"L'avete vista?" chiese Richard, parlando a bassa voce come se le parole potessero ferirgli la gola.

"Sì, Vostra Grazia."

Richard chiuse gli occhi. "Sta lasciando credere a tutti di... di essere la mia amante."

"Era questo il vostro piano, no?"

Richard sollevò uno sguardo sconcertato per vedere che la donna lo stava fissando preoccupata. "Certo che no! Sapete che volevo solo dare l'impressione di corteggiarla. Lei avrebbe dovuto opporre resistenza e conservare intatta la sua reputazione. Ma poi, le ho rivelato accidentalmente che Stephen è in pericolo."

La signora Theobald sospirò e si sedette alla sinistra di Richard. "Accidentalmente?"

"La mia mente era confusa per via di un colpo alla testa."

La donna gemette udibilmente e si portò una mano alla gola.

"Sto bene. Meriel mi ha trovato. Ma deliravo, questo lo so, e la prima cosa che ho detto sono state le mie paure per Stephen. Devo essere stato attirato con l'inganno in modo che Charles potesse incontrare Stephen da solo."

"Grazie al Cielo non è andata così," disse con sollievo la signora Theobald. "Dunque, avete raccontato alla signorina Shelby del piano di fingere di sedurla?"

"E lei lo ha approfondito." Richard sferrò una manata al tavolo e la governante trasalì. "Non volevo che accadesse questo!" Parlò con più forza di quella che avrebbe voluto.

Gli occhi della signora Theobald erano colmi di solidarietà. "Ma è stata lei a scegliere, Vostra Grazia. Non potete farvene una colpa."

"Una cosa del genere le è già accaduta in passato, signora Theobald. Lo si capisce da come cerca di nascondersi con quegli indumenti scialbi. Io la sto usando e lei è disposta a lasciarsi usare, e questo mi fa sentire–"

Richard si interruppe; in quel momento, odiava se stesso. E

tuttavia, la signora Theobald attese, e le parole gli sfuggirono nonostante lui cercasse di trattenerle.

"Mi sento come se stessi seducendo l'istitutrice alla maniera di mio fratello." Richard strinse i denti. "Sebbene tutto sia cominciato come un'illusione, ora non mi sembra più che lo sia. Essere il duca mi sta cambiando così tanto? Sto diventando mio padre?"

La signora Theobald gli toccò il braccio con delicatezza. "Questo non potrebbe mai accadere, giovanotto."

"Ma oggi mi sono quasi dimenticato di Stephen perché riuscivo a pensare solo a lei!"

"Avevate subito un colpo alla testa," disse con fermezza la governante. "E per quanto riguarda il diventare vostro padre, lui non avrebbe provato alcun senso di colpa nell'usare una donna a suo piacimento. Non dovreste sentirvi in colpa perché la signorina Shelby vuole proteggere Stephen."

"Ci sono altre cose che la riguardano e per cui mi sento in colpa," disse cupamente Richard.

La signora Theobald esitò e lui ebbe l'impressione che fosse arrossita.

"La state... spingendo a fare cose che non vuole?"

"No." Il bacio che avevano condiviso era stato ugualmente passionale per entrambi. Richard era sconvolto da quanto la disponibilità della signorina Shelby facesse sembrare accettabile la loro relazione.

"Allora non potete far altro che parlare con lei, giovanotto. Fate in modo che il vostro rapporto con lei sia aperto."

"Il mio movente non sarebbe puro. So che dovrei dirglielo in modo che lei possa comprendere il pericolo e minimizzare il rischio per sé, ma una parte egoista di me vuole che lei conosca la verità su di me, in modo che non pensi che sia come mio fratello. Cosa dice questo del mio movente?"

"Questa è una domanda a cui potete rispondere solo voi,

giovanotto. Siate il più possibile onesto con lei." La signora Theobald sorrise. "Anche se a me sembra che abbiate fin troppe cose a cui pensare per quanto riguarda la signorina Shelby."

Richard fece una smorfia.

"Ma se lei vuole aiutarvi a proteggere Stephen... come potete rifiutare?"

RICHARD ATTESE FINO A MEZZANOTTE, quando salì la scala privata che portava alla nursery. Ricordava dove si trovava la camera dell'istitutrice e bussò delicatamente alla porta.

Meriel la aprì di uno spiraglio e lo fissò. "Posso esservi utile, Vostra Grazia?"

Richard levò gli occhi al cielo. "Sai perché sono qui."

Meriel lo lasciò entrare, poi chiuse la porta. Indossava di nuovo la stessa vestaglia, abbottonata fino alla gola, cinta in vita, che ricadeva in linee fluenti su ogni singola curva del corpo. Alla luce delle candele, i capelli della donna brillavano nella treccia sciolta e i suoi occhiali non si vedevano da nessuna parte, permettendo a Richard di vedere l'azzurro brillante dei suoi occhi.

Meriel attese con pazienza che lui riprendesse il discorso.

"Meriel, quasi tutta la servitù ti ha visto con quel vestito rosso, e chi non lo ha fatto di certo ne ha sentito parlare da altri."

La donna inclinò la testa con la regalità di una regina. "Ho visto il modo in cui tutti ci guardavano quando siamo usciti dal bosco. Mi sono limitata a fare il passo successivo."

Era una donna orgogliosa; la situazione non doveva essere facile per lei. Perché non stava urlando contro Richard?

"Ma, Meriel, sarebbe bastato civettare. Tutti avevano scommesso sulla mia eventuale vittoria o mancanza di essa."

"O sulla durata della mia resistenza," disse la donna. "Dimmi: secondo te, quanto sarebbe durata quella sciarada con chiunque conoscesse il duca? Non avrei potuto posticipare la mia risposta per più di qualche giorno. Questa messinscena sarà finita per allora?"

Richard non aveva una risposta da darle.

"Come immaginavo. Ho risolto il tuo problema. Purché la signora Theobald e Hargraves sappiano la verità sul nostro rapporto, sarò felice di lasciare che il resto del personale pensi quello che pensa. Il duca ha conquistato il suo ultimo bottino."

Una sensazione di tenerezza travolse Richard, lasciandolo ammutolito per un istante. Quanto era forte Meriel; quanto era coraggiosa. Finalmente, Richard si schiarì la voce. "Ma Meriel—"

"In cambio, esigo delle risposte," disse la donna, avanzando verso di lui.

Richard si ritrovò a indietreggiare di un passo verso il letto.

"Meriel—" ripeté, questa volta con un tono di ammonizione.

"No, non ti permetto di tenermi all'oscuro un momento di più. Stephen trascorre più tempo con me tutti i giorni che con chiunque altro. Non intendo restare nell'ignoranza, non ora che so che lui potrebbe essere in pericolo. Tu pensi di proteggermi, ma ti sbagli. In questo momento, solo la verità può aiutarci. Allora, che cosa ha in mente sir Charles?"

Richard sospirò e si sedette sul bordo del letto di Meriel. Le sopracciglia della donna spiccarono un balzo, ma lei rimase in silenzio, limitandosi a incrociare le braccia.

"Cecil mi ha chiesto di prendere il suo posto per non mostrare segni di debolezza, ma la causa di questo è nostro cugino Charles. Dopo Stephen, è il primo in linea di successione al titolo. Cecil gli deve del denaro e lo sta ripagando secondo le tempistiche, ma Charles ne ha approfittato per incalzare sull'argomento della tutela legale di Stephen. Vuole essere nominato tutore nel caso accada qualcosa a Cecil."

"Ne è già stato nominato uno?"

"No. Ma Cecil sta pensando di nominare il sottoscritto e sa che ciò non sarebbe gradito a quella parte della famiglia che si sente offesa dalle circostanze della mia nascita."

Meriel cercò di distanziarsi dalla compassione nei confronti dell'uomo. Non intendeva permettere che i suoi pensieri venissero annebbiati da banali emozioni. Solo il suo intelletto e la sua logica potevano aiutare Richard.

"Saresti un buon tutore," disse con voce priva di inflessione.

Un angolo della bocca di Richard si sollevò. "Che lode sperticata."

"Migliore di sir Charles, perlomeno."

Richard si mise una mano sul petto. "Voi mi ferite, milady."

"Non sono una lady e non sono tua. Vedi di ricordartelo. Ora prosegui."

Richard sorrise. "È semplice: sono qui per proteggere Stephen nel caso Charles si fosse fatto l'idea di controllare il ducato tramite il ragazzo."

"Ma il duca è ancora vivo."

Richard annuì, ma lei vide lo sguardo cupo nei suoi occhi. "Ma non aveva un bell'aspetto. Ha paura, Meriel, e più di ogni altra cosa, è stato quello a convincermi. È possibile che mio fratello mi stia nascondendo qualcosa." Dopo un sospiro, proseguì. "Ma non ho modo di saperlo. Posso solo affrontare le cose man mano che si verificano. Finora, pensavo che Charles fosse contento di gravitare là fuori e cogliere l'occasione di prendere il controllo nel caso la vedesse. Io non gli ho dato quella possibilità; anzi, ho consolidato qualcosina e alleviato i problemi finanziari di Cecil, se non altro per il momento. Ma dopo quello che è successo oggi... non so più cosa pensare."

Meriel ripensò alla paura che aveva provato quando aveva visto Richard riverso a terra nel bosco. Il pensiero che lui fosse morto, di non vedere mai più il suo sorriso, di non essere mai più oggetto delle sue attenzioni... Non riusciva a immaginarlo.

"Sapevo che non erano stati dei ladri," disse con sottile sarcasmo.

"Avevo la testa un po' annebbiata quando mi è venuta in mente quella scusa," ammise l'uomo. "Ma... non volevo che tu fossi coinvolta più di quanto già non fossi."

"Sono decisamente coinvolta, Richard. È palese che non può essere stata una coincidenza che Charles sia arrivato a Thanet Court mentre tu eri nel bosco privo di conoscenza." All'improvviso, le venne in mente un pensiero sconvolgente. "Oppure credi che avesse intenzione di uccidere il duca, ignorando che fossi tu?"

"No. Chiunque sia stato, avrebbe potuto uccidermi facilmente. Charles era riuscito a spingermi a credere che stesse semplicemente cercando eventuali debolezze, per cui ho abbassato la guardia. Ma ora so che sta per fare la sua mossa e che essa riguarda soprattutto Stephen."

"Charles ha chiesto di te quando si è presentato alla porta," gli ricordò Meriel.

"Era solo una copertura. Voleva vedere Stephen."

"Pensi che avrebbe potuto rapire il ragazzo?" Meriel si abbracciò per allontanare un senso di freddo, avvicinandosi ancora di più a Richard, come se lui offrisse un calore che lei non riusciva più a trovare da sola.

Richard si allungò verso la sua mano e Meriel scoprì di non potersi allontanare. Toccarlo le sembrava naturale.

"Rapire Stephen avrebbe rivelato il suo piano di farmi del male," disse. "No, credo che voglia solo che Stephen impari a conoscerlo nel caso venga il momento in cui potrà esercitare la tutela."

"Ma allora perché farti perdere conoscenza? Perché non limitarsi ad attirarti lontano in modo che tu non sospettassi di lui?"

Richard le sorrise e le accarezzò le dita. "Ah, Meriel, questo genere di ragionamenti ti viene fin troppo bene. Sì, quella sarebbe stata la scelta più intelligente. E negli ultimi tempi ho ricevuto molti inviti da amici che ho in comune con Charles. Li ho rifiutati tutti, il che forse ha sventato i suoi piani di allontanarmi dalla casa. Ma è difficile credere che fosse disperato al punto da ricorrere a un espediente tanto ovvio... a meno che gli sia indifferente che io sappia o meno."

Meriel aprì la bocca sconvolta, ma non le venne in mente una risposta.

"Vedi," proseguì Richard, "Charles potrebbe essere convinto di avere il coltello dalla parte del manico."

"Crede di avere il controllo del duca tramite il denaro," disse lentamente.

Richard annuì.

"E che il duca non possa mettersi contro di lui."

"Ma io non sono il duca."

La voce di Richard era bassa e minacciosa; prometteva una reazione forte alle minacce di Charles. Meriel lo guardò e non riuscì a trattenere un brivido. Senza la maschera dell'arrogante superficialità del duca, Richard aveva l'aria di un uomo che aveva successo in qualunque cosa facesse.

Meriel non lo aveva creduto possibile, ma ora era ancor più attratta da lui, come se la verità avesse spazzato via l'abisso che un tempo si apriva fra di loro. Richard la stava guardando e lei ricambiò lo sguardo. Meriel cercò di atteggiare i suoi lineamenti, ma non era certa di esserci riuscita. La luce delle candele era bassa e illuminava l'uomo in un tepore che rendeva ogni cosa intima. Erano soli. Non c'era da stupirsi che le giovani avessero sempre uno chaperon.

Meriel doveva distrarre entrambi.

"Allora, che cosa hai intenzione di fare?"

L'uomo le girò la mano e fissò il palmo. "Ci vedi il futuro?" chiese Meriel, sperando che la leggerezza avrebbe smorzato l'intensità fra di loro.

Ma Richard la guardò da sotto ciglia scure e si limitò a dire: "Il mio o il tuo?"

Santo cielo, perché Meriel non aveva pensato prima di parlare?

"Richard, sai cosa intendo."

Ancora una volta, la bocca dell'uomo si sollevò a un angolo. Meriel cominciava ad associare quel piccolo mezzo sorriso a Richard, al posto del falso sorriso smagliante che questi usava quando impersonava il fratello.

"Ho trascorso il pomeriggio a inviare messaggi a degli uomini che lavorano per me a Manchester. Abbiamo bisogno di più guardie a Thanet Court, e non parlo di giardinieri e garzoni. Non voglio che Charles riesca a varcare di nuovo il cancello senza che io lo sappia per tempo. Finora mi sono accontentato di vedere che cosa avesse in mente, ma ora basta. Se lui può tenere d'occhio noi, noi terremo d'occhio lui."

Nel corso del discorso, Richard aveva lasciato che le loro mani giunte ricadessero sulla sua coscia, dove continuò a massaggiare distrattamente le dita di Meriel. La sua coscia era dura come la roccia, calda e fin troppo intima perché lei la toccasse.

"È probabile che la polizia non possa aiutarci," disse, sussultando per il suono roco della sua voce.

L'uomo sorrise. "Dunque, di recente hai pensato a loro?"

"Ho dovuto," disse Meriel con compostezza. "Quando ho cominciato a sospettare di te, temevo che avessi ucciso il duca e preso il suo posto."

"Ma ora mi credi?"

Meriel non poté far altro che annuire e fissare Richard.

"Hai ragione riguardo alla polizia," disse lui.

Mentre l'uomo parlava, per tutto il tempo lei ebbe la sensazione che le stesse guardando la bocca.

Con voce roca, Richard proseguì. "Charles non ha fatto nulla di sospetto e, a conti fatti, agli occhi della legge io sono l'unico ad aver commesso un crimine."

Per diversi istanti, si limitarono a guardarsi l'un l'altro in silenzio, provando un'intimità che nemmeno Meriel poteva negare. Lei cercò di dirsi che provava quella sensazione solo per via dei segreti che condividevano, perché ora lavoravano insieme.

Ma sarebbe stata una menzogna. Non era più in grado di guardare a Richard in maniera spassionata. Vedeva un uomo che si era elevato al di sopra di una nascita umiliante e aveva trovato il successo nella vita da solo, nonostante la sua famiglia avesse cercato di ostacolarlo. Aveva un fratello che lo usava e chiamava quella cosa affetto. E tuttavia, Richard rischiava tutto ciò che aveva costruito per aiutare un nipote che prima non aveva mai conosciuto. E ora stava rischiando la vita

Come opporsi a una simile attrazione?

Meriel ricordò a se stessa che tutte le volte che lei aveva pensato di conoscere la verità, era stata rivelata un'altra menzogna. Le falsità dei suoi genitori l'avevano segnata, l'avevano spinta a dubitare tutto di sé.

Richard le tirò la mano e lei si avvicinò a lui, più vicino al letto su cui l'uomo era appollaiato.

Ma Meriel voleva fidarsi di lui, tornare a riporre fede in qualcosa. Ormai non sapeva più come si faceva.

Richard la attirò più vicino per le braccia, fino a quando il letto non premette forte contro il ventre di Meriel. Era fra le gambe dell'uomo e non sapeva cosa fare con le mani quando questi si chinò su di lei. Si ritrovò ad appoggiargliele sullecosce mentre lui la sollevava contro di sé, cosicché i suoi piedi sfiorarono appena il pavimento.

Ciascun bacio era meraviglioso come il primo, ancor più adesso che lei conosceva la vera identità di quell'uomo. Le labbra di Richard si mossero sulle sue con urgenza crescente e Meriel si ritrovò travolta, tutte le sue premure che svanivano sotto l'intensità di quelle sensazioni crude e rare. Fu lei ad aprire la bocca per esplorare quella di lui. Il gemito di Richard la fece sentire potente, consapevole di ciò che c'era fra di loro. Con la lingua, Meriel assaporò le labbra dell'uomo, la sua bocca così concentrata sull'esplorazione, il corpo premuto vogliosamente contro quello di lui, che solo lontanamente sentì la mano dell'uomo scivolare dalla sua vita alle costole, per poi risalire a coprirle il seno.

Ora era il suo turno di gemere, di dimenarsi contro Richard mentre quella sensazione nuova e incredibile la travolgeva. C'erano solo due sottili indumenti fra le loro pelli e tanto sarebbe valso che non ci fosse nulla, da tanto lei sentiva l'impronta della mano di Richard. L'uomo la impastò e la accarezzò, quindi le pizzicò delicatamente il capezzolo fino a quando esso non premette contro la sua mano in una punta dura. La scarica di piacere percorse il corpo di Meriel fino a generare una sofferenza fra le sue cosce. C'era qualcosa di più che la attendeva e lei voleva protendersi verso di esso, esplorare tutto ciò che Richard poteva farle sentire.

L'uomo la sollevò e se la mise in grembo. Meriel si ritrovò a cavalcioni delle sue cosce, con l'indumento da notte che le risaliva le gambe. Le loro braccia erano avvolte l'uno attorno all'altro e Meriel non riusciva a saziarsi dei baci di Richard. Lo baciò sulla fronte e fra i capelli mentre questi muoveva le labbra in una linea calda lungo il collo di lei. Meriel inarcò la schiena all'indietro, lasciando che lui le strattonasse la scollatura coi denti. Sentì la fibbia della vestaglia slacciarsi sotto le abili mani dell'uomo e l'indumento si allargò fino a quando solo la seta sottile non la separò dal suo bacio. Con la bocca aperta, Richard scivolò verso il basso, quindi incrociò lo sguardo di Meriel per un momento da fermare il cuore mentre le sue labbra si soffermavano sui seni di lei. La pregustazione di Meriel crebbe sempre di più, fino a quando lei non gemette il nome dell'uomo con entusiasmo e desiderio. Fu allora che la bocca di Richard le coprì il seno, inumidendo la seta, portandole il capezzolo fra le labbra dell'uomo per succhiarlo.

Per poco Meriel non lanciò un urlo, da tanto intensa era la voglia che cresceva in lei, ma una sua parte remota mantenne la forza di volontà per soffocare il suono. Rimase appesa fra le braccia di Richard, lasciando che lui la assaporasse attraverso la camicia da notte, e l'uomo le strattonò con forza il bacino contro di sé. Richard riempì la vulnerabilità aperta fra le cosce di Meriel con la lunghezza dura del suo pene, ancora intrappolato nei pantaloni. Meriel premette contro di lui, sfregando, cercando di trovare un modo per alleviare la sua voglia disperata. A ogni movimento, il suo respiro si faceva sempre più affannoso, il suo bacino ondeggiava sempre più forte.

Richard succhiò e leccò un seno e le sue dita trovarono l'altro, per passarvi attorno e stuzzicarlo. Fu allora che Meriel perse la testa, che lasciò che mente e corpo la trasportassero in un luogo di piacere di cui non aveva mai immaginato l'esistenza. Tremò fra le mani dell'uomo per quella che parve un'eternità, scossa dagli spasmi, fino a collassare contro il petto di lui.

Fu in quel momento, mentre la sua mente stava tornando in sé, mentre lei si rendeva conto che non le importava che l'uomo con cui aveva volontariamente condiviso l'intimità non fosse suo marito, che udirono il pianto di un bambino più in là nel corridoio.

DICIANNOVE

Richard era in preda a un bisogno talmente profondo che non ne aveva mai provato il simile. Dare piacere a Meriel era stato per lui più importante del suo, di piacere. Ora era dolorante e insoddisfatto, con il bacino della donna che lo cullava, con le profondità calde di lei che ancora pulsavano contro la lunghezza della sua erezione.

Si era stupito che lei avesse trovato il piacere e ciò gli faceva venire voglia di strapparle i vestiti di dosso per darle di più. Di assaporare la pelle calda, morbida, nuda... La sensazione immaginaria gli gridava nel cervello.

Ma Meriel si era irrigidita fra le sue braccia.

"Hai sentito?" chiese con voce bassa e tesa la donna.

Richard sentiva solo il suo cuore martellante, avvertiva il pulsare all'inguine mentre cominciava a muoversi contro di lei.

Meriel si raddrizzò, spingendosi all'indietro lungo le sue cosce, cercando di impedire che le sue braccia la riportassero indietro.

"Meriel," mormorò lui.

"Richard, credo di aver sentito Stephen in corridoio!"

Richard si raddrizzò e si costrinse a pensare al di là della propria lussuria. Da qualche parte all'interno della suite proveniva un pianto sommesso.

La mente di Richard tornò di scatto alla consapevolezza mentre un'ondata di ansia lo attraversava. Qualcuno stava cercando di raggiungere Stephen?

"Santi numi, Stephen non può trovarci insieme," sussurrò la donna, scivolando sul pavimento. Infilò la vestaglia sopra la seta bagnata della camicia da notte.

Richard corse alla porta e si premette l'orecchio. Meriel lo raggiunse.

Stephen stava ancora piangendo e sembrava girovagare per il corridoio. Era solo? O stava fuggendo da qualcuno? Richard non poteva permettersi di aspettare; aveva bisogno del vantaggio della sorpresa. Mentre la sua mano si allungava verso la maniglia, la voce suadente della balia Weston si unì a quella di Stephen e loro due sentirono la donna che conduceva via il bambino.

Meriel si curvò mentre traeva un sospiro.

Richard era lieto di non aver detto nulla per allarmarla riguardo al potenziale pericolo che correva Stephen. Lasciò che la sua ansia si placasse nuovamente mentre metteva le mani sulle spalle della donna.

"Quanta tensione," le mormorò fra i capelli. "Pensavo che ormai ti fossi completamente rilassata."

La donna arrossì e voltò il viso. "Non riesco a credere di... di essermi comportata in quel modo."

Richard le prese il viso fra le mani in modo che lei lo guardasse. "È stato un vero onore averti godere fra le mie braccia, sapere che ti fidavi di me fino a quel punto."

"Pensi che quella fosse fiducia?" sussurrò Meriel con incertezza.

"Oh, sì."

"A me non è sembrato. Mi sono sentita... sopraffatta, come se non fossi in grado di controllarmi."

Richard cominciava a rendersi conto di quanto Meriel avesse bisogno di mantenere il controllo. "Meriel, non–"

"Adesso devi andare, Richard. Devo... pensare a tutto questo, a tutto."

La donna continuava a non volerlo guardare negli occhi. Richard sapeva che Meriel non aveva mai conosciuto la vera passione e che era sconvolta da essa. Ma rimuginarci sopra era la cosa giusta da fare? Lui ne dubitava, ma doveva rispettare i desideri di lei.

Mentre lui faceva un passo indietro, Meriel fissò a bocca aperta i suoi pantaloni. "Come faremo a nascondere *quello*?" domandò, la voce ancora bassa, ma più acuta.

Richard non aveva dovuto preoccuparsi di quel problema per anni, ma abbassò diligentemente lo sguardo e si rese conto che la patta dei suoi pantaloni, ancora tesa, era umida del piacere di Meriel.

Gli occhi spalancati di lei incrociarono il suo sguardo e Richard sorrise da un orecchio all'altro.

"Hai portato una giacca?" chiese disperata la donna.

Richard scosse la testa. "Si asciugherà."

"Parli per esperienza?"

"Non volevo dire... Ah, all'inferno. Buonanotte, Meriel. Sognerò te."

Meriel si morse il labbro e annuì, e Richard uscì nel corridoio buio.

Tornato nella suite padronale, si ritrovò a camminare in cerchio. Aveva sperimentato la frustrazione sessuale in passato, dopo essersi ritrovato attratto da donne che aveva respinto.

Ma non era quello a preoccuparlo. Doveva essere onesto con se stesso. Non voleva che quell'intrallazzo esistesse solo a beneficio del pubblico. Voleva Meriel nel suo letto. Senza di lei, le notti si prolungavano all'infinito. Prima di Meriel, le donne della sua vita erano sempre sembrate troppo bisognose. Fortemente attratte dal denaro di Richard, non avevano desiderato altro che la sicurezza economica. Ma Meriel era una donna indipendente. Forse era Richard quello bisognoso nella loro bizzarra relazione.

Quel pensiero andava contro tutto ciò che Richard credeva di sé. Non aveva mai avuto bisogno di nessuno, perché non c'era mai stato nessuno su cui potesse fare affidamento. Di certo, quei sentimenti intensi nei confronti di Meriel erano dovuti solo all'isolamento provocato dalla messa in scena.

MERIEL GIACEVA nel letto e continuava a sentire quei minuscoli tremiti che svanivano dentro il suo corpo. Si sentiva nuova e diversa, ora che era davvero consapevole del piacere potente che uomini e donne si davano a vicenda. Non era sciocca al punto da pensare che Richard avesse sperimentato ciò che aveva sperimentato lei.

Ma non intendeva sentirsi in colpa, non quando lui aveva saputo cosa aspettarsi e lei no.

Ancora una volta, si stava lasciando andare a sentimenti che stavano diventando più potenti del suo intelletto. Ricordava a stento di aver cercato di resistere agli strattoni del desiderio. Era stata presa in ostaggio dal suo stesso corpo ed esso aveva preso il sopravvento, usando il corpo di Richard per trovare soddisfazione.

Con un gemito, Meriel si coprì il viso con il cuscino. Si era semplicemente... strusciata contro di lui, senza nemmeno pensarci. Ed era stato davvero bello, davvero giusto.

Come avrebbe dovuto riprendersi, distanziarsi dopo quello

che era accaduto? Richard si sarebbe aspettato ancora di più quando si sarebbero ritrovati di nuovo da soli... e lei avrebbe ceduto e lo avrebbe permesso? Non era dunque rimasto più nulla del suo buon senso?

Quelle domande permasero nella mente di Meriel per tutto il mattino dopo e lei fu lieta quando la posta arrivò con una lettera per lei. Era di sua sorella Louisa, che lavorava come dama di compagnia per un'anziana signora. Meriel era davvero grata per la distrazione. Non voleva più pensare ai suoi problemi. E così, si godette le storie di Louisa che aiutava la timida nipote della sua datrice di lavoro a prepararsi per la Stagione. Louisa aveva un vero e proprio dono per la comprensione e la compassione.

Ma man mano che Meriel leggeva, il suo sorriso si affievolì. Louisa era tornata a Londra e viveva con la loro sorella, Victoria. Aveva dovuto rassegnare le dimissioni perché i parenti maschi dell'anziana avevano cercato di imporle le loro attenzioni e le donne di casa avevano dato la colpa a Louisa.

Meriel nascose il viso fra le mani e tremò. Spesso, le donne impoverite venivano trattate in maniera vergognosa. Cosa avrebbe detto Louisa se avesse saputo che Meriel stava impersonando volutamente un'amante e che, la notte prima, la finzione era quasi diventata realtà? Aveva dato inizio a quella sciarada per aiutare Stephen e invece aveva perso ogni senso del controllo.

Meriel cercò di dire a se stessa che Louisa si sarebbe ripresa dalle sue esperienze, che sarebbe stata nuovamente felice nell'alta società londinese, dove aveva sempre avuto un grande successo. Ma c'era un sottofondo di tristezza nella lettera che Louisa aveva palesemente cercato di nascondere. Meriel decise di scriverle una risposta allegra e divertente. Non avrebbe oberato Louisa con i suoi problemi.

QUEL POMERIGGIO COMINCIARONO ad arrivare gli uomini di Richard e Meriel fu lieta che l'attenzione fosse distolta da lei. A beneficio della servitù, Richard riuscì a dare l'impressione di essere preoccupato dalla notizia del recente rapimento di un nobile.

Quando Stephen non lavorava alle lezioni con lei, Meriel gli permetteva di seguire suo "padre." Sapeva che stava incoraggiando quella cosa per distrarsi. Si sentiva troppo vulnerabile, troppo insicura per restare da sola con Richard. Ma a cena, indossò un altro dei suoi bei vestiti londinesi e, in seguito, dopo che Stephen fu andato a letto, si lasciò convincere da Richard a raggiungerlo in salotto.

Le porte erano aperte sul corridoio, con la servitù che andava e veniva, ma Meriel si sentiva comunque troppo sola in pubblico con Richard. Bruciava del ricordo del suo stesso ardore, del piacere che aveva tratto dal tocco dell'uomo. Mentre lei camminava in cerchio, l'uomo si limitò a sorridere e a guardarla con il piacere negli occhi, ricordandole quello che lei aveva tratto da lui.

Meriel si ritirò frettolosamente al pianoforte e cominciò a suonare. L'uomo la raggiunse e usò il corpo per farsi spazio sullo sgabello. Chiudendo gli occhi, Meriel fece del proprio meglio per concentrarsi sulla musica. Come facevano le persone a comportarsi normalmente le une con le altre dopo aver condiviso un'intimità come quella?

Finalmente, lanciò un'occhiata all'uomo e sussurrò: "Questa cosa non è troppo pubblica per l'intrallazzo di un uomo con la sua amante?"

Richard sorrise e si chinò per parlarle a bassa voce. "Normalmente sarei d'accordo con te, ma ho consultato la signora Theobald, che mi ha spiegato che, una volta scelta, un'amante lavora ben poco e si gode una vita di piacere... che comprende fare compagnia al duca ovunque e ogni qualvolta lui lo desideri."

Il respiro di Meriel era troppo accelerato dalla vicinanza dell'uomo e lei si rifugiò nella sua pratica voce da istitutrice. "Assicurati di dire a tuo fratello che dovrebbe trovarsi una moglie a cui affidare tale funzione, in modo che suo figlio non cresca come lui."

"Vuoi dire come noi."

Meriel cercò segni di agitazione, ma Richard non ne mostrava. "Non ti ha... turbato sapere ciò che tuo padre ha fatto a tua madre?"

Meriel pensò alla propria famiglia e a quello che aveva fatto suo padre, al suicidio che era stato più tradimento del segreto delle loro finanze traballanti. Ma non intendeva lasciarsi distrarre dall'autocommiserazione.

Per un attimo, Richard abbassò lo sguardo sul brandy. "Non sono mai riuscito a trovare un modo per chiedere a mia madre se fosse stata consenziente o... costretta."

"Oh, Richard," mormorò Meriel, sentendo il bruciore delle lacrime.

"Quando ero giovane, ho scelto di credere che avesse voluto l'attenzione del duca, una casa propria e non dover lavorare mai più. Pensavo che fosse orgogliosa che suo figlio venisse cresciuto nella casa del duca."

"Sono certa che lo fosse."

"No. Crescendo, ho cominciato a credere che provasse risentimento nei miei confronti." Richard rise senza allegria. "Dio, sembra davvero egoista. Come se tutto ruotasse attorno a me."

Meriel smise di suonare e gli mise una mano sul braccio, ricordandosi della messa in scena. "No, Vostra Grazia. Ma perché pensare una cosa del genere di vostra madre?"

"Credevo che il fascino di una casa sua le avesse per un po' impedito di vedere quanto fosse isolata da tutti coloro che conosceva. Il duca ebbe diverse altre amanti prima ancora che io nascessi." Richard si rabbuiò. "La duchessa fece del suo meglio per rendere invivibile la vita di mia madre. Poi mia madre cominciò a bere e quello le rovinò la salute. Morì prima di vedermi ammesso a Cambridge."

"Non potete pensare che si risentisse, Vostra Grazia. Eravate innocente delle decisioni prese dagli adulti. Forse, vostra madre era delusa dalle scelte che aveva fatto da giovane."

"Cercherò di vederla così," disse lui, rivolgendole di nuovo quel mezzo sorrisetto. "Perché io, naturalmente, rivolsi tutto il mio risentimento a mio padre. Il duca aveva usato mia madre per un piacere temporaneo e l'aveva lasciata a subire le conseguenze."

"Ma ha mantenuto lei e voi. Forse, a modo suo, la amava persino," suggerì Meriel, nella speranza di alleviare il dolore di Richard.

"Se anche fosse, fu un amore breve. È questo l'effetto che questo luogo," disse l'uomo, muovendo un braccio per indicare la stanza, "che questa augusta posizione fa alle persone. Persino io, che dovrei essere più assennato, occasionalmente trovo piacevole il potere di avere dozzine di servitori a mia disposizione."

"Ma siete un uomo ricco, no? Non avete dei servitori a Manchester?"

"Qualcuno. Ma fidatevi: non è la stessa cosa. Immagino di non essermene mai reso conto," aggiunse Richard con un sospiro. "Continuo a dirmi che non sarei diventato come Cecil, come mio padre, se fossi stato al posto loro."

"Sono certa che non lo sareste stato."

Richard rise con ben poco divertimento. "Mi state assecondando, vero? È così che si fa con i duchi."

Meriel gli diede di gomito. "Sapete che non è così."

"Hmmm."

Meriel tornò alla musica, che la faceva sentire al sicuro, lontana dalle emozioni spaventose che Richard suscitava in lei con tanta facilità. Nella sua mente, Meriel continuava a sentire le parole con cui lei stessa aveva dato conforto a Richard: che i bambini erano innocenti delle decisioni prese dagli adulti. Meriel era brava a dare consigli, ma non ad accettarli. Anche lei era innocente degli errori commessi dai suoi genitori; razionalmente, lo sapeva. Ma non riusciva a sottrarsi al pensiero che avrebbe dovuto prevedere il futuro, che avrebbe dovuto farsi trovare pronta. Non era una bambina come lo era Richard quando la tragedia lo aveva colpito.

"Allora, parlami degli occhiali," disse l'uomo.

Meriel abbassò lo sguardo sui tasti. "Sono occhiali."

"Ma sono fatti di vetro comune."

"D'accordo, sì, è così."

"Dunque, sono un travestimento."

Meriel sorrise e scosse la testa. "No, sono una protezione."

"Questa devi spiegarmela," disse Richard in tono dubbioso.

"Ho già avuto un incarico da istitutrice prima di venire qui. In seguito, ho deciso che sarebbe stato meglio... sminuire le mie caratteristiche fisiche."

Richard le mise una mano sulla coscia e parlò con voce bassa e controllata. "Il tuo datore di lavoro ha cercato di farti del male?"

"Santi numi, no. Tu eri molto peggio di lui."

Richard esitò. "Ah. Beh. Allora cos'è accaduto?"

"Sua moglie non riuscì a superare la propria gelosia nei miei confronti. Era convinta che suo marito mi avesse assunta per motivi indecorosi–"

"Come ha fatto mio fratello," mormorò Richard.

"Esatto. Il marito non poteva accettare il bisogno di sua moglie di tenermi costantemente sotto osservazione... e di tenere sotto osservazione lui. Alla fine, ha dovuto licenziarmi. Ma mi ha dato delle ottime referenze," aggiunse allegramente Meriel.

Richard si sporse più vicino. "E sono certo che Cecil le abbia tenute in grandissima considerazione."

Meriel sollevò il naso in aria. "Sì. Abbiamo parlato a lungo dell'istruzione di Stephen. Tuo fratello voleva solo il meglio per suo figlio."

"Sono lieto di saperlo."

Se anche Richard sorrideva, lo nascondeva dietro il bicchiere.

"Stephen fa spesso commenti sulla tua bellezza," disse l'uomo. "Cerca di ostentare scioltezza, ma credo che voglia combinare qualcosa fra noi."

Meriel si intenerì al pensiero. "Che bambino dolce. Di certo, qualche membro del personale deve avergli detto che un duca non può sposare un'istitutrice."

"Certo che lo sa, ma..." All'improvviso, Richard si schiarì la gola.

Meriel ebbe una strana sensazione e smise di suonare per voltarsi verso Richard. "Se lo sa, allora perché..." Si interruppe e fissò inorridita Richard. "Stephen sa tutto!"

"Meriel—"

La voce di Meriel si abbassò a un sussurro sconvolto e lei lanciò un'occhiata alla porta aperta del salotto. Erano ancora soli. "Sa chi sei!"

"Non gliel'ho detto io," disse stancamente Richard. "È solo che è troppo sveglio per credere che suo padre abbia cambiato atteggiamento nei suoi confronti con tanta facilità. Ho scoperto che era al corrente della verità quando mi ha corretto riguardo alle mie preferenze sul cibo. Da allora, mi è stato di grande aiuto."

Meriel fissò Richard come se non lo conoscesse. "Hai usato quel ragazzino come... come complice! Hai permesso a un bambino di sei anni di mentire per te?"

Richard si strinse nelle spalle. "Cos'altro avrei dovuto fare? Non potevo andarmene. Ho detto a Stephen la verità: che suo padre è ancora malato e non vuole mostrarsi debole agli occhi del mondo. Ha avuto perfettamente senso per lui."

"Ma–"

Richard le prese la mano e lei glielo permise, ma solo perché non voleva che qualcuno la vedesse lottare rabbiosamente.

"Meriel, Stephen ha avuto un ruolo inestimabile nel mio travestimento. Voleva aiutarmi; come avrei potuto dirgli di no?"

Meriel sospirò, sapendo che l'uomo aveva ragione. "Tutto questo non è naturale. E se questa cosa... lo ferisse?"

"C'è ben di peggio potrebbe ferirlo, se non teniamo alta la guardia. Stephen è stato molto bravo; mi chiama sempre e solo 'padre'. Persino tu sei stata ingannata."

"Vostra Grazia–" Meriel si interruppe all'ingresso di Beatrice.

L'espressione della cameriera era rispettosa, persino nei confronti di Meriel, quando chiese se Sua Grazia avesse bisogno di altro. Una volta che la donna se ne fu andata, Meriel approfittò della pausa imbarazzante per alzarsi.

"Vi auguro una buona notte, Vostra Grazia."

L'uomo si alzò e le prese la mano in entrambe le sue. Se la portò alla bocca e la baciò un po' troppo a lungo. Le sue labbra erano calde e morbide, e le fecero quasi girare la testa dalla voglia. Meriel ammise a se stessa che voleva stare vicina a Richard.

E aveva appena scoperto un'altra delle sue menzogne! Beh, un'omissione.

"Vostra Grazia," mormorò, "vi prego di non venire da me questa sera."

L'uomo la osservò, senza tradire né rabbia né delusione. "Ti senti bene, Meriel?"

Lei annuì. "È solo che... è tutto così nuovo per me... Oh, santi numi."

"Vai nel tuo letto solitario, allora." Un angolo della bocca di Richard la stuzzicò con un sorriso. "Sogna me."

Lei spalancò gli occhi e fuggì dal salotto. Richard sapeva già di aver invaso i suoi sogni?

CAPITOLO

VENTI

Il pomeriggio successivo, Meriel stava ascoltando il catechismo della domenica di Stephen quando ebbe notizia da Clover che la signorina Renee Barome era venuta a trovarla. La balia Weston prese in consegna Stephen e Meriel scese in salotto. Si fermò sulla soglia e mantenne un sorriso amichevole, anche se la sua ospite non era sola. Sir Charles Irving stava parlando con Richard e con la signorina Barome.

Richard le rivolse un cenno del capo come se Meriel fosse un'istitutrice qualsiasi e tornò alla conversazione. La signorina Barome si allontanò dai gentiluomini per raggiungere Meriel.

Le due donne si cambiarono una riverenza, quindi la signorina Barome prese Meriel a braccetto e la condusse a un divanetto sotto una finestra.

"Per puro caso, sono venuta qui contemporaneamente a sir Charles," disse la signorina Barome, allargando le gonne mentre si sedeva. "È stato piacevole avere compagnia lungo la strada. Anche se devo dire che i nuovi sorveglianti di Cecil sono

245

stati quasi maleducati. Hanno dovuto consultarsi con Cecil prima di permetterci l'ingresso."

"Sua Grazia ha aumentato la sicurezza dopo il recente rapimento a Londra," disse Meriel in tono solidale. Lanciò un'occhiata a Richard e si chiese come si fosse sentito a permettere l'ingresso a sir Charles. Se non altro aveva avuto un breve preavviso. "Siete venuta a far visita a Sua Grazia?"

"No, sono venuta a far visita a voi, dato che non avete inviato notizia di voler fare lo stesso con me. Spero che non vi dispiaccia."

"No, certo che no," disse Meriel, senza guardare Richard e sir Charles, anche se ciò si rivelò molto difficile. "Perdonatemi per non avervi scritto; ho avuto una settimana molto impegnata."

La signorina Barome la osservò per un momento, tradendo una serietà che mise Meriel a disagio.

"Ma certo. Capisco," disse la donna. "Dovete raccontarmi tutto."

Meriel sperò di non essere arrossita e si sentì sollevata quando Beatrice spinse nella stanza un carrello con i rinfreschi. Raggiunsero i gentiluomini e Meriel versò il tè per tutti e passò i dolci.

Una volta esauriti gli argomenti del tempo e dei cavalli, la signorina Barome disse in tono vivace: "Cecil, dicci quando hai intenzione di dare il ballo in maschera di Thanet."

"Ah, sì," disse sir Charles. "La gente del posto non parla d'altro." Si voltò e guardò direttamente Richard. "Sarà difficile superare l'anno scorso, non sei d'accordo?"

Meriel sorseggiò il tè e fu lieta di non essere al posto di Richard. Dato che non era stato a casa per molti anni, l'uomo non doveva sapere nulla del ballo in maschera.

"Supero me stesso ogni anno," disse Richard, scambiando un sorriso con la signorina Barome.

Meriel cercò di esalare lentamente il fiato, prima che i suoi polmoni potessero scoppiare.

Sir Charles sorrise. "Ah, ma quella fontana piena di artiste... di certo, quella rimarrà negli annali. Non credi?"

Ci fu una pausa mentre Richard finiva di masticare un boccone di torta. La torta che avrebbe anche potuto essere cenere nella bocca di Meriel mentre lei attendeva.

"Charles, forse non lo è rimasta per te," disse la signorina Barome, ridendo. "Di certo ricordi che la fontana risale all'anno prima."

Sir Charles scosse la testa, tutto autodeprecazione. "Ma certo. Che sciocco."

Richard si spaparanzò in poltrona, gli occhi semichiusi dal divertimento. "Charles, l'anno scorso c'è stata l'esibizione delle fate luminose nel parco a mezzanotte. Io ne ho inseguita una fino all'alba."

Gli uomini risero e la signorina Barome rivolse un sorriso bonario a Richard, come se qualunque cosa il duca facesse, per quanto volgare, non potesse essere male.

"Cecil," disse sir Charles, posando la tazzina, "mi piacerebbe vedere quel nuovo cavallo che hai comprato quest'anno. Ti va di farmi fare un giro delle scuderie?"

Una volta che gli uomini se ne furono andati, la signorina Barome si alzò dalla sedia e si mise sul divano accanto a Meriel.

"Com'è il giovane lord Ramsgate?" chiese la signorina Barome.

"Se la cava bene, ma d'altronde è un ragazzo intelligente, proprio come suo padre."

"Sì, proprio come suo padre." La signorina Barome abbassò uno sguardo accigliato sulla sua tazzina. Con un sospiro, alzò gli occhi e disse: "A proposito di Cecil, ecco... non volevo sollevare l'argomento, ma... non voglio presumere che siamo in grande confidenza, e tuttavia–"

"Signorina Barome, non vi ho mai sentita parlare con tanta titubanza. Vi prego, sentitevi libera di dirmi qualunque cosa."

Con stupore di Meriel, il viso della donna arrossì.

"Allora sarò franca e spererò in bene," disse la signorina Barome. "Certe voci hanno raggiunto la mia servitù e, di conseguenza, la sottoscritta."

Fu il turno di Meriel di avere una vampata di calore, ma tacque.

"Mi pare di capire che Cecil abbia scelto voi come sua prossima amante." La signorina Barome si coprì il viso. "Santo cielo, suona spaventoso. Non vi biasimerei se mi auguraste una buona giornata e mi rimandaste a casa. Temevo solo che lui vi avesse... in qualche modo costretta a–"

Meriel prese la mano dell'altra donna e la strinse con forza. "Signorina Barome, vi prego di non agitarvi. Il fatto che vi siete sentita in dovere di esprimermi le vostre preoccupazioni mi commuove profondamente. Credo di aver trovato un'amica."

"È così, mia cara, è così. Ma Cecil... come molti pari, crede di poter avere tutto ciò che vuole. A volte, vorrei poterlo odiare. Renderebbe tutto molto più facile."

Negli occhi e nella voce della signorina Barome c'era una tristezza che colpì Meriel. Quella donna covava forse da tanti anni dei sentimenti nei confronti del duca? Persino una donna intelligente come la signorina Barome – come Meriel – poteva perdersi a causa del fascino degli uomini di quella famiglia.

Come doveva essersi sentita la signorina Barome nel vedere la successione infinita di amanti del duca?

"Non c'è bisogno di odiarlo," mormorò Meriel. "Non è il genere d'uomo che usa la forza con una donna, ma il suo fascino è più che sufficiente." Si sporse verso la signorina Barome. "Sarò onesta con voi. La situazione finanziaria della mia famiglia è grama nel migliore dei casi. Il denaro che il duca mi offre non è da sottovalutare. E in cambio devo subire solo la sua gentilezza e la sua generosità."

"Oh, lo sapevo: a modo suo, Cecil sta usando la forza!"

"No, signorina Barome, io non la vedo così," disse con fermezza Meriel. "Avevo una scelta e l'ho fatta. Capirò se questo vi porterà a pensare male di me."

Con suo stupore, la signorina Barome la abbracciò e, nel farlo, rischiò di rovesciare entrambe le loro tazzine.

"Santo cielo, guardate cosa ho rischiato di fare," disse la donna, allontanandosi e rivolgendole un sorriso imbarazzato. "Vi prego, non pensate che mi permetterei di giudicarvi. Una donna da sola è molto vulnerabile."

Meriel sentì che le lacrime cominciavano a spuntarle negli occhi. "Grazie, signorina Barome."

"Per favore, diamoci del tu. Prometto che ti sarò buona amica. Ora dimmi, tu dipingi?"

Meriel rise e annuì. "Mi cimento con gli acquerelli, ma temo che un cavallo sarebbe più bravo di me. Tuttavia, un certo bambino di sei anni sembra colpito dalle mie capacità."

RICHARD CAMMINÒ in silenzio accanto a Charles e decise di lasciare che fosse lui a dare inizio alla conversazione. Attraversarono i giardini e raggiunsero le scuderie. Richard diede ordine di mostrare le movenze del nuovo castrone di Cecil e condusse Charles vicino a una staccionata per osservare. Entrambi appoggiarono i gomiti sulla staccionata e attesero.

Richard non aspettava solo il cavallo. Cosa poteva volere Charles? Di certo sapeva che Richard sospettava di lui, dopo che era stato stordito il giorno prima nel bosco... o forse no. Forse non aveva pensato di essere sospettabile di qualcosa.

Il castrone fu condotto via e Charles annuì in segno di apprezzamento. "Lo addestrerai per la caccia?"

"Può darsi. Naturalmente, nel caso, ti consulterei; so che sei un esperto in materia."

"Che generoso."

Charles si voltò a guardarlo; nei suoi occhi c'era una pregustazione che Richard sapeva non avere nulla a che vedere con la caccia.

"Anche se non so se vorrai avere molto a che fare con me," disse Charles in tono grave, "dopo che ti avrò dato una notizia triste."

Per quanto fosse teso, Richard mantenne un sorriso amichevole. "Ah, Charles, sai che non mi lascio mai turbare a lungo dalle notizie tristi."

"Ma temo che, questa volta, le circostanze siano diverse." Charles scosse la testa. "Mi duole informarti che Cecil è passato a miglior vita."

Richard lo fissò mentre il sorriso gli svaniva dal viso. "Quello che dici non ha senso, Charles."

"Certo che sì... Richard. Ti prego, non insultare la mia intelligenza negando la tua identità. So tutto fin dal principio."

Richard sapeva che avrebbe dovuto pianificare, immaginare la mossa successiva... ma la fitta di senso di perdita che provò al pensiero della morte di Cecil era quasi schiacciante.

E tuttavia, dietro a quell'espressione solenne, Charles trasudava una gioia segreta, e all'improvviso a Richard venne voglia di mettergli le mani al collo e strangolarlo.

"Ti assicuro che non sto mentendo riguardo a tuo fratello," proseguì Charles in tono amabile.

L'uomo infilò una mano nella tasca della giacca e Richard si irrigidì, ma tutto ciò che Charles estrasse fu un anello. L'anello ducale.

"Ah, vedo che l'hai riconosciuto," disse Charles. "Pover'uomo; era molto malato."

"Potresti averglielo fatto rubare," disse Richard, abbandonando ogni tentativo di negare la sua vera identità. "Dopotutto, è quello che brami."

"L'anello? Santo cielo, no. Io voglio il potere che esso rappresenta. Ora come ora, questo è solo un gioiello. Ma se desideri ulteriori prove delle mie parole riguardo alla buonanima di tuo fratello, ho portato con me il suo valletto, che naturalmente non abbandonerebbe mai il suo padrone... a meno che la necessità della sua presenza non sia cessata. Guarda, ho persino dato istruzioni di far portare la mia carrozza."

Entrambi si voltarono verso la casa, attorno alla quale si stava giusto muovendo una carrozza che si fermò a pochi metri da Richard. A un segnale di Charles, il cocchiere scese e aprì la portiera, e dall'interno uscì il valletto di Cecil. Il valletto si aggrappò alla portiera in cerca di sostegno, ma per il resto sembrava illeso.

"Evans," disse Richard, "è vero quello che ho sentito del tuo padrone?"

Evans estrasse un fazzoletto dal taschino e si soffiò il naso. "Sì. Sua Grazia è morto."

"Basta così, Evans," disse Charles. "Quando avremo finito qui, il mio cocchiere ti riporterà al corpo del tuo padrone."

Il valletto svanì nella carrozza e il cocchiere risalì in cassetta ad aspettare.

"Non farai del male a Evans," disse Richard.

"Certo che no, amico mio. E poi, lui sa solo che il duca è morto, non il modo in cui è morto. E, a proposito del duca, tratterrò il corpo per conto tuo fino a quando non avrai la possibilità di dargli degna sepoltura."

Il cuore di Richard ebbe un'altra, dolorosa fitta. Se Charles aveva ucciso Cecil, avrebbe pagato molto caro quel tradimento.

"Non dimenticare che fra te e Stephen mi frappongo io," lo minacciò a bassa voce.

"Oh, ci conto," disse Charles con una gioia palese. "Cosa ci sarebbe di divertente nel muovere contro a un bambino? A proposito, vai pure a raccontare la tua storiella alla polizia. Ma a chi pensi che crederanno? A un cugino preoccupato o al bastardo che ha impersonato il duca e che potrebbe aver ucciso il poveretto? Perché, credimi, io posso dare l'impressione che sia andata proprio così."

"Perché le minacce palesi, Charles? Se sei così potente, perché non mettere in atto il tuo piano senza preavviso?"

"Ma dove sarebbe la sfida, cugino Richard? Prima devi dedurre cosa desidero, no?"

"Me l'hai già detto: il potere."

"Ma ci sono tanti modi per acquisirlo. Goditi il piccolo puzzle che ti offro." Charles salì a bordo della sua carrozza e il suo cocchiere lo portò via.

Dopo che la carrozza fu svanita dietro all'ala est di Thanet Court, Richard tornò a guardare il garzone che cavalcava il castrone, ma senza vederlo davvero. Riusciva solo a pensare a suo fratello morto.

Stephen era il nuovo duca di Thanet.

CAPITOLO

VENTUNO

Meriel non poté parlare della visita di Charles durante la cena e ci volle tutta la sua pazienza per attendere mezzanotte prima di scendere furtivamente la scala privata che conduceva alla stanza di Richard. Rimase completamente vestita e si ripromise di proteggersi dai suoi sentimenti imprevedibili.

Trovò Richard sveglio, ancora vestito, appoggiato a una finestra mentre fissava il cielo notturno. Gli si mise accanto in silenzio e guardò fuori per vedere una falce di luna. Il volto dell'uomo era pensieroso e triste, e lei avrebbe voluto abbracciarlo, dargli conforto. Optò per mettergli una mano sul braccio.

"Va tutto bene?" chiese a bassa voce.

Richard si limitò a stringersi nelle spalle.

"Cosa voleva Charles?"

L'uomo sospirò e abbassò lo sguardo su di lei, con un sorriso triste e preoccupante.

"È venuto a dirmi che mio fratello è morto."

Meriel sussultò. "Allora sa la verità? Ma come può... Di certo non gli avrai creduto!"

"Aveva il valletto di Cecil come prova. Non vedo a cosa gli servirebbe mentire. Se voleva Cecil fuori dai piedi, ucciderlo era il modo migliore per sbarazzarsi di lui."

"Oh, Richard," mormorò Meriel, appoggiandosi a lui.

Quando l'uomo le passò un braccio attorno alle spalle, Meriel si accoccolò contro il suo corpo e lo abbracciò.

"Non riesco a immaginare come devi sentirti," disse. "Se accadesse qualcosa a una delle mie sorelle..."

"Ma non è la stessa cosa," disse Richard, che ancora fissava fuori dalla finestra. "Cecil e io non siamo mai stati davvero legati e l'età adulta ci ha allontanati ancora di più. Lo vedevo sì e no due volte all'anno. Ma... non avrei mai pensato che la notizia della sua morte mi avrebbe fatto sentire così."

Con il braccio attorno alla schiena di Richard, Meriel avvertì un piccolo spasmo, come se l'uomo stesse cercando di controllarsi. Quando sollevò lo sguardo, vide una lacrima scorrere sulla sua guancia.

Sussurrò di nuovo il nome di Richard e si infilò completamente tra le sue braccia, stringendolo forte, desiderando con tutto ciò che aveva di poter alleviare il suo dolore.

L'uomo la abbracciò per un momento, quindi la spinse dolcemente via. Voltandosi, si asciugò il viso e, quando si voltò di nuovo, tutta l'emozione era svanita. Aveva un'aria spietata, determinata... e letale.

Richard le raccontò della conversazione con Charles.

"Dunque non sai da quanto sapesse della tua messinscena?" chiese Meriel. "Di sicuro stava cercando di metterti alla prova quando ha citato l'intrattenimento all'ultimo ballo."

Richard scosse la testa. "Per fortuna, Cecil mi scriveva sempre lettere dettagliate per vantarsi dei suoi balli in maschera. No, oggi l'argomento era l'amore di Charles per la caccia. E noi dovremmo capire chi è la preda."

"Non dovresti essere tu? Sei colui che si frappone fra lui e la tutela di Stephen."

"Ha senso, certo, ma mi sembra troppo facile. E non dobbiamo dimenticare che Cecil è stato sotto il controllo di Charles, seppur per un periodo molto breve. Charles potrebbe averlo costretto a firmare un documento di affido."

"Ma in tal caso, tu non gli saresti d'ostacolo, no?"

Lo sguardo di Richard si intenerì. "Ora so perché ti tengo al mio fianco."

"E io che pensavo ci fosse un'altra ragione."

Meriel si pentì subito di quella battuta scherzosa, ma Richard parve apprezzarla. Parte di quella tensione terribile lo abbandonò.

L'uomo inarcò un sopracciglio. "Intendi come istitutrice?"

Meriel arrossì. "Scusa. Quindi, è probabile che il duca non abbia nominato Charles tutore di Stephen."

"Non credo. Forse, il piano di Charles consiste semplicemente nell'assumere la tutela di Stephen e io gli sono d'intralcio. Teme che un tribunale benevolo potrebbe prendere le mie parti, considerato che Cecil e io siamo cresciuti come fratelli. Il duca mi ha dato una casa e un'istruzione–"

"E Stephen ti vuole bene."

Richard sorrise. "Mi piace pensarlo. La mia illegittimità potrebbe farmi perdere qualche punto, ma Charles non può permettersi di correre il rischio."

"Dunque, fino a dove pensi che si spingerebbe per eliminare la minaccia da te costituita?"

Richard strinse le labbra. "Se ha ucciso Cecil... allora nulla lo fermerà."

"Ma Cecil era malato; non hai la certezza che Charles lo abbia ucciso."

"No. Ma se Charles vuole solo avermi fuori dai piedi, non dovrà far altro che annunciare la mia vera identità. Sembrerà che io volessi il titolo e abbia ucciso Cecil per ottenerlo. Forse Charles sta solo prendendo tempo, aspettando di sbugiardarmi al momento peggiore."

"Ma come faremo a proteggere Stephen da lui? Santo cielo, quel ragazzo ora è il duca," disse Meriel, scuotendo sbalordita la testa.

"Il mio primo pensiero è stato quello di portare via Stephen dall'Inghilterra, ma ciò darebbe solo l'impressione che volessi rapirlo per i miei fini. Nasconderlo da qualche parte fino a quando tutto non si sarà risolto vorrebbe dire dovermi fidare di qualcuno che lo protegga."

Meriel lo osservò. "E immagino che fidarti non ti riesca facile."

Richard si sfregò la fronte. "No."

Una parte di lei si sentì delusa, e Richard non se lo meritava. Meriel non poteva aspettarsi una fiducia assoluta da parte sua. Lei stessa non si fidava ancora del tutto di sé.

Ma perché la fiducia di quell'uomo era così importante per lei?

"Di conseguenza, terremo Stephen qui e sotto sorveglianza costante," disse Richard. "L'addestramento che abbiamo fatto con i cani ci tornerà utile. Loro lo proteggeranno bene."

"Li hai addestrati con quello scopo in mente?"

"All'inizio no, ma quando i cani si sono affezionati a Stephen, ho capito che avrebbero potuto avere un valore inestimabile. In questo momento, dormono nella sua stanza. Non posso credere che Charles farebbe del male a Stephen, perché il suo obiettivo è il potere e per averlo lui deve controllare tutto il patrimonio."

"Come puoi esserne certo, Richard?" chiese a bassa voce

Meriel. "Il solo fatto che lui ti ha detto di volere il potere non significa che sia vero."

"Hai ragione. Non posso dare per scontato nulla riguardo agli obiettivi di Charles. Ma non gli permetterò di nuocere a Stephen."

"Questo mette te nella posizione più pericolosa," sussurrò Meriel, sconcertata ancora una volta da quanto male ciò la facesse sentire. Era amore quello? Quell'ansia, quella voglia, quel bisogno disperato di stare con lui? Meriel voleva alleggerirlo di tutto il dolore, far sì che lui... che entrambi dimenticassero, solo per una notte, che il cugino di Richard lo voleva morto. La paura delle sue emozioni le sembrava priva di significato, ora, con Richard che, pur soffrendo di fronte ai suoi occhi, era forte e capace e pronto ad affrontare un assassino per difendere una famiglia e un modo di vivere che lo avevano trattato ingiustamente.

Meriel non si rese conto di quanto a lungo avesse fissato Richard, o di che espressione avesse, fin quando Richard non tradì una nuova tensione nel modo in cui il suo sguardo si velò, concentrato sul corpo di Meriel. Le tornò in mente la gioia dell'abbraccio dell'uomo, la sensazione della sua bocca su di lei, e Meriel volle un'altra volta tutto.

"Meriel," disse Richard, la voce roca, "se vuoi rimanere vergine, ti suggerisco di andare nel tuo letto."

Lei si limitò a scuotere la testa. Se aveva pensato che Richard fosse teso prima, non conosceva il vero significato di quella parola. Il corpo dell'uomo si mise sull'attenti e una scarica di passione parve crepitare fra di loro.

Richard fece un passo avanti. "Devi dirmelo, Meriel. Dimmi cosa vuoi."

Meriel chiuse lo spazio che li separava e i suoi seni, coperti dal corsetto, sfiorarono la giacca di Richard. "Posso mostrartelo?"

Lui chiuse gli occhi e fremette. "Il mio cuore riuscirà a sopportarlo?"

In risposta, il cuore di Meriel dolette.

Qualunque pensiero di imbarazzo era svanito da tempo mentre Meriel infilava le mani nella giacca dell'uomo e gliele metteva sul petto. Le fece scivolare sui muscoli caldi e sodi, quindi allargò la giacca all'altezza delle spalle, fino a quando, con una scrollata, Richard non la fece cadere a terra. Questa volta, Meriel voleva vederlo, sapere se anche lui traesse dal suo tocco lo stesso piacere sfrenato che lei traeva dal suo.

I bottoni del gilet furono ostici da sbottonare con le dita che tremavano, ma presto anche quell'indumento finì sul pavimento.

Richard aveva il respiro affannoso; il suo cuore batteva forte sotto la mano di Meriel e le sue palpebre erano abbassate su occhi scuri che sembravano ardere dentro di lei. Meriel sentì le piccole punte dei capezzoli dell'uomo e, quando li accarezzò attraverso la camicia, il fiato di Richard si mozzò.

All'improvviso impaziente di avere di più da lui, gli slacciò velocemente fazzoletto e colletto e li gettò a terra. C'erano solo pochi bottoni alla gola e poi lei gli spinse la camicia verso l'alto e lui la accontentò sfilandosela.

Il petto dell'uomo la sconcertò da tanto era diverso dal suo: tutto muscoli duri e guizzanti.

"Questo non ti è derivato dagli investimenti," sussurrò Meriel, per poi sollevare la testa e guardare Richard in viso. "La boxe?"

"Aiuta a mantenersi asciutti," mormorò Richard.

Le braccia dell'uomo le si avvolsero attorno e lui cominciò a sganciarle il retro del vestito. Esso si allentò lentamente, ma anche dopo Meriel continuò a essere costretta sotto diversi strati di vestiario. Richard lo abbassò lungo il davanti, rivelando il corsetto sopra la sottoveste e la serie di sottogonne legate alla vita.

Quando il vestito fu a terra, l'uomo disse: "È come aprire un regalo di Natale."

La risata di Meriel suonava strana, profonda e di gola. "Hai bisogno di aiuto?"

"Ce la farò."

E ce la fece. Le sottogonne se ne andarono una dopo l'altra, dopodiché Richard fu costretto a far voltare Meriel in modo da poterle slacciare il corsetto. Con suo stupore, Meriel si ritrovò di fronte a un lungo specchio e si vide tutta arrossata dall'entusiasmo. Richard le sfilò il corsetto da sopra la testa e si sbarazzò velocemente delle forcine nei capelli, sparpagliandole dappertutto. Meriel guardò i suoi stessi riccioli biondi ricaderle sui seni, le spalle e la schiena.

Da dietro, Richard la guardò nello specchio, raccogliendole delicatamente i capelli e spostandoglieli sulla schiena. La sottoveste che indossava sprofondava nella scollatura ed era traslucida quanto bastava da rivelare un indizio dei suoi capezzoli.

Richard gemette e affondò il viso nei suoi capelli. "Non sapevo che le istitutrici indossassero indumenti intimi così pregiati."

"Forse non lo fanno. Ho acquistato le mie sottovesti quando non avevo un limite di spesa. Mi piacciono le cose belle."

"Grazie a Dio," disse Richard con voce roca.

L'uomo si inginocchiò di fronte a lei e Meriel gemette quando sentì che le sollevava l'orlo. Dopo averle fatto scivolare le mani su per i polpacci, le tolse le scarpe, le giarrettiere e le calze. Tutto ciò che le rimaneva sotto la sottoveste erano le mutande. Richard non se ne curò. Si limitò ad alzarsi in piedi, portando con sé l'orlo, quindi le sollevò la sottoveste sopra la testa. Per un attimo, rimase immobile, guardandole i seni nello specchio.

Un tempo, forse, Meriel avrebbe voluto coprire la sua nudità, ma non adesso. Adesso voleva inclinarsi all'indietro, contro Richard, e implorare il suo tocco. Adorava l'aria di ammirazione e disperazione sul viso dell'uomo mentre questi la guardava.

"Ora siamo pari," ansimò lui, facendola voltare e premendola contro di sé.

La sua pelle era calda contro quella di Meriel, tanto sul petto quanto sulla schiena, dove le grandi mani di Richard la stringevano a lui. Richard si chinò e la baciò, e Meriel gli mise le mani attorno al collo per tenerlo vicino a sé. Mentre le loro lingue si accoppiavano, le mani dell'uomo scivolarono verso l'alto lungo i fianchi di Meriel e circondarono i bordi dei suoi seni. Meriel gemette nella bocca di Richard. I pollici di lui si mossero fra i loro corpi, sfregandole i capezzoli in piccoli cerchi lenti che la fecero impazzire.

"Ti prego," sussurrò Meriel contro la bocca di Richard. "Voglio di più."

Gli mise le mani sui pantaloni e glieli sbottonò, proprio mentre Richard le slacciava le mutande. Ciascuno spinse gli indumenti dell'altro oltre il bacino, fino a quando i loro vestiti non si ammucchiarono a terra. Meriel si appoggiò contro Richard, il pene dell'uomo caldo contro il suo ventre, intrappolato fra i loro corpi. L'organo sembrava pulsare, come se avesse vita propria. Meriel si era sfregata contro di esso il giorno prima; aveva tratto piacere e lo aveva negato all'uomo.

Quella sera, si sarebbero crogiolati nella passione condivisa.

Meriel cercò di attirare Richard verso l'enorme letto a baldacchino, ma l'uomo la fermò.

"Gli stivali," disse Richard in tono di scuse mentre il suo

sguardo continuava a passare vorace sul corpo di Meriel. "Avrei dovuto pensarci."

Con un singolo saltello, Richard riuscì a sedersi su una poltrona. Meriel andò a mettersi accanto al letto, appoggiandosi a uno dei sostegni per guardarlo. Le tende pendevano alle sue spalle, solleticandole la pelle nuda. Si sentiva decisamente perversa a mettersi tanto in mostra di fronte a un uomo nudo.

E poi, Richard si diresse verso di lei e Meriel osservò con voracità il modo in cui i suoi muscoli si muovevano con una fluidità splendida. Il pene dell'uomo penzolava pesante nella sua direzione e Meriel avrebbe voluto toccarlo, ma non sapeva come chiedere.

Richard non gliene diede la possibilità. La sollevò e la mise sul letto. Mentre Meriel si sdraiava tra mezza dozzina di cuscini, l'uomo si fermò a guardarla di nuovo.

"Meriel, vederti qui…" Richard deglutì. "L'ho sognato ogni notte."

Meriel si protese verso di lui. "Tu sei stato nei miei sogni; è giusto che io sia nei tuoi."

Quando l'uomo gattonò sul letto, il suo corpo lungo occupò molto spazio. Scivolò al fianco di Meriel, quindi la attirò a sé. Si accoccolò dietro di lei, l'erezione annidata fra le sue natiche. Meriel si ritrovò a inarcarsi all'indietro e lui gemette e si dondolò contro di lei.

"Non ancora, non ancora," mormorò Richard, facendo scivolare lentamente la mano sulla coscia di Meriel.

Lei gemette e rabbrividì mentre l'uomo le scostava i capelli e la baciava dietro il collo e sotto l'orecchio. Poi Richard riportò l'attenzione al bacino di Meriel, facendo scivolare il palmo sul suo ventre, le dita che sfioravano appena i riccioli tra le cosce di Meriel.

Il fiato di Meriel si mozzò, poi lei quasi gemette dalla delusione quando l'uomo fece risalire la mano lungo il suo torace. Richard ridacchiò nel suo orecchio.

"Mi sto divertendo immensamente," sussurrò l'uomo.

E lei si stava godendo tutto ciò che lui faceva per accendere la sua passione. Richard le passò il dorso della mano verso l'alto sul ventre, quindi passò le dita attorno alla curva inferiore dei seni. Meriel avrebbe voluto afferrargli la mano e spostarla dove la voleva, ma quello era solo il suo senso di controllo che cercava di imporsi. C'era della libertà nel permettere a Richard di fare esattamente quello che voleva, nell'attendere con pregustazione ogni brivido di piacere.

E Richard non la deluse. Finalmente, le prese il seno in mano e lo impastò con delicatezza.

"Sì," sussurrò Meriel. "Oh, ti prego."

Le dita di Richard trovarono il suo capezzolo e cominciarono a stuzzicarlo, muovendosi in cerchio, sfregando e torcendo. L'uomo dedicò uguale attenzione a entrambi i seni e presto Meriel rabbrividì per la fame crescente che stava prendendo possesso della sua mente, della sua stessa anima. Si rese conto che il suo bacino sembrava muoversi di sua spontanea volontà, dondolandosi, muovendosi in cerchio, e che lei ne traeva piacere quanto Richard.

Poi l'uomo fece scivolare la mano di nuovo verso il basso e tra le sue cosce, stringendola, premendo contro di lei. Meriel gemette e trattenne il respiro, l'aspettativa carica di tensione che la irrigidiva.

"Piega il ginocchio," disse Richard contro il suo orecchio.

Quando lei obbedì, l'uomo ebbe ancora più accesso alle sue calde profondità e la ricompensò passando le dita su e giù lungo le sue pieghe umide. Meriel lanciò un urlo, incapace di controllare il suo ansimare roco mentre il piacere la travolgeva come una serie di onde, portandosi via i suoi pensieri. Meriel esisteva nel mondo che Richard aveva creato per lei mentre suonava il suo corpo come uno strumento.

Richard si inoltrò più a fondo, muovendosi in cerchio, pizzicando il minuscolo bocciolo che sembrava accendere il suo corpo come un acciarino. Sollevatosi oltre la spalla di Meriel, le premette il torace contro il letto. Poi cominciò a leccarla, dal monticello al seno alla vetta stessa, passandovi attorno, succhiandola, leccandola con carezze lunghe e piatte.

Meriel era fuori di sé ora, così vicina alla vetta del piacere che essa era l'unica cosa a cui riusciva a pensare.

E poi, Richard tolse la mano. Prima ancora che Meriel potesse reagire, l'uomo si mosse lungo il suo corpo, scivolando tra le sue cosce. Meriel sollevò le ginocchia per incastrarsi contro di lui, mentre Richard si teneva sollevato per non schiacciarla.

E poi, Richard la penetrò. Il dolore di cui Meriel aveva sentito sussurrare fu solo un piccolo fastidio, presto dimenticato nel piacere di avere Richard così duro e dentro così a fondo. Richard si ritrasse e affondò di nuovo dentro di lei, e fu allora che Meriel capì. La pressione del corpo dell'uomo contro la sua femminilità la eccitò ancora una volta. Meriel lo abbracciò e si mosse al ritmo che lui le aveva insegnato senza usare le parole.

E poi la fitta acuta del piacere misto a dolore la avvolse ancora una volta e Meriel tremò di vibrazioni che decrescevano lentamente. Solo allora guardò l'uomo in viso e vide la sua concentrazione mentre lo raggiungeva nell'orgasmo.

Richard riuscì a stento a non crollare addosso a Meriel. La sua mente era istupidita, i suoi muscoli tremavano, ma era abbastanza cosciente da sapere che congiungersi con una donna non lo aveva mai fatto sentire così... prima di Meriel.

Non voleva lasciare il corpo di lei; non voleva immaginare le ripercussioni della passione che avevano condiviso. Sapeva di non poter sopportare nemmeno il pensiero di perderla, di perdere quella rara vicinanza.

Dopo essersi sollevato sui gomiti, scostò i capelli di Meriel dal viso. La donna lo stava osservando e lui sorrise.

"Ah, Meriel, devi proprio esaminare tutto, vero?"

"No, io..." Meriel scosse la testa, quindi si strinse nelle spalle. "Non so cosa pensare. Non avrei mai pensato che sarei... caduta in questa tentazione."

Richard ondeggiò delicatamente contro di lei; sentiva ancora i tremori del compimento. "Ti sei pentita di quello che abbiamo fatto?"

"No."

Richard fu grato della mancanza di esitazione.

"Anche se, d'altra parte, non so cosa pensare," proseguì Meriel. "Ma no, non pensare che ti biasimi, non quando l'ho voluto."

"Credi che io non l'abbia voluto altrettanto?"

Meriel gli sorrise, stringendogli il bacino con le cosce. "Lo vedo."

Con un sospiro, Richard scivolò via. Avrebbe voluto coccolare Meriel stringendola a sé, ma invece lei si sedette e cercò di raccogliersi le coperte attorno.

"So che è sciocco," disse la donna, palesemente in imbarazzo. "Hai visto... tutto di me. Ma—"

"No, per favore. La modestia femminile non è cosa di poco conto. Vado a prenderti la vestaglia dalla tua stanza?"

"No, posso rimettermi il vestito. È meglio che vada."

"Meriel."

Richard le prese una mano, mentre con l'altra la donna si teneva una coperta sul petto. "Non l'avevamo pianificato. Non mi aspetto più di quello che sei pronta a darmi."

Lei sorrise e chiuse gli occhi. "Il tuo problema è che sei

troppo buono per me, Richard. Mi rende difficile mantenere le distanze.”

“Allora non farlo,” disse lui, chinandosi a baciare Meriel sulla guancia.

Avvertì l'esitazione della donna, che tuttavia rimase immobile sotto il suo bacio delicato, quasi come un uccellino combattuto tra il fuggire e il restare.

“Devo andare.” La donna incrociò il suo sguardo. “Ma cosa faremo riguardo a Charles?”

“Non possiamo agire contro di lui, per cui terremo alta la guardia e aspetteremo. Può darsi che lui stia giocando con me, sperando che mi lasci prendere dal panico e faccia qualcosa di avventato.”

“E se riferisse alla polizia della morte di tuo fratello?”

“Sarebbe troppo scomodo per lui, anche se la figura del criminale la farei io. E poi, questi giochi lo divertono in maniera perversa. Gli daremo la possibilità di commettere un errore.”

Meriel lo guardò negli occhi. “Stai correndo un grosso rischio.”

“Ho più guardie, ora. Terrò Stephen al sicuro. Sei preoccupata per me?” chiese Richard a bassa voce.

“Certo.” Meriel distolse lo sguardo. “Ma adesso devo andarmene. Stephen non può trovarmi qui.”

“Altrimenti saresti rimasta?”

Meriel sorrise. “Probabilmente no, anche se ora sono di fatto la tua amante. Non posso mentire a me stessa al riguardo.”

“Meriel–”

Meriel lasciò cadere le coperte e andò a raccogliere i suoi indumenti.

“Lascia che ti aiuti,” disse Richard.

"No." La donna sollevò una mano. "Non mi fido di me stessa."

Richard si sollevò la coperta sul bacino e si limitò a guardare, senza riuscire a distogliere lo sguardo come avrebbe dovuto fare un gentiluomo. Vedere quello splendido corpo che veniva coperto era quasi un crimine.

Quando Meriel ebbe indossato il vestito, divenne palese che era abituata ad avere l'aiuto di una cameriera con i bottoni. La donna esitò e Richard attese. Finalmente, Meriel andò da lui e gli voltò le spalle, senza dire nulla.

Richard sorrise da un orecchio all'altro e la abbottonò. Meriel si appese al braccio tutti gli indumenti intimi e, dopo avergli rivolto un sorrisetto, fuggì su per le scale.

Richard sapeva che avrebbe impiegato molto tempo ad addormentarsi. Non riusciva a smettere di pensare all'ultimo commento della donna: lei non si fidava di se stessa. Sapeva che Meriel non parlava della desiderabilità di Richard. Cosa aveva dato a una donna tanto competente e intelligente una tale opinione di sé?

Meriel sembrava fidarsi di lui più che di sé, anche se Richard le aveva mentito. Ciò aveva forse a che vedere col motivo per cui una prospera famiglia londinese si era vista costretta a mandare le proprie figlie in cerca di lavoro?

A differenza di Meriel, Richard era un uomo che aveva sempre potuto fare affidamento solo su se stesso. Si era fatto strada nel mondo da solo, non fidandosi di nessuno tranne che di sé.

Impersonare il duca, una posizione che un tempo avrebbe creduto solitaria, lo aveva costretto a imparare a fare affidamento su molte persone: il silenzio della servitù, l'adorazione di suo nipote e l'intelligenza di Meriel Shelby. Richard aveva più aiuto di quanto avesse mai avuto ed era molto grato per quello.

Ora doveva aiutare suo fratello per un'ultima volta. Richard avrebbe fatto giustizia, in modo che Cecil potesse riposare in pace.

VENTIDUE

Nel corso della notte, una parte di Meriel biasimò la sua debolezza nei confronti di Richard, mentre un'altra parte di lei bramava il suo tocco. Per il resto del tempo, Meriel si ritrovò semplicemente confusa.

Fece colazione con Stephen nell'aula, come al solito, e con suo stupore, la signora Theobald salì di persona a portare via il vassoio con i piatti. Meriel fissò la governante, chiedendosi se Richard avesse trovato il tempo di riferire ai leali servitori del duca che il padrone era morto. Parte della sua ansia doveva essere trasparita nel suo sguardo, perché, dopo che Stephen fu corso a giocare con la sua balia, la signora Theobald si sedette accanto a lei.

Meriel sospirò mentre soppesava la donna matura con un'occhiata. "Di solito non venite a rassettare di persona, signora Theobald."

La governante si limitò a stringersi nelle spalle.

Meriel toccò la mano della donna. "Vi prego di non preoccuparvi per me. So quello che sto facendo. Sto aiutando Stephen."

"È fin troppo gentile da parte vostra non preoccuparvi della vostra reputazione per il bene del ragazzo."

Meriel avvertì una fitta di senso di colpa... e, pur sapendo di dover mantenere la confidenza riguardo alla morte del duca, non riuscì a mentire alla governante riguardo al resto. "Signora Theobald, anche se forse perderò il vostro rispetto, devo dirvi che il mio ruolo di amante non è più una finzione."

La signora Theobald annuì in silenzio e la condanna che Meriel si era aspettata non giunse. Meriel sospirò mentre parte della tensione la abbandonava.

La signora Theobald fece un piccolo sorriso. "È un sollievo dire una cosa del genere?"

"A una persona fidata, sì. E voi conoscete Richard, dunque forse potete capire perché... perché sono attratta da lui."

"È un brav'uomo."

"Sì, lo è davvero," sussurrò Meriel; e poi, il suo entusiasmo crebbe mentre i suoi pensieri prendevano forma. "Ho trascorso tanto tempo a mortificarmi per quei sentimenti che crescevano dentro di me, ma forse per una volta avrei dovuto ascoltare il mio intuito."

"Per una volta?" le fece eco la signora Theobald con palese curiosità.

Ma Meriel non voleva parlare del passato. "Voi conoscevate la sua identità sin dall'inizio?"

"No, anche se ho capito subito che qualcosa non andava."

"Anch'io! Perché fin da quasi subito ero molto attratta da lui. E non mi sentivo così durante il colloquio con il vero duca. Avrei dovuto fidarmi di me stessa allora; invece, ero inorridita per la mia mancanza di giudizio. E invece avevo ragione!"

La signora Theobald sorrise con indulgenza e Meriel arrossì al pensiero di come dovevano suonare le sue parole.

"Lui non è il duca," proseguì Meriel. "Non è un uomo arrogante che seduce abitualmente le donne della servitù. Richard è completamente diverso da suo fratello, signora Theobald."

"Non avete bisogno di convincermi, cara."

"Certo, certo, ma questa è una rivelazione immensa per me. Non sono mai stata attratta dal duca, ma da Richard; non da un nobiluomo, ma da un uomo nobile che sta cercando di proteggere suo nipote. Sbaglio a credere finalmente che le mie emozioni possano condurmi sulla strada giusta?"

La signora Theobald si alzò e sollevò il vassoio. "Signorina Shelby, mi pare che conosciate già la risposta alla vostra domanda. Non riesco proprio a capire come una ragazza intelligente come voi possa mai aver dubitato delle proprie capacità."

Meriel si rese conto di aver continuato a sorridere come una sciocca per molto tempo dopo che la governante ebbe lasciato la stanza.

Come faceva per la maggior parte dei giorni, Meriel lasciò che fosse Stephen a decidere quale lezione si sarebbe tenuta all'aperto. Le piaceva approfittare di quella rarità che era il bel tempo prolungato e aveva già avuto rassicurazione da parte di Richard che degli uomini stavano pattugliando la zona. E poi, anche lei aveva bisogno di essere distratta dal pensiero che il vero padre di Stephen era probabilmente morto. Non era sicura se fosse il caso che Richard lo dicesse al ragazzo, in assenza della certezza assoluta della verità.

Stephen scelse la lezione di pittura e insieme portarono fuori gli acquerelli e il cavalletto. Non si allontanarono molto dalla casa: Meriel si sentiva abbastanza al sicuro stando molto vicina ai garzoni e ai giardinieri che lavoravano nelle vicinanze.

Victoria e Albert si stesero all'ombra e si addormentarono russando profondamente.

Meriel stava parlando con Stephen delle varie sfumature di verde negli alberi che il bambino aveva scelto di dipingere quando vide il volto del ragazzino illuminarsi per qualcosa alle sue spalle.

Sapendo chi doveva essere la persona in questione, Meriel si voltò e guardò Richard incamminarsi verso di loro. Provò uno scomodo tepore e si rese conto che stava arrossendo; perché reagiva ancora nello stesso identico modo di quando si erano conosciuti?

Forse perché ora sapeva che Richard era altrettanto attratto da lei. Guardò il modo in cui lui la fissava, il modo in cui cercava di nascondere i propri pensieri... ma senza riuscirci del tutto.

Era lei a ispirare quel comportamento in lui e la sensazione era... meravigliosa. Meriel si sentiva speciale; non l'amante di un uomo, ma qualcosa di più, qualcosa in cui aveva paura di sperare.

Ma come poteva pensare a se stessa quando c'era un uomo a piede libero che voleva fare del male a Richard?

Stephen corse da Richard, che gli mise con affetto una mano sulla testa. I cani si aggiunsero alla rimpatriata abbaiando allegramente. Solo Meriel vide il sussulto di tristezza che Richard non cercò di nasconderle mentre abbassava lo sguardo sul nipote.

"Padre, stiamo dipingendo gli alberi. Volete aiutarci?"

"È per questo che sono venuto. Sono abilissimo a dare la mia opinione."

"Non a dipingere?"

"Non ho mai avuto il talento, Stephen. Devi aver preso da tua madre."

Il ragazzino si illuminò e Meriel si rese conto che non capitava spesso che qualcuno menzionasse sua madre. E a quell'età, Stephen cominciava a rendersi conto che gli altri bambini ne avevano una, ma lui no.

Meriel guardò Richard, probabilmente con tutti i suoi sciocchi sentimenti visibilissimi negli occhi.

Era completamente inetta in fatto di sentimenti amorosi. Non aveva mai pensato di ritrovarsi in una situazione del genere e un tempo aveva creduto che si sarebbe accontentata di sposare un uomo che fosse solo un amico.

Un amico! Che pensiero assurdo, ora che si rendeva conto di come poteva farla sentire Richard.

Meriel si diede da fare preparando i colori per Stephen e cercò di ignorare il fatto che Richard la stava guardando dalla panchina su cui era seduto. Per mezz'ora insegnò al ragazzo, osservando il suo acquerello prendere forma.

"Padre," chiamò finalmente Stephen, "fingete che sia appeso a un muro nella galleria. Come vi sembra da lì?"

"Alberi dipinti alla perfezione," disse Richard.

Stephen levò gli occhi al cielo. "Signorina Shelby, mettetevi accanto a lui. Voi sarete onesta, vero?"

Meriel si morse il labbro per nascondere un sorriso mentre si recava alla panchina.

"Stephen, non ti fidi di me?" disse Richard, fingendosi sconvolto.

"Padre, voi mi volete troppo bene per dirmi la verità."

Meriel sentì una stretta alla gola e avrebbe voluto mettere la mano sulla spalla di Richard per comunicargli solidarietà. Che situazione difficile.

Stephen indicò con il pennello una delle chiazze verdi sulla tela. "Signorina Shelby, potete dirmi che albero è quello? Voglio che siano giusti."

Meriel esitò su come rispondere ed ebbe un attimo di tregua quando Stephen lasciò cadere per sbaglio il pennello. Il ragazzino si chinò a recuperarlo... e il rumore di uno sparo lacerò l'aria. Un proiettile sfondò la tela in corrispondenza del punto in cui prima si trovava Stephen.

Meriel sobbalzò, Richard si alzò in piedi assieme ai cani e Stephen si raddrizzò sconvolto.

"Padre?"

Richard costrinse il bambino a stendersi, quindi afferrò Meriel per un braccio e trascinò anche lei nello stesso punto. Meriel si lasciò cadere bocconi accanto a Stephen e mise il braccio sopra di lui. Richard era sull'altro fianco, ma aveva la testa sollevata e scrutava nella direzione da cui era venuto lo sparo.

"Di sicuro non miravano a me," disse l'uomo con voce bassa e furiosa.

Meriel capì: Stephen era diventato la preda. Charles non voleva solo controllare il duca: voleva diventarlo.

"Padre, non miravano a noi," disse Stephen, cercando di alzare la testa. Richard lo tenne giù mentre il ragazzino si agitava. "Dovevano esserci dei cacciatori nel bosco. Verranno a chiedere scusa."

Richard non rispose, ma Meriel riusciva a leggergli nello sguardo: dov'erano gli uomini che avrebbero dovuto pattugliare il bosco?

Giunsero delle grida dai giardinieri, dai garzoni e dagli stallieri, che sembravano tutti intenti a correre di qua e di là. Meriel vide che alcuni degli uomini stavano entrando nel bosco per cercare il colpevole, mentre altri erano diretti verso la casa, probabilmente per dare l'allarme.

Richard si alzò sulle ginocchia e Meriel avrebbe voluto farlo abbassare di nuovo. Il cuore le martellava rumorosamente fino in gola. Ma non giunsero altri spari. Si sentivano solo le urla della servitù.

Una volta in piedi, Richard abbassò lo sguardo su di loro.

"Vado nel bosco. Voi due restate a terra e non alzatevi fino a quando non mi vedrete dare il via libera."

"Padre, i cacciatori–"

"Stephen, non è stato un cacciatore."

Meriel vide Richard pentirsi quasi subito del tono duro della sua voce. Ma era troppo pericoloso che Stephen non conoscesse almeno una parte della verità. Anche se il ragazzo non era andato a nascondersi di recente, non c'era garanzia che non lo avrebbe fatto... a meno che non ricevesse un avvertimento.

Stephen fissò lo zio con occhi spalancati e colmi di incertezza. Ma tacque e permise a Meriel di abbracciarlo mentre Richard si allontanava. Quando i cani cercarono di seguirlo, Richard ordinò loro di restare dov'erano. Gli animali si sedettero accanto a Stephen e guairono sommessamente, come se si stessero perdendo il divertimento.

"Mio padre è preoccupato per noi," sussurrò Stephen.

"È il duca. È compito suo preoccuparsi per tutti."

Come avrebbe fatto Richard a dire a Stephen che era *lui* il duca, ora?

Doveva essere passata mezz'ora prima che Richard uscisse dai boschi e rivolgesse loro un breve cenno. Il nodo allo stomaco di Meriel si allentò, ma non svanì; non dopo che aveva avuto prova che il ragazzino fra le sue braccia, tanto giovane e innocente, era il bersaglio di un assassino. Lentamente, Meriel si mise a sedere, stringendo forte Stephen. Non accadde nulla. Meriel si alzò in piedi e tenne il bambino premuto contro le gonne.

Stephen ritrovò parte dello spirito. "Signorina Shelby, lasciatemi andare!"

Richard udì la protesta di Stephen, ma lasciò Meriel a occuparsi del ragazzino. Si voltò a guardare sei delle sue guardie emergere dal bosco: alcune guardavano fisso il terreno, altre avevano un'aria preoccupata o imbarazzata.

Le parole di Stephen continuavano a rimbombare nella mente di Richard: *Padre, mi volete troppo bene per dirmi la verità.* Stephen le aveva rivolte a suo zio Richard, non a suo padre. E Richard gli era venuto meno. La rabbia dentro di lui sfuggì al suo controllo e Richard si ritrovò a parlare come Cecil... no, come suo padre. Cecil era stato troppo spensierato per rimproverare la servitù, ma il loro padre era stato un uomo che non tollerava errori. E per una volta, Richard voleva essere visto come quel genere d'uomo.

"Nessuno di voi ha una buona spiegazione per l'intrusione che si è verificata," disse con voce severa. "Mio figlio sarebbe potuto morire. Se dovesse accadergli qualcosa a causa della vostra incompetenza, vi riterrò tutti responsabili e la mia vendetta non prevederà il carcere!"

Richard tremava di rabbia, ma persino lui si rendeva conto che quello non era un modo per motivare degli uomini a impegnarsi di più. Che gli era preso?

Avrebbe voluto chiedere scusa, ma non poteva: per quelle persone, lui era il duca. Cercò di parlare in tono più calmo mentre gli altri si raccoglievano attorno a lui. "In base all'angolazione, quello sparo poteva essere mirato solo a mio figlio. Dobbiamo triplicare le pattuglie in questo bosco e lungo le scogliere, le zone più permeabili della tenuta. Ma per il momento, come spiegazione per il disastro di oggi, diremo che qualcuno stava cacciando di frodo nei boschi e ci è sfuggito."

Richard trovò Meriel e Stephen nel giardino d'inverno, che raccontavano l'accaduto alla signora Theobald e ad Hargraves. Stephen era stravaccato su una panchina vicina, ma si illuminò quando vide Richard e lo raggiunse di corsa. I cani sollevarono la testa, ma rimasero stesi sul fianco.

Richard si inginocchiò per abbracciare il ragazzo, stringendolo così a lungo che Stephen cominciò a divincolarsi.

"Padre!" disse ridendo il bambino.

Il ragazzo vedeva Richard come suo padre, ora? Era necessario dirgli la verità. Stephen doveva capire perché era in pericolo. E doveva piangere il suo vero padre.

"Stephen, resta qui seduto per un momento mentre io parlo con la servitù."

Stephen obbedì, scalciando e avvicinando a sé un fiore per osservarlo. Richard si unì al capannello dei tre adulti, che lo guardarono tutti con ansia.

"Vorrei che tutti gli altri credessero che si sia trattato di un incidente di caccia," disse a bassa voce Richard. "Ma a Stephen dirò la verità."

"Siete sicuro che sia saggio?" chiese Meriel. "È molto giovane."

"Ma non possiamo permettere che, per ignoranza, si metta in pericolo. E deve sapere di suo padre. È quello il motivo per cui è in pericolo."

"Avete avuto notizie dal duca?" sussurrò la signora Theobald, guardandosi attorno in cerca di qualcuno che potesse origliare.

"Stando a quanto dice Charles, è morto," disse cupamente Richard.

La signora Theobald gemette e Hargraves chinò il capo.

"Charles ha l'anello con il sigillo e il valletto terrorizzato di Cecil come prove," proseguì Richard. "L'unica cosa di cui non sono certo è se mio fratello sia morto di malattia o se sia stato assassinato. Darò per scontata la seconda possibilità, perché ora Charles ha cominciato a sparare addosso a Stephen, l'unico che si frappone fra lui e il titolo." Richard guardò Meriel. "A Stephen non è più permesso di uscire."

"Naturalmente," mormorò la donna.

Ma Meriel non incrociò lo sguardo di Richard e lui si preoccupò per ciò che poteva pensare. Si era assunta grandi responsabilità e si riteneva sempre responsabile di tutto. Richard avrebbe insistito per riprendere la conversazione una volta che fossero soli. Ma prima, doveva parlare con Stephen. Si voltò a cercare con lo sguardo il ragazzino, ora in ginocchio a guardare dietro una felce. Solo il suo posteriore era visibile.

Meriel doveva aver notato qualcosa nell'espressione di Richard, perché gli toccò un braccio. "Vuoi che sia con te quando lo dirai a Stephen?"

"No, è giusto che sia io a dirglielo." Richard mise la mano su quella di Meriel e le sorrise. "Ma ti ringrazio."

Vide l'occhiata che la signora Theobald lanciò a entrambi. Avrebbe dovuto prestare più attenzione a mostrare i propri sentimenti nei confronti di Meriel... ma aveva importanza? L'intera casa sapeva che lei era la sua amante! La sua vita era di dominio pubblico.

Condusse Stephen e i cani nel suo studio e chiuse la porta. Lui e Stephen si sedettero su delle grandi poltrone di fronte al focolare nudo.

Stephen si accigliò. "Padre, chi ha cercato di spararvi? Siete sicuro che non siano stati dei cacciatori?"

"Non è stato un cacciatore, Stephen. Stanno succedendo delle cose molto importanti. E dato che ti riguardano, credo che tu sia abbastanza grande per conoscere la verità." Richard cercò di fissare negli occhi pazienti del bambino, ma avvertì l'insorgere di un singhiozzo. Invece, guardò le loro mani giunte, quella piccola racchiusa con tanta fiducia nella sua. "Stephen, ho appena appreso che tuo padre è morto."

Dopo aver tratto un respiro profondo, Richard tornò a guardare Stephen in viso.

In tono solenne, il ragazzino disse: "Era molto malato, vero?"

Richard non poteva dirgli che c'era la possibilità che suo padre fosse stato ucciso, non senza averne la prova. "Sì, Stephen, era più malato di quanto avesse lasciato intendere. Immagino che non volesse farci preoccupare."

"Dove si trova?"

Era una domanda fin troppo perspicace, alla quale Richard non poteva rispondere. "Lo riporteremo a casa per la sepoltura, te lo prometto, ma in questo momento non è possibile."

Stephen strinse ancora più forte la mano di Richard. "Questo vuol dire che ora sei tu mio padre?"

Buon Dio. Gli occhi del bambino luccicavano di lacrime. Richard immaginò come doveva sentirsi Stephen, senza genitori a proteggerlo dalle dure realtà della vita. Persino lui non si era mai reso conto davvero di quanto fosse stato solo a quell'età.

"Sarò sempre tuo zio, Stephen, e se mi sarà concesso, potrai vivere con me per sempre."

"Ma non puoi fare quello che vuoi?"

"Figliolo, ora sei un duca. La regina o la giustizia potrebbero avere voce in capitolo su chi sarà il tuo tutore."

"Ma–"

"Ma voglio essere io il tuo tutore, Stephen," disse Richard, mettendosi il ragazzino in grembo. "Combatterò in tribunale per provare a far sì che ciò accada."

"E se non volessi essere il duca? Potrei vivere con te, allora?"

"Non è così facile, Stephen." Richard lo abbracciò forte. "In questo momento, dobbiamo prima preoccuparci del pericolo."

"La persona che ti ha sparato?"

"Sì. Dobbiamo stare molto attenti. Fino a quando non riusciremo a catturare quell'uomo cattivo, tu dovrai rimanere in casa e avere sempre con te Victoria e Albert."

"Gli altri sanno che mio padre è morto?"

"No. Credono ancora che il duca sia io e dovremo fare in modo che continuino a crederlo ancora per un po'."

"Fino a quando non cattureremo l'uomo cattivo."

"Esatto. Stephen, adesso ti dirò chi è l'uomo cattivo, solo perché non possa cercare di portarti via. È mio cugino, sir Charles Irving."

"Quello che ha cercato di venirmi a trovare quando tu non c'eri?"

"Sì."

"Ma se è tuo cugino, perché vuole farci del male?"

Richard esitò. "Perché se dovesse succederti qualcosa, Charles diventerebbe duca."

Stephen lo fissò mentre un'espressione accigliata si allargava sul suo viso.

"Ma io non permetterò che lui ti faccia del male," giurò Richard.

"Lo so, zio Richard. Non posso lasciare che diventi lui il duca?"

"Sei tu a meritare il titolo, non lui. Lui merita di andare in prigione."

Richard guardò negli occhi innocenti di suo nipote e per un attimo si chiese se non fosse il caso di raccontare tutto alla polizia.

Ma se non gli avessero creduto, Stephen sarebbe stato immediatamente affidato alle cure di Charles. Richard non poteva permetterlo.

Per un istante, un pensiero sinistro gli passò per la mente. Se Richard avesse continuato a essere il duca, nessuno avrebbe messo in discussione il suo diritto di proteggere Stephen. Avrebbe potuto restituire orgoglio al titolo, essere un duca migliore di quanto Cecil fosse mai stato.

Un brivido lo attraversò. Di certo, Cecil aveva pensato la stessa cosa: che avrebbe potuto essere un duca migliore del loro padre. Ma qualcosa aveva corrotto Cecil, come corrompeva chiunque nascesse in una posizione di potere in cui veniva trattato come una divinità infallibile. Persino Richard, che esercitava il potere in maniera truffaldina, non ne era immune.

Doveva porre fine a quella faccenda subito, catturare Charles e concludere la messinscena. Oppure lui, che aveva sempre avuto fiducia in se stesso, avrebbe finito per perdere fede nel proprio giudizio.

VENTITRÉ

Meriel voleva lasciare a Richard e Stephen più tempo da soli, per cui cenò con la signora Theobald nel salotto privato della governante. La conversazione con la signora Theobald si mantenne su toni amichevoli e rilassati e fu un sollievo non dover pensare a complotti pericolosi. Ma in seguito, le paure di Meriel riemersero. Riusciva ancora a sentire quello sparo, riusciva ancora a sentire il terrore di quando Richard era entrato nel bosco per affrontare un assassino.

Quella sera, Meriel rimase con Stephen fino a quando il bambino non si addormentò, con i cani su entrambi i lati del letto. La balia Weston le rivolse un'occhiata curiosa, ma non fece domande. Con un po' di fortuna, avrebbe dato per scontato che il ragazzino fosse rimasto scosso dallo sparo.

A mezzanotte, Meriel scese di corsa la scala privata e quando non vide subito Richard, fu quasi colta dal panico.

"Vostra Grazia?" chiamò Meriel, nel caso il valletto di Richard fosse ancora presente.

"Sono qui, Meriel," chiamò Richard dal bagno.

Meriel si fermò in scivolata quando lo vide ancora una volta immerso fino al collo nell'acqua fumante.

Lo osservò in viso. "Stavo per venire a parlarti. Ho pensato a un piano per sconfiggere Charles una volta per tutte."

Meriel non voleva sentir parlare di piani e di intrighi. Richard aveva rischiato di rimanere ucciso. Lei avrebbe potuto perdere... tutto ciò che aveva vissuto con lui, tutto ciò che l'uomo le faceva sentire. Aveva vissuto la giornata in uno stato vicino allo stordimento, incapace di pensare a quello che era successo senza essere terrorizzata per lui.

Ora Richard aveva un piano, che sicuramente sarebbe stato pericoloso.

In qualunque modo sarebbe finito il loro rapporto, Meriel non poteva perdere un singolo istante di esso.

Sciolse la cintura della vestaglia e lasciò che l'indumento cadesse a terra. Richard smise di muoversi. I suoi occhi erano fissi sulla nudità di Meriel mentre si incamminava verso di lui.

Meriel era agitata e nervosa... nonché viva e piena di passione per lui. Che si stesse innamorando?

Raggiunse il bordo della vasca, proprio accanto a Richard, i piedi sulle piastrelle fredde, il viso al livello di quello di Richard. L'uomo passò lentamente lo sguardo su per le sue gambe, soffermandosi sul bacino, per poi raggiungere i seni... e fermarsi lì.

Quindi, Richard si sporse in avanti e avvolse le braccia attorno alle cosce di Meriel, sollevandola da terra.

Sussultando, lei si aggrappò alla testa dell'uomo mentre questi metteva il viso fra le sue cosce. Si ritrovò stretta contro di lui, la parte inferiore delle gambe che penzolava nell'acqua, senza nulla a cui appoggiarsi se non l'uomo. Si ritrovò a inarcare la schiena all'indietro, allargando il più possibile le gambe, e lasciò che Richard facesse quello che voleva.

Ora sentiva di nuovo la bocca dell'uomo addosso, che la

schiudeva. Gemette e si contorse quando si rese conto che quella calda umidità era la lingua dell'uomo che la sondava, che la leccava, che la assaporava. Rabbrividì, gemendo, già talmente eccitata che fu quasi doloroso.

Gemette il nome di Richard e cercò disperatamente di sollevare una gamba in modo che lui potesse raggiungerla più in profondità. Le sue dita trovarono il fondo della vasca e poi Richard le sollevò in alto la gamba. Ora lui era libero di esplorarla dappertutto e Meriel sentì persino la sua lingua dentro di sé. Mentre l'uomo risaliva di nuovo e la succhiava dentro la bocca, il suo corpo fu scosso da un'esplosione che la fece tremare e gemere.

Richard la abbassò per mettersela in grembo, baciandola mentre affondava dentro di lei. Meriel sentì il suo sapore, assaporò il bisogno di Richard e la sua mancanza di autocontrollo, e vi si crogiolò. Richard la inarcò lontano da sé, in modo da poter raggiungere i suoi seni mentre la penetrava ripetutamente. Con la bocca e le mani sui seni di Meriel, il pene dentro di lei, Meriel godette ancora una volta e solo allora Richard si lasciò andare a lei, ricadendo contro il bordo della vasca, inarcandosi dentro di lei con un tremore climatico.

Quindi, l'uomo affondò sotto la superficie dell'acqua e lei rise e gli tirò i capelli. Richard riemerse sputacchiando e la circondò con le braccia, sfregando il viso contro il suo collo, sospirando nel suo orecchio.

"È stata una splendida sorpresa," mormorò l'uomo.

Meriel gli baciò il lato del viso e lo abbracciò. "Sono stata terrorizzata per te per tutto il giorno."

"Dovrò mettermi in pericolo più spesso, se questa è la reazione che otterrò."

Meriel rise sommessamente, poi sospirò di delusione quando Richard si sfilò da lei. Ma poi, l'uomo la aiutò a voltarsi modo che Meriel fosse seduta fra le sue gambe, appoggiata con la schiena al suo petto. Chiusi gli occhi, Meriel lasciò che l'acqua calda e l'abbraccio sicuro di Richard la rilassassero.

"Com'era Stephen quando lo hai lasciato solo?" chiese l'uomo.

Meriel inclinò la testa all'indietro per guardarlo. "Spento. Triste. Ma ho la sensazione che creda di *dover* essere triste, più che esserlo davvero. Sono rimasta con lui fino a quando non si è addormentato."

Richard annuì. "Non può certo dire di aver conosciuto bene suo padre. Forse, prima o poi, questo lo aiuterà a guarire."

Qualche minuto dopo, Richard parlò con una titubanza a cui lei non era abituata.

"Mi hai sentito quando ho parlato con le guardie in giardino?"

Meriel scosse la testa. "Ero troppo lontana."

"Ero furioso," disse a bassa voce l'uomo. "Pensavo che quegli uomini avrebbero tenuto al sicuro Stephen. Quando ho gridato con loro, è stato come sentire la voce di mio padre uscire dalla mia bocca: il suo disprezzo per la servitù, il modo in cui faceva capire agli altri che erano inferiori a un duca."

Meriel gli lanciò una nuova occhiata, ma Richard stava fissando lontano, con lo sguardo perso, mentre vedeva cose che non c'erano. Lei gli strinse le braccia con cui la circondava.

"Richard, tu stai *interpretando* il duca. E tuo nipote è stato quasi ucciso. Chiunque avrebbe reagito allo stesso modo in quella situazione."

"Pensavo che sarebbe stato più difficile essere come mio padre e mio fratello. Purtroppo, non è così. Sto cominciando a chiedermi se... se li abbia mal giudicati per tutti questi anni."

"Cosa intendi?"

"Le persone mi trattano in modo diverso ora, Meriel, proprio come trattavano loro. Questa cosa... ti corrompe, ti cambia. L'ho visto succedere a Cecil e per tutti questi anni ho incolpato mio fratello alla stessa maniera in cui ho incolpato mio padre. Ma questa mattina, per un singolo istante, ho pensato che restare il duca avrebbe risolto tutti i miei problemi."

Meriel trattenne fiato, stupita.

"E in quel momento, mi sono reso conto che stavo diventando come loro."

"Richard—"

"No, ascoltami. Sì, tutti noi facciamo delle scelte, ma Cecil era influenzato dal modo in cui era stato cresciuto, proprio come lo era mio padre. Come avrebbero potuto non essere dei piccoli dèi, quando era in quel modo che venivano trattati?" Richard prese fiato velocemente, poi proseguì a bassa voce. "C'è una parte di me a cui questo *piace*, Meriel. E oggi mi sono reso conto di aver provato risentimento nei loro confronti per tutti questi anni, quando avrei dovuto perdonarli tempo fa. Forse è per questo che la mia vita sembrava così vuota prima di adesso. Ma è difficile farsi scivolare di dosso le sofferenze del passato."

Le lacrime soffocarono la vista di Meriel, che sollevò le mani per baciare il palmo di Richard. "Come si fa, Richard? Come si fa a perdonare? Io non ci sono mai riuscita. Sono ancora tanto arrabbiata con lui."

Richard non poteva sprecare l'occasione che Meriel gli aveva appena offerto. Aveva bisogno di sapere tutto di lei. "Dato che non puoi riferirti a Cecil, con chi è che sei ancora arrabbiata?"

La donna esitò talmente a lungo che Richard pensò che avrebbe ignorato la domanda. Lui attese con pazienza, accarezzandole i fianchi.

"Mio padre si è suicidato," disse all'improvviso Meriel.

Stordito, Richard non riuscì a pensare a una risposta immediata.

Meriel esalò un respiro profondo. "Non riesco a credere di avertelo detto. Avevo giurato a mia madre e alle mie sorelle che non lo avrei mai rivelato a nessuno."

"Dunque, nessuno sa come è morto tuo padre?"

Meriel scosse la testa. "Lo abbiamo trovato impiccato nelle scuderie dietro casa."

"Meriel," mormorò Richard contro il collo della donna, immaginando il suo dolore e la sua paura... e il coraggio che doveva esserci voluto per reagire.

"Mia madre era isterica; voleva che mio padre venisse sepolto nel cimitero della chiesa. E non voleva che qualcuno sapesse a cosa lo aveva portato la disperazione. Da parte mia, pensavo che fosse motivato solo dalla vigliaccheria." La voce di Meriel era segnata dall'amarezza. "Era un banchiere e si era arricchito con i suoi investimenti, ma in qualche modo tutto gli era sfuggito di mano. Alla fine, ha preferito uccidersi piuttosto che vivere in miseria. Quello l'ha lasciato a noi."

"Allora è per questo che sei stata costretta a cercare lavoro."

Meriel annuì. "Avevamo solo dieci mesi prima del ritorno del cugino che aveva rilevato l'ipoteca sulla nostra casa. Victoria è rimasta con la mamma—"

"Victoria è la sorella che si è appena sposata?"

"Sì. Louisa era diventata la dama di compagnia di un'anziana costretta a letto e io—"

"E tu sei un'istitutrice. Ci vuole molto coraggio a entrare in una casa sconosciuta."

"Molte gentildonne si vedono costrette a farlo, Richard. E a condizioni assai peggiori delle mie. Ma è Victoria quella che ha davvero salvato la mamma. Io avrei potuto peggiorare le cose."

"In che senso?"

Victoria cercò di mettersi seduta. "Richard, l'acqua si sta raffreddando. Forse sarebbe il caso di—"

Richard la attirò di nuovo contro di sé. "Tu sei una donna brillante. In che modo avresti potuto peggiorare le cose?"

"Perché ho fallito," disse a voce bassa Meriel, il corpo rigido contro quello di Richard.

"A me sembra che sia stato tuo padre a fallire, non tu."

"No, avrei dovuto prevedere quello che è successo! Sono sempre stata quella intelligente, quella su cui tutti facevano conto... e ho lasciato che l'amore per i miei genitori annebbiasse il mio giudizio. Loro ci hanno tenuto nascosto i loro problemi finanziari, ma c'erano degli indizi e io non li ho approfonditi."

"Meriel, perché avresti dovuto pensare una cosa del genere? Ti fidavi di tuo padre; sarebbe stato ingiusto aspettarsi che tu cercassi complotti e segreti."

"Ma Richard—"

Meriel singhiozzò e si voltò nell'abbraccio di Richard per aggrapparsi a lui. Richard pensò che stesse per dire qualcos'altro, ma invece la donna si limitò a scuotere la testa e a tremare.

Alla fine, Meriel si asciugò l'ultima lacrima dal viso e si spinse per mettersi seduta accanto a lui.

La donna si produsse in una piccola risata imbarazzata. "Scusami per averti usato praticamente come fazzoletto."

Lui sorrise. "Non mi dispiace."

Il brivido improvviso di Meriel le fece tremare i seni. Richard avrebbe voluto ammirare quella visione un po' più a lungo, ma invece si alzò e prese due asciugamani. Se ne cinse uno attorno alla vita, quindi avvolse Meriel nell'altro e la sollevò tra le braccia.

"Richard!" disse la donna, che stava cominciando a sorridere. "Credo di essere in grado di uscire dalla vasca da sola."

"E rischiare di cadere? Mai."

Richard la mise nel bel mezzo della sua camera da letto e la asciugò come se fosse fatta di porcellana finissima. Poi fece un passo indietro per guardarla.

Meriel arrossì. "Non sono una statua, sai."

"Sei meglio. Sei viva."

Meriel sollevò una mano mentre Richard avanzava verso di lei. "È meglio che vada a prendere la vestaglia. Voglio sapere tutto di questo tuo piano per sbaragliare Charles."

Richard gemette. "Speravo che te ne fossi dimenticata."

Meriel gli girò attorno di corsa per tornare nel bagno e, quando rientrò, era coperta da capo a piedi. Richard finì di asciugarsi e apprezzò che lei lo guardasse, con il mento sollevato in una posa ribelle.

"Rimango così?" chiese Richard.

"Se preferisci."

Richard fece per sedersi nudo su una poltrona.

Meriel si coprì il viso. "Oh, d'accordo, mettiti la vestaglia. È terribilmente difficile resisterti."

Cercarono di sedersi l'uno di fronte all'altro per parlare, ma Richard non sopportava la lontananza da Meriel. La attirò fino al letto, sprimacciò i cuscini per entrambi e incoraggiò Meriel a sedersi accanto a lui. Lei piegò le gambe sotto di sé e attese mentre la sua giocosità svaniva.

Richard sospirò. "Immagino che bisogni tornare alla realtà. Dopo il pericolo scampato per un soffio di oggi, mi sono reso conto che non possiamo più restare in disparte e attendere la prossima mossa di Charles. Sapere che mio nipote di sei anni sarebbe potuto rimanere ucciso cambia tutto. Questo sabato sera, darò l'annuale ballo in maschera di Thanet."

"Un ballo? In che modo questo sarà d'aiuto contro Charles?"

"Inviteremo anche lui e, naturalmente, lui non riuscirà a resistere. Si chiederà cosa abbiamo in mente. È abbastanza arrogante da pensare di poterci sopraffare in qualunque situazione. Con un po' di fortuna, questo lo tratterrà dall'orchestrare un altro attentato alla vita di Stephen durante la settimana."

"E durante il ballo?"

"Faremo portare Stephen al vecchio capanno di caccia, abbastanza vicino, ma fuori pericolo. Ci saranno delle guardie con lui. Non voglio che stia vicino a Charles. Tutta l'aristocrazia della zona parteciperà... compresi i prevosti."

Meriel cominciò a sorridere. "Quindi, hai intenzione di costituirti?"

"Ho ancora delle incertezze sulle modalità," ammise Richard. "La cosa importante è eliminare la minaccia nei confronti di Stephen. Charles, come al solito, non riuscirà a resistere alla tentazione di vantarsi quando rimarrà da solo con me. Lo farò parlare mentre tu farai in modo che un prevosto sia a portata di udito. Sono certo che riuscirai ad attirarlo ovunque tu voglia."

"Ho conosciuto diversi prevosti in paese," esordì Meriel in tono insospettito. "Non sono sposati e, di conseguenza, immuni al mio fascino?"

Richard sorrise. "Due di loro sì, ma non il terzo. Forse potresti prendere di mira lui."

"E io che stavo pensando, in quanto amante del duca, di offrirmi a quelli sposati. Dopotutto, avrò bisogno di un altro 'protettore' nel giro di tre settimane circa."

"Che cinismo." Richard scosse la testa. "Ma non rimarrai l'amante di un duca ancora a lungo."

Meriel inclinò la testa con aria perplessa.

"Perché io non rimarrò il duca ancora a lungo."

"Capisco," disse Meriel, annuendo.

La donna continuò a osservare Richard. Ci fu una pausa molto imbarazzante, durante la quale ciascuno pensò a come sarebbe stata la vita dopo la conclusione di quella messinscena.

Richard si chiese se Meriel sarebbe rimasta con lui. Avrebbe voluto sposare il figlio illegittimo di un duca? Forse, nulla avrebbe avuto importanza, purché lei lo amasse. Sarebbe riuscito a farla innamorare di lui? O Meriel aveva ancora troppa paura di fidarsi di se stessa?

"Abbiamo solo cinque giorni, Richard," disse la donna, alzandosi dal letto e recandosi alla scrivania. Trovò carta e matita e tornò indietro. "Sei sicuro che verranno tutti, con un preavviso così breve?"

Richard inarcò un sopracciglio. "Sono il duca."

Meriel sorrise. "Ci sono molte cose da fare!"

"Metti gli inviti in cima alla lista," disse Richard, guardandola mentre lei cominciava a scrivere. "Dovranno essere consegnati domani."

"Povero il tuo segretario."

Richard le lasciò completare l'elenco con cibo, addobbi e tutto il resto delle cose di cui si occupavano le donne che organizzavano una festa. Meriel disse che avrebbe consultato la signora Theobald e cominciò persino a pensare al proprio costume.

Ma la mente di Richard stava già tornando al problema di Charles e di quello che lui stesso avrebbe potuto dire per provocare quell'uomo al punto da farlo parlare liberamente del complotto per uccidere un bambino.

VENTIQUATTRO

Nei giorni a venire, Meriel fu talmente occupata che sarebbe stata lieta di concedere una settimana di vacanza a Stephen. Ma era troppo in ansia per dare al bambino il tempo per pensare alla morte del padre o al fatto che qualcuno gli stava sparando addosso. Per cui, tutte le mattine fecero lezione e tutti i pomeriggi Stephen fece i compiti con la balia Weston mentre Meriel lavorava al ballo in maschera con la signora Theobald.

La sala da ballo in fondo al giardino d'inverno fu aperta per la prima volta in un anno, i lampadari furono abbassati e riforniti di candele, le pareti furono lavate e decorate. Optarono per un tema orientale e fecero spedire da Londra delle lanterne cinesi e dei paraventi. Felci e palme in vaso della serra furono trasferite nella sala da ballo, assieme a sedie e divanetti per dare riposo ai danzatori stanchi.

E ogni notte, Meriel accolse Richard nel suo letto o andò in quello di lui. Non metteva più in discussione la sconvenienza della cosa; si limitava ad accettarla come qualcosa che non poteva negarsi un'altra volta. Il futuro – con i suoi pericoli –

non esisteva. Meriel aveva solo quelle ore preziose con Richard, perché durante il giorno l'uomo era troppo occupato. Lei percepì che stava mettendo in ordine i suoi affari come duca, preparandosi a cedere il ruolo a Stephen. Si chiese come avrebbe reagito il personale una volta appresa la verità... e se fosse davvero necessario dirgliela.

Ma naturalmente, una volta che il corpo del duca fosse stato restituito, sarebbe divenuto palese che Richard non era Cecil.

Finalmente giunse il giorno del ballo in maschera. La casa era un alveare di api ben organizzate. La signora Theobald supervisionava ogni cosa e mandò Meriel a lavarsi e indossare il costume. Meriel aveva avuto poco tempo per prepararsi e aveva optato per travestirsi da bouquet di rose. Sul corpetto e sulle spalle di un abito verde erano state cucite centinaia di rose rosse artificiali. Il copricapo e la maschera erano decorati con festoni di rose vive, messi assieme da Beatrice, che si stava rivelando sorprendentemente collaborativa, dato che ora dava per scontato che il duca fosse a metà strada con l'amante attuale.

Poco prima, Meriel aveva salutato in anticipo Stephen, mentre Richard e diversi uomini armati lo conducevano nell'oscurità per viaggiare furtivamente attraverso il bosco. Quella sera, lei non era più l'istitutrice. Stava interpretando fino in fondo il ruolo dell'amante, per meglio convincere il prevosto a fare come voleva lei. Perché, se quell'uomo si fosse rifiutato di seguirla, l'intero piano sarebbe andato a scatafascio.

Con ardire, Meriel andò incontro a Richard nel corridoio fuori dalla sala da ballo. I servitori erano allineati lungo le pareti, pronti a soddisfare le richieste di qualunque ospite. Meriel sapeva che lei e Richard erano al centro dell'attenzione e si mise in posa mentre l'uomo le camminava attorno.

"State ferma in modo che possa annusare le rose," disse

l'uomo; la sua voce era tesa per la serietà del momento, e tuttavia lui doveva comunque sembrare divertito.

Dopotutto, era il duca, e il duca amava la sfida dell'inseguimento, soprattutto durante un ballo in maschera.

Meriel inclinò la testa verso di lui, quindi indietreggiò leggermente, lanciandogli un'occhiata di sottecchi attraverso la maschera. Richard era vestito completamente di nero, con l'eccezione del gilet, del fazzoletto e dei guanti. Indossava una semplice maschera nera che nascondeva la metà superiore del suo viso e lasciava le sue labbra sensuali nude e in evidenza.

"Pensavo che saresti venuto nelle vesti di te stesso," mormorò lei. "Che travestimento sarebbe stato."

Richard sorrise senza divertimento, palesemente concentrato sulla serata che lo attendeva. Dopo aver circondato Meriel con un braccio, la attirò a sé come contro la volontà di lei e le sussurrò nell'orecchio: "Sei pronta?"

"Sono pronta. Non ti deluderò."

Allora, Richard la baciò con trasporto, mettendole la lingua in bocca. Meriel gemette e lo respinse, come se un simile sfoggio in pubblico fosse ancora troppo per l'istitutrice.

L'uomo rise e la accompagnò nella sala da ballo per cominciare a salutare gli ospiti.

Man mano che la serata procedeva, Richard non la presentò mai come "l'istitutrice". In molti sembrarono pensare che la signorina Shelby fosse un'amica venuta da Londra e Meriel lasciò che credessero ciò che volevano. Doveva mantenere un'aria di mistero per irretire il prevosto.

Quando finalmente Richard la presentò agli uomini di legge, Meriel fu lieta di vedere che i tre prevosti erano arrivati assieme: due con le mogli e il terzo, il prevosto Leighton, palesemente disponibile. Lei gli sorrise con fare misterioso e affondò in una profonda riverenza che mise in evidenza la sua scollatura, lasciata nuda fra le rose.

Il prevosto Leighton si strozzò leggermente, fissandola con gli occhi sbarrati. I suoi capelli rossi erano pettinati all'indietro sul cuoio capelluto e indossava la maschera e il mantello fluente di un bandito.

"Fingete di essere dal lato opposto della legge questa sera, prevosto?" chiese Meriel.

L'uomo arrossì e lanciò un'occhiata imbarazzata ai suoi colleghi.

Meriel si sporse verso di lui, mormorando a voce troppo bassa perché gli altri potessero sentire: "Vi va di odorare le rose? Sono reali."

"E m-mature per essere raccolte?" balbettò il prevosto Leighton, per poi diventare del colore dei suoi capelli, come se il suo stesso ardore lo avesse sconvolto.

"Solo per un bandito abbastanza prode," disse lei, per poi voltarsi e attraversare la sala affollata.

Si tenne lungo il perimetro della stanza, bevendo, ridendo e non soffermandosi a lungo con un singolo gruppo. Riuscì sempre a incrociare lo sguardo degli occhi spalancati dell'agente Leighton da sopra il ventaglio svolazzante.

All'arrivo di sir Charles Irving, la serata si fece seria. Meriel guardò Richard accogliere Charles alle alte doppie porte spalancate che davano sulla sala da ballo. I due uomini si scambiarono un'occhiata, entrambi sorridenti, entrambi grossomodo della stessa altezza e con lo stesso colorito, anche se Charles era più anziano di diversi anni. Anche lui indossava una semplice maschera nera.

C'era della tensione fra i due, anche se di certo Charles avrebbe voluto fingere il contrario. Quell'uomo era troppo elettrizzato per un semplice ballo in maschera; il suo sorriso era troppo ampio, la sua aria di superiorità troppo evidente.

Meriel sperò che quella sarebbe stata la sua rovina.

Per mezz'ora svolazzò per la sala da ballo, attirando di

tanto in tanto lo sguardo del prevosto. Quando Richard e Char-les, finalmente, si incontrarono e cominciarono a parlare, le viscere di Meriel si contrassero un po' di più. Si voltò per cercare con lo sguardo il prevosto e lo trovò quasi subito, da solo con una bevanda in mano, che la guardava.

Meriel gli rivolse un sorriso lento e segreto, e l'uomo si irrigidì. Lei mimò il gesto di bere e il prevosto prese un bicchiere di vino da un vassoio e glielo portò.

"Signorina Shelby," disse l'uomo, inchinandosi profonda-mente. "Sarei onorato se... Dopo che avrete bevuto, natural-mente... Se mi faceste l'onore di ballare–"

"Prevosto Leighton," interruppe Meriel, sorseggiando il vino e sbattendo le ciglia all'uomo, "sarei felicissima di ballare con voi, ma prima ho un piccolo problema. Vi andrebbe di parlare in privato con me?"

Gli occhi dell'uomo si spalancarono dietro la maschera e lui la seguì obbediente, solo per apparire deluso quando lei andò a infilarsi dietro l'ennesima palma in vaso.

Meriel abbassò la voce a un sussurro roco. "Prevosto, quando vi ho visto, mi sono resa conto che eravate la risposta ai nostri problemi."

"Nostri?" ripeté il prevosto con aria guardinga.

"Il duca si offenderebbe molto se sapesse che mi sono rivolto a voi. È un uomo molto orgoglioso. Ma il vostro aiuto potrebbe fargli comodo."

Il petto del prevosto si gonfiò di importanza e la sua schiena si raddrizzò leggermente. "Ma certo, signorina Shelby. Qual è il problema?"

"Lo vedete con suo cugino, sir Charles Irving?" Meriel indicò fra due fronde della palma. "Sir Charles sta... minac-ciando Sua Grazia."

L'uomo si accigliò. "Minacciando? Perché?"

Meriel sorrise come se fosse nervosa... il che non era una

finzione. "Sir Charles è il primo in linea di successione dopo lord Ramsgate. Insiste per essere nominato tutore legale del bambino, nel caso accada qualcosa al duca. Sua Grazia sostiene che sir Charles non abbia cattive intenzioni, ma io non sono d'accordo." Meriel sospirò in tono melodrammatico. "Se solo poteste seguirli assieme a me e vedere come sir Charles parla con il duca, il tono di minaccia nella sua voce... Mi fa molta paura."

Quando il prevosto non si mostrò convinto, Meriel strinse i denti e assunse il ruolo della donna sciocca. "Oh, prevosto, so che voi potete aiutarmi a mettermi il cuore in pace. Dopodiché, potrò rilassarmi e godermi la serata con voi."

L'uomo si fece di nuovo paonazzo e continuava a lanciarle occhiate di sottecchi ai seni. Meriel trasse un respiro profondo per metterli meglio in mostra.

Il prevosto Leighton le offrì il braccio. "Vogliamo avvicinarci un po' al duca, dunque?"

Sollevata, Meriel condusse l'uomo attraverso la folla. Una volta che furono vicini a Richard, Meriel voltò le spalle e sorrise al prevosto Leighton.

L'uomo guardò per un attimo dietro di lei, quindi tornò a sorvegliare la sua scollatura. "Li sento appena. Stanno parlando di cavalli."

"Beh, naturalmente. Chiunque può sentirli qui."

"E ora si stanno allontanando," disse l'uomo di legge.

Meriel lo afferrò per il braccio e seguì i due. All'ultimo momento, Charles salutò qualcuno e lasciò Richard.

Meriel era delusa, ma al prevosto la cosa non sembrava dispiacere. Le chiese di ballare e lei non ebbe altra scelta che accettare. Ci volle un altro ballo prima che Richard e Charles tornassero a parlare, dopodiché Charles si allontanò di nuovo.

Meriel pestò il piede, ma il prevosto Leighton si limitò a scuotere la testa.

"Signorina Shelby, sembrerebbe che sir Charles non abbia molto da dire al duca. E io devo recarmi a una partita a carte che sta cominciando proprio ora in biblioteca."

"Ma prevosto Leighton, il duca ha davvero bisogno del vostro aiuto!"

Ma non vi furono ciglia sbattute, labbra tremolanti o seni sporti che tennero. Il prevosto si inchinò e la lasciò sola.

"Meriel!"

Meriel ebbe un leggero sussulto quando Renee, vestita come una regina medievale, la chiamò.

"Ho cercato di attirare la tua attenzione," disse Renee, premendo la guancia contro quella di Meriel. "Ah, le spine!"

"Ma non ci sono spine tra le mie–"

"Stavo scherzando! Adoro le rose. Il bouquet è un'ottima idea per un costume. Ma ora sta cominciando la caccia al tesoro," disse entusiasta Renee. "Che idea meravigliosa che ha avuto Cecil per l'intrattenimento di quest'anno! Vieni con me! Vedo le torce dipanarsi per tutto il giardino. Sarà una serata magica."

"Renee, dovrai andare senza di me. Ho promesso a Stephen che sarei andata a trovarlo e gli avrei raccontato del ballo. E lui voleva tanto vedere il mio costume."

"Beh, allora verrò con te."

"Ma ti perderai la caccia al tesoro! E a essere onesti, io ho contribuito a organizzarla, per cui so già dov'è il premio." La caccia al tesoro era stata un'idea di Meriel, per distrarre gli ospiti dal vero scopo della festa.

"Avrei dovuto aspettarmi che ci fossi tu dietro la caccia al tesoro," disse Renee. "Oh, beh, il primo indizio l'ho avuto. Ti racconterò tutto quando tornerò!"

La folla nella sala da ballo si stava lentamente assottigliando e Meriel riuscì a intravedere di nuovo Richard. Lui e Charles erano in fondo alla sala da ballo e stavano entrando in casa. Lei sollevò le gonne e si mise praticamente a correre, schivando servitori e invitati. Sperava che gli uomini sarebbero passati di fronte alla biblioteca, dove lei avrebbe potuto intercettare il prevosto Leighton.

Ma invece, i due uscirono nella notte sotto la mezzaluna, lontano dalle torce della caccia al tesoro. Charles prese una torcia dal sentiero e la sollevò, tenendola di fronte a loro. Meriel faceva ancora fatica a vederci e solo grazie alla sua conoscenza del parco riuscì a seguire i due senza storcersi una caviglia.

Erano diretti verso le vecchie rovine del castello e lei non aveva il prevosto con sé. Stava venendo meno a Richard, rovinando il loro piano. La sua unica speranza era udire quello che i due avrebbero detto, in modo da poter testimoniare a beneficio di Richard.

"Adesso basta!" sentì dire a Richard. "Avremmo potuto parlare in casa."

Oddio, era stato Charles a condurre Richard nel giardino al buio. Meriel si nascose dietro una macchia d'alberi e rimase col fiato sospeso quando finalmente Charles si fermò e fronteggiò Richard. Lo sfondo inquietante delle rovine dietro i due uomini diede l'impressione che la scena fosse uscita da un romanzo.

Charles sorrise. "Sono davvero felice che tu mi abbia dato un'altra opportunità di vederti, Richard. Per caso hai pensato che avresti potuto uccidermi? L'omicidio non è nel tuo stile – non ne hai il coraggio – ma mi sono premurato di prendere delle contromisure. Sono certo che tu creda che Stephen sia al sicuro nel capanno di caccia."

Meriel si coprì la bocca con la mano. Oddio, come faceva Charles a sapere dov'era Stephen? Avrebbe voluto correre subito al capanno, ma rimase immobile, paralizzata dall'orrore. Stephen era vivo o morto?

Richard si avvicinò a Charles, le mani chiuse a pugno.

"Sono sempre stato un passo davanti a te, Richard. L'amministratore di tuo fratello è alle mie dipendenze da molti anni."

Jasper Tearle? pensò Meriel mentre Richard pronunciava il nome ad alta voce.

"Non stupirti così tanto," proseguì Charles. "Cecil lo trattava in maniera abominevole, pagandolo ben meno di quello che valeva. Io ho corretto la situazione e da allora quell'uomo è fedele a me. Cecil era troppo sciocco per rendersi conto di come tutto il suo denaro stava venendo lentamente deviato. Jasper mi ha riferito di essere molto preoccupato da quando sei arrivato, perché è sembrato che ti insospettissi quasi subito dei libri contabili. E tuttavia, ti sei lasciato distrarre... dalla bella istitutrice, forse?"

"Hai ucciso Stephen?" chiese Richard a denti stretti.

"Santi numi, no," disse Charles. "Prima volevo valutare la situazione. Chissà, se si comporterà bene, potrei anche permettergli di vivere. Per un po'."

Meriel pensò alla minaccia nei confronti di Stephen e si rese conto che il ragazzino era ora la sua unica priorità. Avrebbe confidato che Richard fosse in grado di affrontare Charles da solo. L'unica cosa importante era portare il prevosto in soccorso di Stephen.

VENTICINQUE

Richard lottò per trattenere l'impulso a strozzare Charles e guardare la vita che abbandonava i suoi occhi. Quell'uomo meritava di morire.

Ma Stephen era ancora vivo.

Il prevosto non era là fuori nell'oscurità con Meriel? Perché non si era fatto avanti, soprattutto dopo che Charles aveva parlato di lasciar vivere Stephen?

"Qualcosa non va, Richard?" chiese a bassa voce Charles, il cui sorriso svanì mentre si guardava attorno. "Stai aspettando qualcuno?" Charles estrasse una pistola dalla tasca e la puntò contro Richard. "Chiunque voi siate, uscite allo scoperto o lo ucciderò."

Richard si concesse un sorriso. "Ah, Charles, mi hai sottovalutato. Immagino che tu sia fuori esercizio, avendo avuto a che fare così a lungo con Cecil. Uccidimi pure, se vuoi, ma è troppo tardi. Il prevosto deve aver sentito tutto quello di cui aveva bisogno ed è andato a salvare Stephen. Farai meglio a sperare che arrivi sul posto prima che i tuoi uomini facciano qualcosa di irreparabile a mio nipote."

Charles si tradì lanciandosi una breve occhiata alle spalle e Richard si tuffò verso la pistola. Deviò la mano di Charles proprio mentre partiva un colpo e avvertì un breve bruciore alla parte superiore del braccio. Charles gli sferrò un calcio in viso e il colpo bruciante rimbalzò sullo zigomo di Richard. Mentre Richard rotolava e si rialzava in piedi, vide Charles svanire nella notte, diretto verso il capanno di caccia. La sua torcia giaceva ancora accesa per terra.

Nessun prevosto era comparso per arrestare Charles. Che ne era stato di Meriel? Per quanto fosse difficile dimenticare l'ansia per lei, Richard doveva pensare a salvare Stephen. Si lanciò all'inseguimento di Charles, abbandonando la torcia in modo da non essere visto. Nell'oscurità, poteva solo sperare di essere diretto nella direzione giusta.

Ogni tanto, Richard si soffermava ad ascoltare; continuava a udire qualcuno che correva più avanti sul sentiero coperto di ghiaia. In lontananza, la luce nei giardini formali illuminava il cielo e Richard udiva le grida e le esclamazioni allegre degli invitati. Si lasciò tutto ciò alle spalle e attraversò quello che restava dell'erba aperta prima dei boschi. Più avanti, gli parve di vedere un'ombra infilarsi fra gli alberi.

Il suo sollievo fu grande... fino a quando non si rese conto che Charles poteva essere disperato al punto da uccidere Stephen prima dell'arrivo di Richard.

Richard corse all'impazzata lungo il sentiero; la luce della mezzaluna filtrava solo occasionalmente attraverso i rami. Richard inciampò due volte su delle radici esposte, ma un barlume più avanti lo attirò.

Emerse in una radura illuminata dalle torce di fronte al capanno di caccia e si fermò in scivolata, con il sudore che gli scorreva negli occhi e il petto che ansimava. Charles era già a cavallo e, quando vide Richard, si allungò verso il fianco opposto dell'animale e trascinò qualcosa attraverso la sella.

Stephen.

A faccia in giù, il ragazzino si dimenava, a riprova del fatto che era ancora vivo. Richard fu travolto dal sollievo. Poi Charles premette la canna di un'altra pistola contro il collo del bambino. Doveva aver già usato l'arma per terrorizzare Stephen, perché il ragazzino sapeva di dover restare immobile.

Dov'erano le guardie ingaggiate da Richard? Lui vide tre corpi immobili sul terreno vicino al capanno. Un accenno di movimento attirò la sua attenzione. Un Jasper Tearle dagli occhi sbarrati spostò freneticamente lo sguardo fra Richard e Charles prima di svicolare nel bosco.

"Non muoverti, Richard." La voce di Charles era un ringhio, non più tranquilla e pacata.

"Hai un solo proiettile," disse Richard. "Sarà meglio che spari a me, perché se non lo farai, ti ucciderò." C'era buio; pregava di potersi scansare in tempo e salvare Stephen.

"Che schiatta arrogante," disse Charles. "Tuo fratello non era diverso... ma alla fine l'ho battuto, no?"

"Hai ucciso un uomo malato. Non è molto sportivo."

"L'ho sconfitto ben prima di allora. Pensa che gli ho prestato i suoi stessi soldi! Quando è arrivato a dovermi più di quanto potesse ripagare – e sapeva che, se fosse morto, io mi sarei assicurato il controllo su Stephen – mi ha offerto un patto."

Una parte di Richard sapeva già cosa stava per succedere.

"Stranamente," proseguì Charles, la pistola ancora premuta contro Stephen, "aveva dedotto che ero disposto a far del male a suo figlio per controllare il ducato. Ma esso era già in una situazione economica traballante, per cui Cecil mi offrì uno scambio. Avrebbe convinto te a travestirti da duca e io avrei potuto darti la caccia. Perché, naturalmente, una volta che tu sarai morto, Stephen erediterà tutto il tuo denaro. Per favore, dimmi che Cecil non mi ha mentito."

Richard tacque, ancora incapace di comprendere che suo fratello aveva pianificato il suo omicidio. Gli girava quasi la testa, come se la sua intera vita non fosse come aveva immaginato.

"Ora, quel povero ignorante di tuo fratello pensava di salvare suo figlio," proseguì Charles. "Io avevo accettato di lasciare Stephen in vita e di controllare tutto tramite lui. Ma, Richard, detto fra noi..." Charles ridacchiò e diede una pacca sulla schiena di Stephen. "... ho deciso di cambiare le regole. Merito di essere il duca. Mia madre era la più anziana della famiglia. È giusto che il titolo torni finalmente a me."

Per un attimo, le parole di Charles riecheggiarono in maniera bizzarra. Richard stesso non aveva appena preso in considerazione l'idea di restare il duca, come se lo meritasse? Il fascino di un tale potere era troppo per molte persone.

"Non puoi uccidere Stephen," disse Richard, "perché in tal caso lui non potrà ereditare il denaro."

"Ci penserò." Charles sollevò lentamente la pistola e la puntò contro Richard.

Per un istante congelato nel tempo, Richard attese, combattuto fra il gettarsi a terra e il timore che Charles avrebbe ucciso Stephen al suo posto. Il ragazzo era l'unica cosa che si frapponeva fra Charles e il potere da lui bramato.

All'improvviso, da tutto intorno a loro, tre uomini apparvero dall'oscurità. Richard riconobbe i prevosti, uno dei quali aveva una pistola puntata su Charles. Rimase immobile, non volendo che suo cugino venisse colto dal panico.

Ma Charles batté a malapena ciglio. Puntò la pistola verso il cielo notturno e sospirò pesantemente, come se fosse stato travolto dal sollievo.

"Grazie al cielo siete arrivati, prevosti. Stavo cercando di proteggere il mio giovane cugino da questo impostore che si presenta come il duca. Egli è il fratello bastardo del duca. Ha già ucciso il duca e io sapevo che il suo prossimo bersaglio sarebbe stato il povero Stephen. Grazie al cielo siete arrivati a salvarci da lui!"

"Fermi!"

Era una voce di donna: quella di Meriel. Che emerse nella luce delle torce da sola, con le mani alzate. Si era tolta la maschera e le rose penzolavano dalle sue spalle. Il fiato abbandonò il corpo di Richard di fronte al pericolo in cui lei si stava mettendo, tutto per lui e per Stephen.

Meriel rivolse occhi colmi di appello al prevosto Leighton. "Vi sta mentendo, prevosto! Vi racconterò tutto. Volete ascoltarmi?"

Charles la stava guardando con finta preoccupazione, come se Richard avesse ingannato persino lei. Un prevosto allontanò la pistola da Charles e gli intimò di smontare lentamente. Quindi, Charles sollevò il povero Stephen e mise il ragazzo a terra di fronte a sé, tenendolo per le spalle. Stephen rivolse lo sguardo degli occhi spalancati e colmi di terrore a Richard. Le lacrime tracciavano solchi sporchi sulle sue guance.

Il prevosto Leighton guardò pensieroso Meriel. "In effetti, eravate venuta a cercare il mio aiuto e mi avevate detto che sir Charles minacciava il duca."

"Su una cosa sir Charles ha ragione," disse Meriel in tono grave. "Costui non è il duca. È Richard O'Neill, il fratello del duca, ed è qui solo perché questo era il piano migliore che sono riuscita a formulare per proteggere Stephen."

"Sarà meglio che vi spieghiate," disse il prevosto Leighton.

Richard era d'accordo: quello non faceva parte del piano. Cosa poteva essere venuto in mente a Meriel? Cercò di ammonirla con lo sguardo, ma lei guardò altrove.

"Il vero duca era scomparso," disse Meriel. "Sapevo che ciò avrebbe lasciato Stephen senza protezione, una preda facile per qualunque famigliare poco scrupoloso volesse porlo sotto la propria influenza. Interrogando la servitù, ho scoperto che lo zio di Stephen era una persona affidabile a cui avrei potuto rivolgermi per aiutare il ragazzino, facendogli assumere temporaneamente il ruolo del duca."

All'improvviso, Stephen si liberò da Charles e corse da Richard, che si chinò e lo abbracciò strettamente.

"Zio Richard!" gridò Stephen. "Quell'uomo ha cercato di farmi del male!" E scoppiò a piangere.

Charles scosse la testa. "Il poverino è confuso."

"Non è confuso," disse Meriel. "Ha sempre saputo della messinscena. Pensavate che non avesse riconosciuto suo zio?"

Richard sollevò lo sguardo su Meriel, sapendo che quella donna aveva la sua vita tra le mani. E lui si fidava di lei, come non si era mai fidato di nessuno.

"Prevosto Leighton," disse, alzandosi in piedi, ma tenendo una mano sulla spalla di Stephen, "mio cugino Charles mi ha appena rivelato che l'amministratore del duca è alle sue dipendenze da anni. Sarà semplice convincere il signor Tearle a testimoniare tutto ciò che ha fatto per conto di Charles. E i libri contabili falsificati si trovano a Thanet Court, scritti nella grafia di Tearle. Lui è l'uomo che ha portato via Stephen dalle sue guardie questa sera e Stephen potrà confermarlo."

"È ridicolo," disse Charles, ancora vagamente divertito. "Non è colpa mia se hanno convinto il loro amministratore a mentire."

Il prevosto Leighton lo guardò pensieroso. "Ma io sono arrivato in tempo per sentire parte del vostro discorso, sir Charles. Voi avete minacciato il ragazzo con una pistola."

Richard sospirò e arruffò, sollevato, i capelli di Stephen, quindi lanciò un'occhiata a Meriel, che lo guardava con un sorriso incerto.

Il prevosto Leighton si avvicinò a Charles, il cui sorriso era finalmente svanito. "E avete detto che eravate in accordo con il vero duca, ma di voler infrangere il patto."

"Avete frainteso, prevosto," disse Charles, irrigidendosi quando l'altro prevosto dietro di lui gli mise una mano sulla spalla.

"Potete venire con noi a Ramsgate, sir Charles. Sono certo che cercherete di svicolare da questa faccenda e che sarà una notte lunga."

Il prevosto Leighton si rivolse all'altro rappresentante della legge. "Dovremo dare inizio alle ricerche di Jasper Tearle e soccorrere gli uomini del signor O'Neill." Si guardò alle spalle e sorrise a Meriel. "Grazie per avermi prestato la vostra pistola, signorina Shelby. Posso tenerla ancora per un po'?"

"Quanto volete, prevosto," disse la donna. "Avete la mia eterna gratitudine."

"Il nascondiglio da cui è uscita era molto piacevole," rispose l'uomo.

Meriel arrossì. Richard si mise al suo fianco e sorrise quando Stephen la abbracciò.

"Dov'è che era la mia pistola?" chiese Richard.

"Assicurata alla mia coscia," disse Meriel in tono birbante. "Mi avevi detto di trovare un posto dove metterla."

Charles fu condotto via; aveva già iniziato a cercare di discolparsi.

Il prevosto Leighton guardò Richard. "Dovremo farvi delle altre domande, signor O'Neill."

"Quando volete, prevosto. Ma prima posso mettere a letto mio nipote? È un momento molto faticoso per lui. Vi prego di chiedere a sir Charles dove possiamo trovare il corpo del duca."

Il prevosto assunse un'espressione severa. "Lo farò. Dunque, siete certo che il duca sia morto?"

"Sir Charles mi ha detto che lo era. E ha preso in ostaggio il povero valletto di mio fratello, che ha confermato la sua morte. Quell'uomo non è ancora stato liberato."

"Andremo a cercarlo. Io e voi parleremo in mattinata."

Richard si mise Stephen sulle spalle e poi lui e Meriel seguirono i prevosti attraverso il bosco. Quando furono di nuovo a casa, Stephen era già curvo per la fatica. Gli ospiti stavano ancora passeggiando per i giardini e si fermarono a guardare la parata di prevosti col loro prigioniero. Quando Richard, Meriel e Stephen chiusero la fila, divennero oggetto di sguardi sconvolti.

Meriel si chinò verso di lui. "Si comportano come se sapessero già chi sei," sussurrò.

"Può darsi. Uno dei prevosti è tornato indietro prima degli altri. Basterebbe che abbia detto la verità a una persona e..."

"Un'esplosione di pettegolezzi."

Mentre lasciavano i prevosti e rientravano, sussurri e sguardi fissi li seguirono. Meriel avrebbe voluto sentirsi trionfante, ma provava solo una profonda fatica e tristezza per Stephen, che aveva perso prima un padre e ora un cugino.

La signora Theobald venne loro incontro nel giardino d'inverno, fissandoli con gli occhi sbarrati fino a quando non vide Stephen. Immediatamente, scoppiò a piangere e afferrò il ragazzino. Questi si afflosciò contro di lei, sbattendo le palpebre con immensa fatica, e la donna permise a Richard di prenderlo. Stephen si accoccolò contro suo zio e chiuse gli occhi.

Meriel passò un braccio attorno alla signora Theobald e sussurrò: "Ho detto ai prevosti che la messinscena di Richard nelle vesti del duca è stata una mia idea, per proteggere Stephen fino a quando non fossimo riusciti a trovare suo padre."

La signora Theobald le lanciò un'occhiata complice, quindi

annuì con sollievo palese. "Siete buona per il signor O'Neill."
La governante abbassò la voce. "D'altra parte, lo amate."

"Sì." Meriel si sentiva una ragazzina sciocca mentre le lacrime le riempivano gli occhi.

Entrambe si voltarono a guardare Richard, che cullava Stephen e lo guardava dormire.

"Meriel!" gridò una voce.

Meriel sollevò lo sguardo e vide Renee che camminava in fretta lungo i sentieri tortuosi, scostando le felci. "Ho sentito una voce spaventosa," disse la donna. "Non può essere vero che Cecil è—"

Renee si interruppe quando vide il volto di Richard. Questi la stava guardando con un'angoscia e una rassegnazione immense.

Gli occhi di Renee si spalancarono e si colmarono di lacrime. "Santo cielo, tu sei Richard, vero?"

Richard annuì. Le spalle di Renee crollarono e la sua espressione si fece sconvolta mentre Meriel la circondava con un braccio.

"Avrei dovuto capirlo," disse Renee a Richard. "Sembravi diverso, ma pensavo che fossi... che Cecil fosse finalmente maturato." La sua voce si spense e poi, quando Renee riprese la parola, era arrochita dallo sforzo. "È vero quello che ha detto il prevosto? Cecil è... morto?"

Richard annuì. Meriel prese Stephen da lui e osservò addolorata mentre l'uomo si avvicinava a Renee. Renee non sembrava sapere cosa fare, ma poi cominciò a singhiozzare e Richard la circondò con le braccia.

"Deve essere stato orribile," disse la donna, singhiozzando a ogni respiro irregolare, "morire in quel modo."

"Non sappiamo come sia morto, Renee," disse Richard con voce gentile. "È del tutto possibile che la consunzione se lo sia portato via."

"Ma tu non lo credi," disse Renee.

"No."

Meriel guardò Richard in viso mentre questi parlava di suo fratello. C'erano dolore, angoscia e una consapevolezza terribile. Lei non aveva sentito tutto ciò che aveva detto Charles, ma l'uomo aveva lasciato intendere che Cecil avesse tradito Richard.

Come avrebbe fatto Richard, che aveva così pochi ricordi d'infanzia piacevoli, a dimenticarlo?

Nel giro di un'ora, gli invitati se n'erano andati, Stephen era a letto e Meriel era da sola nella sua stanza a togliersi frettolosamente il costume. Una volta indossata la vestaglia, scese di corsa alla scala privata e bussò con delicatezza alla porta di Richard.

Seguì una pausa così lunga che Meriel cominciò a credere che l'uomo non ci fosse. Poi, Richard le disse di entrare.

Meriel aprì la porta e vide l'uomo stravaccato stancamente su una poltrona vicino alla scrivania. Indossava ancora alcuni dei vestiti della serata, anche se giacca e gilet erano stati gettati su una sedia vicina. Un livido scuro era sbocciato sulla sua guancia. C'era una piccola macchia di sangue nella parte superiore della manica e Meriel avrebbe voluto curare la ferita sottostante. Ma l'uomo stava fissando un foglio di carta che aveva in mano.

Meriel si incamminò lentamente verso di lui e Richard sollevò lo sguardo con una spossatezza che le fece venire voglia di cullarlo tra le braccia e non lasciarlo andare mai.

"Hargraves mi ha appena portato questa," disse Richard.

"Che cos'è?"

"Una lettera di Cecil."

Meriel si sarebbe seduta accanto a lui, ma Richard se la mise in grembo e appoggiò la guancia contro la sua spalla.

"È arrivata oggi?" chiese lei.

"Diversi giorni fa. Cecil ha scritto che Hargraves avrebbe dovuto consegnarmela quando sarebbe tutto finito."

"Cosa dice?" Meriel si rese conto che stava sussurrando.

"Sono delle scuse per avermi fatto finire in questo disastro," disse Richard, ridendo senza alcun divertimento. "Cecil dice che sapeva di essere moribondo e di aver stretto un patto con Charles, facendo del suo meglio per salvaguardare Stephen."

Meriel si irrigidì. "E si aspettava che tu ricevessi questa lettera dopo essere morto di una morte praticamente orchestrata da lui?"

"No, non si aspettava che morissi," disse Richard, con un'aria frastornata e divertita e... in pace. "Mi ha messo nel bel mezzo di questa situazione perché era certo che io sarei riuscito a sconfiggere Charles, mentre lui non ne era in grado. Alla sua ingenua maniera, pensava che io, suo fratello maggiore, avrei potuto sistemare tutto per conto suo."

"E ce l'hai fatta," disse Meriel, a sua volta prossima alle lacrime. Era davvero grata che Richard non dovesse convivere con la consapevolezza che suo fratello lo avesse voluto morto.

"A malapena." Richard mostrò un altro foglio. "Questo è un documento che mi concede la tutela."

"Oh, Richard, che meraviglia! Ora, tu e Stephen non sarete mai costretti a separarvi."

Meriel lo circondò con le braccia, coccolandolo il più vicino possibile, lasciandosi cullare da Richard. Dopo diversi momenti di silenzio, introdusse l'argomento che nella sua mente era il più importante.

Sollevato lo sguardo sul viso di Richard, respirando a stento per il nervosismo, chiese: "Io rimarrò l'istitutrice di Stephen?"

"No." L'uomo le sorrise con dolcezza. "Ma vuoi essere sua zia?"

Il sorriso che spuntò sul volto di Meriel le fece quasi dolere il viso, mentre quelle lacrime sciocche riprendevano a scorrere.

"Spero che tutto questo piangere sia un buon segno," disse Richard, "perché ti amo, Meriel. Non avrei mai pensato di potermi fidare di qualcuno come mi fido di te. Non solo hai salvato la vita di Stephen: hai salvato la mia, in tutti i sensi. Mi hai fatto da guida quando ne avevo bisogno, mi hai offerto sostegno quando non lo meritavo, mi–"

"Smettila!" disse Meriel, ridendo e piangendo al tempo stesso. "Tu non hai idea di quello che hai fatto per me, Richard. L'ultimo anno è stato molto difficile. Mi sono detta che non avrei mai potuto fidarmi delle mie emozioni, che mi sarei lasciata guidare dalla logica. Avevo solo quella. E poi ti ho conosciuto e sono stata attratta da te fin dall'inizio."

"È una cosa tanto brutta?" disse Richard con voce dolce. "Io non riesco a smettere di guardarti da quando ci siamo conosciuti."

Meriel lo fissò in viso, sentendo le lacrime calde tracciare solchi lungo le sue guance. "Ma io pensavo che tu fossi il duca! Pensavo che fossi il genere d'uomo da cui non avrei mai dovuto essere attratta, che ancora una volta le mie emozioni mi stessero guidando nella direzione sbagliata."

Richard rimase in silenzio, scostandole i riccioli umidi dal viso.

"Avevo perso così tanto, Richard: il mio posto in società, il rispetto per mio padre, la fiducia in me stessa. Avevo sostituito tutto con il bisogno di controllare ogni cosa... e in questo, non credo che siamo tanto diversi."

L'uomo rise.

"Ma poi... ho scoperto che il mio intuito aveva ragione riguardo a te. Eri... eri l'uomo perfetto per me e io avrei dovuto fidarmi di me stessa fin dal principio."

"Non ispiravo certo fiducia," disse sarcastico Richard, usando il pollice per asciugare le lacrime di Meriel.

"Invece sì. Hai dimostrato che tutte le mie emozioni erano corrette. Sei un uomo degno di fiducia... e, grazie a te, io ho ritrovato la fiducia in me stessa."

"Dillo," sussurrò Richard.

Il sorriso di Meriel tremolava per l'emozione. "Richard, ti amo."

Il bacio dell'uomo fu tenero e dolce, e colmo della promessa di un futuro insieme.

Richard le prese il viso fra le mani, baciandola sulle guance e sulla fronte. "Ti dispiacerebbe sposarmi e vivere in questa vecchia casa gigantesca?"

"Purché io sia con te e Stephen, non m'importa dove vivremo. Potremmo fare delle gite a Manchester, così mi mostrerai dove vivevi."

"Ma Stephen è il duca. Avrà bisogno di stare con la sua gente più di ogni altra cosa."

Meriel annuì. "Avrà bisogno del sostegno di tutti."

"Ma non della loro condiscendenza. Può essere un duca migliore di suo padre e suo nonno."

"Con l'aiuto di suo zio," disse allegramente Meriel.

Si baciarono di nuovo e Richard sorrise contro le labbra di lei.

"A cosa pensi?" chiese Meriel.

"Cecil ha commesso molti errori, ma ha fatto sì che noi due ci trovassimo. So che era una delle sue solite spacconate, ma aveva sempre giurato che mi avrebbe trovato la moglie perfetta. Chissà se se ne è reso conto, quando ti ha ingaggiata."

Meriel si accoccolò più profondamente tra le braccia di Richard. "E ha trovato il padre perfetto per Stephen. Ha creato la nostra famiglia, Richard."

"Credo che da qui in poi potremo pensarci noi," disse Richard. "Non mi lascerai solo questa notte, vero?"

"Mai."

Meriel si ripromise che Richard avrebbe conosciuto le gioie della famiglia per il resto della sua vita.

~*Fine*~

SALVE, caro lettore!

Grazie per aver letto **Il duplice duca**, il secondo volume della trilogia "Le sorelle di Willow Pond". Se ti è piaciuto, per favore, prendi in considerazione di parlarne con i tuoi amici o di pubblicare una breve recensione. Il passaparola è il migliore amico di un autore ed è molto apprezzato.

Vuoi sapere quando uscirà il mio prossimo libro? Puoi iscriverti alla mia newsletter sul mio sito web o seguirmi su Facebook.

Ciò detto, goditi il primo capitolo di **Il visconte in camera**, il terzo volume della trilogia "Le sorelle di Willow Pond", in cui scoprirai se Louisa verrà effettivamente assunta come dama di compagnia...

Grazie ancora!
Gayle Callen

ANTEPRIMA DE "IL VISCONTE IN CAMERA"

PROLOGO

Simon, lord Wade, era il gentiluomo più ricercato dell'alta società, colmo di arguzia intelligente e di fascino sincero. Per quanto giovane e attraente, non trascurava mai di conversare con vedove dure d'orecchi o di ballare con le più scialbe delle violaciocche. Gli uomini lo trovavano tanto di buona compagnia, sempre pronto con una leggera storiella umoristica o con un'opinione su un investimento complesso, da non potersi nemmeno risentire per il suo successo con il gentil sesso. Simon, grato di tante benedizioni, pensava che la sua vita potesse solo migliorare.

Fino a quando il suo cavallo imbizzarrito non lo disarcionò durante un'uscita in Hyde Park.

Quando Simon si svegliò nel suo letto, sano e salvo tranne che per una caviglia malamente slogata, pensò che sarebbe andato tutto bene. Poi cominciò a soffrire di spaventose emicranie, ma il dottore lo rassicurò: era normale, considerati i duri colpi che aveva subito. Non solo aveva battuto la testa su un sasso, ma gli zoccoli del cavallo lo avevano colpito dal lato opposto, lasciando pomfi e lividi. Suo fratello minore, Leo, scherzò dicendo che ci sarebbe voluto un po' prima che Simon potesse presentarsi in pubblico.

Ma le emicranie peggiorarono e la vista di Simon degenerò. Le rassicurazioni del dottore si fecero sempre più vaghe. La famiglia di Simon continuava a ripetergli che la sua vista sarebbe tornata quando il trauma alla testa fosse guarito.

Si sbagliavano. La vista lo abbandonò, fino a quando Simon non riuscì a vedere altro che grigia oscurità. A volte, quando la luce era molto intensa, distingueva vagamente delle sagome. L'unico lato positivo era che le emicranie se n'erano andate assieme alla vista.

Mentre Simon giaceva a letto giorno dopo giorno, incapace di camminare sulla caviglia lesa, sperava quasi di vedere soltanto la vera oscurità, invece di quell'infinito grigio scuro che gli dava una falsa speranza, spingendolo a credere che un giorno, forse, il suo mondo sarebbe tornato a illuminarsi. Ma non era destino, e alla fine fu costretto ad accettarlo.

La vita spensierata che aveva conosciuto fino a quel momento era finita. Col passare dei mesi, Simon mise da parte le recriminazioni e l'inutile autocommiserazione. All'inizio, mentre la sua caviglia guariva, ebbe bisogno di un bastone; in seguito, scoprì che esso gli era utile anche una volta smesso di zoppicare, perché gli permetteva di percepire i mobili di fronte a sé prima di sbattervi contro. Quando Leo lo accompagnava, tendeva a dimenticare di tutelare la sua incolumità.

Simon aveva ancora da fare, supervisionando le sue numerose tenute. Poteva rendersi utile. Il suo segretario e il suo valletto si rivelarono inestimabili per il suo ritorno a un'agenda più o meno normale.

D'altra parte, la sua capacità di socializzare aveva subìto danni permanenti. Non poteva partecipare alle cene: essere visto mentre mangiava era troppo umiliante. E il ballo, un'attività che gli era sempre piaciuta, era fuori questione. Non riceveva più dozzine di inviti ogni giorno, anche se i suoi veri amici continuarono a incoraggiarlo senza quella pietà che i conoscenti – sempre meno numerosi – lasciavano trapelare.

Simon lasciò Londra, dove l'impegnata vita cittadina gli ricordava troppo ciò che non avrebbe più avuto. Non voleva spingersi fino al soglio di famiglia del suo viscontado, nel Derbyshire, così si recò alla casa di sua madre nel Middlesex, a una quindicina di chilometri da Londra. Tutta la sua famiglia – sua nonna, sua madre, suo fratello Leo e sua sorella Georgiana – gli rimase accanto per un po' mentre si abituava, ma Simon percepì in sua madre una distanza che non aveva mai avvertito prima. Cercava di essere gradevole come al solito, ma lei non reagiva come un tempo, come se fosse troppo crudele ridere alle battute di un cieco. La cosa metteva in imbarazzo tutti, e Simon finì per rassegnarsi.

Quando sua madre decise di tornare a vivere per conto proprio, Simon fu sollevato. Avvertiva il distacco della donna, come se lui non servisse più a nulla, ora che non partecipava a eventi sociali. Leo andava e veniva, senza curarsi di nascondere il disagio per la condizione di Simon, e Simon apprezzava quell'onestà. La loro sorella Georgiana, che si stava riprendendo da una prima Stagione disastrosa, divenne la sua devota compagna. Era i suoi occhi quando lui trattava con fittavoli e uomini d'affari, e insieme crearono una bella squadra. Sebbene sua madre lo avesse scoraggiato dal lavorare, Simon non intendeva crogiolarsi nella disperazione su una chaise longue. Avrebbe vissuto la sua vita al meglio delle sue possibilità.

La sua molto tranquilla vita.

CAPITOLO
UNO

LONDRA, 1845

La convocazione da parte della viscontessa vedova Wade prese alla sprovvista la signorina Louisa Shelby. Louisa era seduta da sola nel salotto di Banstead House, la casa di sua sorella, e stava rileggendo la lettera che aveva ricevuto. Aveva conosciuto quella gran dama in diverse occasioni, ma dopo che la famiglia di Louisa aveva perso il suo patrimonio, le loro strade non si erano più incrociate. Ma sei mesi prima, la sorella di Louisa, Victoria, aveva sposato il visconte Thurlow, riscattando nei fatti la loro famiglia agli occhi dell'alta società.

Ma Louisa non si sentiva riscattata. Si sentiva irrequieta, persino... annoiata dalle feste e dalla vita che un tempo aveva tanto amato.

"Louisa?"

Louisa sollevò lo sguardo e vide sua sorella Meriel, a Londra per la sua prima visita da quando, l'autunno prece-

323

dente, aveva sposato Richard O'Neill. Louisa si alzò in piedi e abbracciò sua sorella, che si staccò ridendo.

"Sono qui da giorni," la rimproverò bonariamente Meriel. "E tu mi hai abbracciata almeno una volta al giorno."

"Mi sono mancate le mie sorelle." Louisa si sedette sul divano e diede un colpetto al cuscino accanto a sé.

Meriel la raggiunse. "Se ben ricordo, hai sempre avuto amici più che sufficienti a tenerti occupata quando io studiavo e Victoria era immersa nella sua musica. Sono certa che quella lettera contenga un altro invito."

Louisa avrebbe potuto nascondere il proprio scontento, ma quella era Meriel, che l'avrebbe tormentata fino a soddisfare la propria curiosità.

"Lou? Cosa c'è?" Meriel si accigliò e mise la mano sul braccio di Louisa.

All'improvviso, Victoria entrò svolazzando nella stanza, tutta sorrisi e allegria. Stava finalmente per partire per una luna di miele sul Continente a lungo posticipata.

Prima che Victoria potesse anche solo aprire bocca, Meriel sollevò una mano. "Shh, Vic, stavo convincendo Lou a parlare."

Louisa rise mentre Victoria si sedeva sull'altro lato. "Guardate che ci sono altri posti a sedere qui."

"Ma nessuno proprio accanto a te," disse con fermezza Meriel. "Lou ha appena ricevuto una lettera e non sembra felice."

"Chi è il mittente?" chiese Victoria, con il volto colmo di preoccupazione.

Louisa detestava essere così trasparente. Avrebbe voluto che le sue sorelle si godessero la loro felicità, non che si preoccupassero per lei. "Lady Wade – la viscontessa vedova – mi ha offerto la posizione di sua dama di compagnia. Sembrerebbe che sia una buona amica di lady Ralston, la mia precedente datrice di lavoro, che a quanto pare le ha parlato molto bene di me."

"Di certo, la cosa non ti stupirà," disse Meriel.

"Sei davvero brava con le persone," aggiunse Victoria.

Louisa sorrise distrattamente. "Ma ho lasciato lady Ralston con scarsissimo preavviso."

Victoria le prese la mano. "Di certo si è resa conto che, una volta che io mi sono sposata, tu avevi una casa sicura e non avevi più bisogno di lavorare."

"Sai che non è quello il motivo per cui me ne sono andata, o sarei venuta qui molto prima."

Meriel si acciglio. "Allora dicci perché lo hai fatto, Lou. Sembra che tu stia prendendo in considerazione di tornare a fare la dama di compagnia, quando non ne hai bisogno. Basta segreti."

"Non volevo tenere segreta la ragione per cui ho lasciato lady Ralston. Era solo... troppo dolorosa per parlarne."

Sedute accanto a lei, le sue sorelle la presero per mano per darle sostegno. Entrambe avevano vissuto esperienze impor-tanti negli ultimi mesi, dall'incontro coi loro futuri mariti al trovare l'amore. Louisa non aveva voluto essere di peso. Ma confidarsi con le sue sorelle era sempre stato un balsamo per la sua anima.

All'improvviso, Meriel si alzò. "C'è un solo luogo in cui possiamo parlare di segreti: Willow Pond."

Louisa ridacchiò e diede mostra di riluttanza mentre le altre due la facevano alzare. "Avete dimenticato che la nostra vecchia casa appartiene a nostro cugino, ora? E che a lui non piace quando passiamo?"

"Non si accorgerà nemmeno della nostra presenza," disse Victoria, marciando verso la porta. "So dove si trova il vecchio cancello lungo la parete del giardino. David è stato così dolce da far riparare la serratura, in modo che io potessi visitare lo stagno quando avevo bisogno di pensare."

"Vuoi dire che ha fatto rimuovere la serratura," disse sarcastica Louisa. "Non riesco a credere che tuo marito approvi la violazione di proprietà privata." Ma le sue obiezioni si interruppero lì. Aveva ricordi troppo cari della sua infanzia, quando lei e le sue sorelle si ritiravano a Willow Pond ogni qual volta i loro genitori discutevano.

Louisa seguì le sue sorelle nel complesso giardino di Banstead House. Nel silenzio, i loro passi scricchiolavano sulla ghiaia dei sentieri. Nessuna parlò, come se si considerassero invisibili. E poi, l'incantesimo fu infranto dallo scricchiolio delle ruote di una carrozza per strada.

Il cancello, parzialmente nascosto da una coltre di edera, si aprì senza fare rumore e Victoria rivolse a Louisa un sorriso trionfante. Quando le tre si ritrovarono fianco a fianco nella proprietà del loro cugino, i loro sorrisi svanirono e loro guardarono con attenzione la casa in cerca di segni di movimento. Tutte le finestre erano imperturbate, per cui le sorelle imboccarono furtivamente un sentiero verso l'angolo più remoto del giardino, dove il muro formava un angolo e la vegetazione le nascose alla vista. Al di sopra di tutto pendeva un antico salice piangente, sotto i cui rami passarono le tre sorelle. La loro panchina era ancora lì, a fare da guardia allo stagno, che era coperto da uno strato di vegetazione stagnante.

Meriel usò il bordo del mantello per pulire la panchina e tutte e tre si sedettero, spalla a spalla.

Meriel guardò Louisa. "Ti senti abbastanza al sicuro, ora, da raccontarci cos'è successo davvero quando eri la dama di compagnia di lady Ralston?"

Louisa annuì, ma la sua esitazione doveva essere evidente, perché entrambe le sue sorelle la presero per mano e la incoraggiarono con le loro espressioni preoccupate.

"Mi piaceva lavorare per lei," esordì titubante Louisa. "Era bello sentirmi necessaria, dato che lady Ralston era confinata nel suo letto di malattia e trascurata dalla sua famiglia. Scrivevo lettere per conto suo, leggevo per lei, cantavo persino quando voleva semplicemente qualcosa di rilassante con cui addormentarsi."

"Una volta, hai detto che aveva solo bisogno che tu la ascoltassi parlare," disse Victoria, sorridendo.

"Sì, è vero, ma aiutarla mi dava una gioia autentica. E poi ho assistito sua nipote, che aveva il terrore della sua Stagione imminente. Non mi ero mai davvero resa conto che alcune ragazze non sanno come comportarsi in società e hanno paura di parlare con gli altri."

"Suvvia, Lou," esordì Victoria.

"So cosa stai per dire," la interruppe Louisa, "che mi sarebbe bastato guardare a te per vedere quei tratti. Ma io ti vedevo come una donna che amava la musica più di ogni altra cosa, non come una persona a disagio fra la gente."

"In tal caso, ero brava a nasconderlo," disse sarcastica Victoria.

"O forse, allora, io comprendevo solo me stessa e non riuscivo a vedere le paure degli altri."

"Perché parli così?" domandò Meriel. "Sei la donna più sensibile e compassionevole che io conosca."

Nell'oscurità della mente di Louisa apparve un'immagine di suo padre, che si era sempre confidato con lei, che aveva avuto fiducia nella sua sensibilità. E lei non aveva visto la verità fino a quando non era stato troppo tardi.

Louisa sospirò e allontanò da sé quei ricordi terribili. "Ma non abbastanza compassionevole da restare con lady Ralston. Vedete, non sapevo come rapportarmi agli uomini della sua famiglia."

"Tu?" disse Meriel, palesemente sconcertata. "Ma eri

quella di noi che più piaceva agli uomini. Sai cavalcare meglio di molti di loro e, se nostro padre ti avesse dato il permesso, probabilmente avresti avuto una muta di cani tutta tua con cui andare a caccia."

Louisa sorrise amaramente. "Ma stiamo parlando di quando ero rispettabile. Avevo sentito sussurrare che certi uomini si comportavano in maniera diversa con la servitù di sesso femminile che con le signore. Onestamente, non mi ero mai soffermata a pensarci. Sono stata davvero sciocca."

Victoria le strinse la mano così forte da farle male.

Dall'altro fianco, Meriel parlò a voce bassa e tesa. "Un uomo... ti ha fatto del male?"

Louisa scosse subito la testa. "Ha solo ferito i miei sentimenti. Ho rassegnato le dimissioni prima che la situazione potesse degenerare. I nipoti a vario titolo di lady Ralston mi approcciavano regolarmente con profferte lascive, come se io fossi lieta di accettare ciò che mi offrivano. Ho imparato a ostentare timidezza per restare lontana da loro e persino a nascondere i miei tratti."

"Io ho dovuto fare lo stesso," disse cupamente Meriel. "Dopo che la moglie del mio primo datore di lavoro si è ingelosita troppo... senza motivo, aggiungerei! Prima che ci sposassimo, pensavo che persino mio marito fosse un uomo rapace. A causa di nostro padre, avevo cominciato a credere che tutti gli uomini mentissero alle donne, ma non è vero."

Louisa pensò all'ultima occasione in cui aveva visto suo padre, quando si era seduta da sola con lui nello studio durante una sera buia. L'uomo non voleva parlare, a differenza del solito. Le era sembrato distante e triste. E poi, la sera dopo, si era ucciso, lasciando le sue figlie e sua moglie senza un soldo. Victoria era rimasta sconvolta e confusa, Meriel arrabbiata e amareggiata, ma Louisa si era... dispiaciuta per suo padre.

Provava ancora un terribile senso di colpa per non aver notato la disperazione dell'uomo.

Ma nemmeno quella tragedia era riuscita a farle provare sentimenti negativi nei confronti degli uomini. Per quello era stato necessario apprendere la vulnerabilità legata all'essere una dama di compagnia.

"Ancora non riuscivo a fidarmi di Richard," disse Meriel con un sospiro. "Da quel momento in poi, sono stata prudente, proprio come te, Lou."

"Immagino di non esserlo stata abbastanza," proseguì Louisa. "Un fine settimana, c'è stata una festa in casa e gli uomini continuavano a cercare di mettermi all'angolo da sola. Non mi ero mai sentita così sperduta; persino le donne mi guardavano con disapprovazione, come se il comportamento degli uomini fosse colpa mia. Ero ferita e umiliata, e alla fine ho dovuto lasciare le dipendenze di lady Ralston." Louisa trattenne le lacrime. "Ho l'impressione di averla abbandonata."

Victoria mise un braccio attorno alle spalle di Louisa e la abbracciò. "Non farlo. Dovevi tutelarti. E ora sei qui con me, dove potrai conoscere uomini buoni e vivere una bella vita."

"Victoria, non prenderla male, ma pensavo che sarei stata felice qui." Louisa concluse la frase in un sussurro.

"Non lo sei?"

Di fronte all'espressione mortificata di Victoria, Louisa si sentì la sorella peggiore del mondo. "Certo che sono felice!"

"Ma non lo sei davvero," disse pensierosa Meriel. "Mi sembrava di aver notato qualcosa quando sono arrivata, ma non riuscivo esattamente a capire cosa provassi."

"Questi strani sentimenti non hanno nulla a che vedere con te, Vic," disse Louisa con voce sincera. "Si tratta di me. Pensavo che tornare a Londra, da tutti i miei vecchi amici, avrebbe risolto i miei problemi. Ma le cose non sono tornate com'erano un tempo. Quando siamo diventate povere, le donne che pensavo fossero mie amiche mi hanno abbandonata."

"Abbiamo vissuto tutte quell'esperienza," disse Meriel, cupa in viso.

"Ma io ti ho presentato a persone nuove," intervenne Victoria.

"Sì, e sono meravigliose. Ma io sono tanto... irrequieta e distratta."

"E noi siamo state troppo impegnate con le nostre vite per notare il tuo turbamento," disse Meriel.

"No, oh, ti prego, non pensare questo. Sono felicissima per tutte e due. È stato un sollievo per me conoscere i due bravi uomini che avete sposato, sapere che ci sono davvero degli eroi al mondo."

"Spero vivamente che gli uomini che hai conosciuto da quando sei tornata a Londra siano stati gentili con te," azzardò, titubante, Victoria.

"Certo. E grazie alla generosità di tuo marito, che ha insistito per darmi una dote, ho persino ricevuto due proposte di matrimonio."

Le sorelle di Louisa sussultarono, ma tacquero.

"Ma non ho potuto prenderle seriamente in considerazione. Non amavo quegli uomini e sapevo che volevano solo il denaro."

"Perché non ce lo hai detto?" chiese a bassa voce Victoria.

"Perché mi imbarazza!" sbottò Louisa, alzandosi in piedi e cominciando a camminare avanti e indietro. La fredda panchina di pietra aveva reso il suo corpo intirizzito come, negli ultimi tempi, si sentiva il cuore. "Mi volevano per il denaro della dote, ma un tempo io ero proprio come loro. Pensavo anch'io che il denaro fosse importante per la mia felicità. E poi, quando papà è morto—"

"Quando si è ucciso," disse mestamente Meriel. "Non possiamo dimenticare che–"

"Credi che sarebbe possibile dimenticarlo?" esclamò Louisa con voce sommessa, voltandosi verso di loro. Le sue sorelle la fissarono sconvolte, ma lei non ce la faceva più a più nascondere quello che provava. "La sua morte ha cambiato tutto per ognuna di noi e non mi piace quello che ha rivelato su di me. Pensavo che l'alta società fosse l'unica cosa importante. Adoravo avere amiche donne e ammiratori uomini, e le cene e i balli che si accompagnavano a tutto questo. Quando il denaro e le amicizie se ne sono andati, mi sono resa conto di quanto tutto fosse superficiale, che l'unica cosa che avevo davvero era la mia famiglia."

Quando Victoria cercò di nascondere il fatto che si stava asciugando le lacrime, Louisa gemette. Non osava dirle che si era persino sentita di ostacolo al suo nuovo matrimonio.

"Ora vedete perché non vi ho parlato di questa faccenda. Non so cosa mi sia preso e non volevo ferirvi. So solo che, mentre aiutavo lady Ralston e sua nipote, ho trovato la pace per la prima volta in vita mia. Avevo uno scopo e qui non ne ho uno. A volte mi sento tanto vecchia, tanto inutile."

Le sue sorelle la avvolsero nei loro abbracci e Louisa accettò con gioia il conforto.

"Fidati di me," le sussurrò Victoria all'orecchio. "Conoscerai un brav'uomo e tutto avrà di nuovo senso. Troverai uno scopo meraviglioso: l'amore e una famiglia tutta tua."

"O forse no," disse Louisa, staccandosi da loro. "Forse quello non è tutto ciò che voglio. Ho solo bisogno di... qualcosa, e con lady Ralston ero quasi riuscita a trovarlo."

"Dunque, credi che tornare a essere una dama di compagnia ti aiuterà a trovare la pace di cui senti la mancanza," esordì lentamente Victoria.

Louisa si strinse nelle spalle. "Può darsi. So solo che devo fare qualcosa o rimarrò nella mestizia."

"Sai della tragedia che ha colpito il nipote di lady Wade, quel Simon che è un caro amico di mio marito?"

Louisa gemette mentre il bel volto dell'uomo appariva nella sua mente. "Mi sono crogiolata così a lungo nell'auto-commiserazione da averlo dimenticato. Io blatero dei miei problemi insignificanti quando quel pover'uomo ha perso la vista. Quando cerco di immaginare me stessa nella sua posizione, come cambierebbe praticamente tutto, come le persone devono trattarlo... vengo sopraffatta da tristezza e orrore."

"Sai come lo chiamano?" chiese Meriel, scuotendo la testa. "*The Blind Baron*, il Barone Cieco."

"Che crudeltà!" mormorò Louisa, mentre i suoi pensieri cominciavano a condensarsi. Ma all'improvviso guardò accigliata sua sorella. "Barone?"

"È il suo titolo minore. E i tuoi problemi non sono insignificanti!" aggiunse indignata Meriel. "Ma devi prendere una decisione oggettiva. Lord Wade vive con sua nonna, la tua potenziale datrice di lavoro."

"È un uomo tanto gentile," disse pensierosa Louisa. "Ed era così vivace in società."

"Un tempo, pensavo che ti assomigliasse molto," disse Victoria. "Conosceva tutti e aveva amici ovunque."

Louisa si accigliò.

"David e io siamo andati a fargli visita prima che lasciasse Londra e lui cercava di comportarsi come se non avesse la minima difficoltà."

"Davvero?" chiese Louisa, sconvolta e colpita. "Quello sì che è coraggio. Anche solo lo sfregio–"

"Lord Wade non è assolutamente sfregiato, a meno di non contare una cicatrice sulla tempia. I suoi lividi, ormai, sono di certo svaniti. È attraente come sempre. Ma non accetta mai i nostri inviti. Credo che non voglia essere compatito."

"È comprensibile. Deve essere condotto come un bambino. Persino attività semplici come mangiare... Credete che abbia bisogno di essere imboccato?"

Victoria e Meriel sembravano entrambe mortificate e tristi.

"Deve essere terribilmente depresso," disse Louisa. Ricordava il sorriso facile dell'uomo, il modo in cui faceva sentire ogni donna a suo agio e affascinata. Aveva una zazzera di capelli biondi che a volte gli ricadevano sulla fronte e delle fossette profondissime quando sorrideva. Louisa non riusciva a immaginare uno sguardo vuoto nei suoi allegri occhi verdi.

"Non si comporta minimamente come se fosse depresso," disse Victoria. "Era segnato, sì, ma si sforza ancora di essere allegro. Credo che sia molto coraggioso."

Louisa non riusciva a non essere curiosa. In che modo era cambiato un uomo tanto gioioso? Casa sua doveva essere colma di tristezza dopo una tragedia del genere. Era per quello che sua nonna aveva bisogno di una dama di compagnia, di qualcuno che le risollevasse il morale?

E che dire di lord Wade stesso? Louisa ricordava il modo in cui aveva aiutato Victoria a integrarsi nel mondo del marito. Victoria aveva dato un ricevimento per parlare di arte e lord Wade lo aveva reso un successo, portando tutti i suoi amici scapoli. Era un uomo che apprezzava aiutare gli altri. Chi stava aiutando lui?

Meriel levò gli occhi al cielo. "Hai bisogno di aiuto a fare i bagagli?"

Lentamente, Louisa cominciò a sorridere.

PER SAPERNE DI PIÙ, date un'occhiata a *Il visconte in camera*.

BOOKS BY GAYLE CALLEN

Daring Women

The Daring Girls of Guernsey: a Novel of World War II

The Daring Women of New York: a Novel

Sons of Scandal

Never Trust a Scoundrel

Never Dare a Duke

Never Marry a Stranger

In Pursuit of a Scandalous Lady

A Most Scandalous Engagement

Every Scandalous Secret

Secrets and Vows Series

You Only Marry Once

On Her Warrior's Secret Mission

The Knight Who Loved Me

The Bodyguard Who Came in from the Cold

The Brides Trilogy

Almost a Bride

Never a Bride

Suddenly a Bride

Spies and Lovers Trilogy

No Ordinary Groom

The Beauty and the Spy

A Woman's Innocence

Sisters of Willow Pond Trilogy

The Lord Next Door

The Duke in Disguise

The Viscount in her Bedroom

Highland Weddings Trilogy

The Wrong Bride

The Groom Wore Plaid

Love with a Scottish Outlaw

Brides of Redemption Trilogy

Return of the Viscount

Surrender to the Earl

Redemption of the Duke

L'AUTRICE

Dopo due parentesi come istruttrice di fitness e programmatrice, GAYLE CALLEN ha trovato la vita che aveva sempre sognato come scrittrice. Autrice di bestseller per *USA Today*, ha scritto più di venticinque romanzi storici e ha vinto l'Holt Medallion, il Laurel Wreath Award, il Booksellers' Best Award, il National Readers' Choice Award, ed è stata nominata al RT Book Reviews Reviewers' Choice Award. I suoi libri sono stati tradotti in undici lingue.

Madre di tre figli adulti, appassionata del fai-da-te, cantante e amante dell'aria aperta, Gayle vive a Central New York con suo marito, Jim l'Eroe Romantico. Scrive anche romanzi rosa contemporanei con lo pseudonimo di Emma Cane.

Visitate il sito di Gayle: www.gaylecallen.com/
Chiacchierate con lei su Facebook
Cercatela su Goodreads
Iscrivetevi alla newsletter di Gayle